海外华文精品书系

巷间篝火

刘荒田◎著

中国华侨出版社

·北京·

图书在版编目（CIP）数据

叩问篝火 / 刘荒田著. —北京：中国华侨出版社，2020. 1

ISBN 978-7-5113-8110-1

Ⅰ.①叩…　Ⅱ.①刘…　Ⅲ.①散文集—中国—当代　Ⅳ.①I267

中国版本图书馆CIP数据核字（2019）第 293427 号

叩问篝火

著　　者：刘荒田

责任编辑：王　委

封面设计：薛冰焰

经　　销：新华书店

开　　本：710毫米×1000毫米　1/16　印张：16　字数：216 千字

印　　刷：三河市华东印刷有限公司

版　　次：2020 年 5 月第 1 版

印　　次：2023 年 7 月第 2 次印刷

书　　号：ISBN 978-7-5113-8110-1

定　　价：56.00元

中国华侨出版社　　北京市朝阳区西坝河东里77号楼底商5号　　邮编：100028

发行部：（010）64443051　　传　真：（010）64439708

网　　址：www.oveaschin.com　E-mail：oveaschin@sina.com

如发现印装质量问题，影响阅读，请与印刷厂联系调换。

自　序

我的 iPad 里珍存着一些照片。那是 2014 年 6 月 22 日中午，大西洋之滨的大都会纽约，虽已入夏，但曼哈顿区的阳光恰到好处，风亦然。在纽约曼哈顿区东 40 街，我被一幅景象深深感动，随即拿起随身带的 iPad 拍摄下来。

那是一位中国老人，戴着浅蓝色遮阳布帽，很有些年头了，边沿软塌塌的；穿着晴雨两用夹克，背为灰白色，袖子为浅蓝色；黑色西裤；左手拄杖，右肩挎蓝色旅行包。触目的是大皮鞋，据目测为 45 码（年轻时他身高 1.83 米）。他在我前面缓步行进，拐杖无声地叩击着水泥路面。在他和我的左侧，透过密密匝匝的摩天大楼，可以看到虽经多方切割但不改其坦荡的天空，颜色和他的衣袖近似。雄峙在蓝天上的，是"自由塔"的螺旋形顶部和玻璃幕墙——从 9·11 恐怖袭击的废墟中升起的、美国精神的象征。绿灯亮起，老人从人行道步下麦迪逊大道，遇到高低不平处，更加缓慢。我好几次要出手搀扶，知道他不喜欢，便缩回去了。

单向马路宽阔，右侧的大群汽车停在斑马线后面。交通灯转为红色那一瞬，老人离对面人行道还有三四步。这几秒钟，右侧的所有汽车没有因亮了绿灯而启动，更没有按喇叭催促，只是静静等候。这一画面，也许可夸张地称为"美国的汽车群向一位中国老人致敬"，但我不好意思，并不了解他的价值的异国汽车驾驶员们，所尊重、遵循的，只是交通法规而已。老人身边，一只麻雀和一只白鸽，在灯柱旁边的波斯菊丛上跳跃。

我在身后尾随，长长的泪在脸颊上划过。眼前的背影，是张力十足的诗之意象啊！沉稳，含蓄，孤独，坚忍，傲岸，谦卑，行走在全球最大都会的中心。我暗里赞叹一声，这不正是中国文学在异国的隐喻吗？他，就是89岁的王鼎钧先生。这几天，台湾海峡两岸的文化新闻中，我们敬爱的"鼎公"占上重要位置——第五届"在场主义散文奖"颁奖典礼在海口市举行，他和许知远同获首奖。不几天，他又获得台湾的重大奖项。这些荣誉，都因为同样的理由——他写出有"当代中国纪实文学巅峰"之称的四部《回忆录》。

我陪同王鼎钧先生走进一栋大厦，乘电梯到第7层。在会议厅，《侨报》作家俱乐部举行一场题为《生生不已是文心——我的散文创作观》的活动，由王鼎钧先生和我主讲。我本来已预备了题为《从"庸常"发掘灵感，在"平凡"呈现诗意》的讲稿，但是，站在近百位参与者面前，马上想到，岂能弄斧班门？干脆脱稿，回顾30年来以王鼎钧先生为楷模，在海外从事母语写作的心路，主题是感恩。王鼎钧先生的演讲向来俱极佳的口碑，他在演示板上写下散文的四种风格：沉实厚重的"土"、冷"酷"奇幻的"砂"、奇峭多形的"石"、精致细密的"玉"，侃侃而谈，满座连连点头。然后是互动，大家踊跃发言。

如今是2019年9月，距离那一次纽约盛会已五年多。王鼎钧先生94岁了，依然笔耕。两个多月前的美国国庆节，夜晚，金山湾畔照例放烟火，在家隐约听到隆隆炮声。次日，是于我一家最具意义的纪念日——39年前这一天，夫妻儿女四口抵达美国，成为旧金山的新移民。从向往自由的32岁到优游岁月的71岁，变异何其多。

没有改变的，是对文学的爱。不曾半途而废，除自身因素之外，以王鼎钧先生为代表的前辈们的鼓励，引领，教诲，也是极为重要的。

若有人问：折腾至今，可有收成？我不敢置一词，因为作品仅仅是劳动成果，和"成就""境界"不能画等号。所抱的信念倒是简单的：这条路既然已走了半个世纪，所余之岁有限，何妨照样走下去，到写不出那一天，出水才看两腿泥。

大师王鼎钧先生就是这样：

"文心无语誓愿通，文路无尽誓愿行，文境无上誓愿登，文运无常誓愿兴。"

2019 年 9 月 9 日于美国旧金山

目　录

第 3 辑　乡音未改　　/ 177

人间篝火

海棠花未眠

　　晨六时，静，连鸟声也不好意思霸占整个郊野，只在栅栏上抛下几声啾啾，那是小山雀。也许是因为两只虎皮鹦鹉没来的缘故，浑身碧绿的夫妻不必嚷嚷，单是在桉树丛中起起落落，就搅出一个小规模的雨声簌簌的世界。松鼠照例连表演空中走电线时也不制造声响。被松鼠一路咯吱的电线反而忍不住，要变作风里的琴弦。门前的小小风铃闷声不响，风太弱了。

　　今天是垃圾日，我把垃圾桶推到马路旁边去，过了中午，垃圾车会开来，伸出机械臂，把一个个塑料桶清空。我的天！垃圾桶隆隆滚过，我制造了类似大型载重汽车碾过的音效！

　　其实寂静并非从此刻开始。我也早就"自然醒"了，那时才四点。随后，静由尚笼罩鱼肚白的远山蜿蜒而来。我在灯下读川端康成散文《花未眠》，开头一段："昨日一来到热海的旅馆，旅馆的人拿来了与壁龛里的花不同的海棠花。我太劳顿，早早就入睡了。凌晨四点醒来，发现海棠花未眠。"于是研究起花的睡眠来。

　　按川康端成在此文的界定，花开曰"醒"。海棠之外，"有葫芦花和夜来香，也有牵牛花和合欢花，这些花差不多都是昼夜绽放的。"那么，何谓"睡眠"？众所周知的例子是睡莲，睡眠时花瓣向上竖起，闭合。白天盛开，是绝美的娇媚。查网上资料，川端康成指为"昼夜绽放"的合欢花，作息时间和人类类似，白天"醒"时叶子上的小叶都舒展平坦，夜里就寝，小叶片成双结对地折合，酷似含羞草。蒲公英也这般。我愿意加入文学的因素，在川端康成的海棠花瓣洒上凌晨的露珠，露珠在星光或者晨曦里闪烁，这就是睁得溜圆的璀璨眸子。如此这般，"未眠"的花就神采奕奕了。当然，上述"睡"态是我们的肉眼可以见到的，如果拿上仪器作精密的检测，花朵睡与醒，表征肯定更多。据说有的花入睡后叶子的温度不一样。有的花爱午睡。

　　问题来了，对大多数花而言，开放就是"未眠"，那么，"睡眠"就成为伪命题。我今天在推垃圾桶之前，特地到后院去查看了。雪白的波斯菊从来没"睡"过，金黄的满天星、嫣红的虞美人和紫色的芍药也是。扶桑的花信已过，乌黑的枯瓣不是委地就是黏在枝丫上，它们长睡不醒。那么，多情苏东坡为海棠花而写的"只恐夜深花睡去，故烧红烛照红妆"是多此一举了。而所谓"海棠春睡"，干脆是形容杨贵妃的惺忪之态的，和花的作息毫无干系。我从网上找出几幅"海棠春睡图"，连巨匠张大千之作在内，左看右看，找不出睡和醒的区别来。我既缺艺术的悟性，又没经植物学的专业训练，平庸之眼只及平面和表层。只是，如我这般归类为"凡俗"的人，也许占了世间多数。川端康成"凌晨四点的海棠花，应该说也是难能可贵的"一句，换为凌晨一点，下午五点，任何钟点，都不成问题，直到花瓣凋谢。

　　我毫无诗意地和垃圾桶打交道时，满脑子依然是花的"睡醒之辩"。从马路旁边往回走，瞥见左边人家的前院，木槿树下，一朵白色花飘落，如此巨大，吓我一跳。定睛看，是一只白腹鸟从枝下飞下，姿势过分舒徐，引起我的误会。美丽的误会！鸟当了一回山寨版木槿花。同理，凭借好风，花也能够冒充飞鸟。如此说来，过分计较花的"睡眠"，未必不是多事。

时间是等人的

——写给一位初中生

我参与的网站"美华论坛",成立于2004年底,画家南亭先生的儿子才七八岁,也常来发表绘画和作文,很受大家喜欢。这位"灵隽小友"如今上初中了,前几天在网上发表的一辑照片,是少年友情的实录。在班里的同学们合照下有一句:"时间是不等人的。"

我是过来人,拿少年和青春、中年、老年这些人生阶段对照,数少年时代的日子最为漫长。坐在初中的教室,谁反过来叹息光阴易逝、年华不再?唯独这位天分甚高的孩子,提前窥见时间的无情。

不过,我要郑重地对少年说:时间是等人的,不要担心。时间等你,也等我,等全世界的生灵。时间等在你之前,等在你之后;等在显意识,等在无意识;等在有限,等在无限。学校里的老式挂钟,钟摆就是你的脚步;家里的电子表,即使你在沉睡,液晶数字也显示你梦里的呼吸。一如古老的沙漏,每一颗细沙都是当时活泼的生命。时间不能离开你,你就是它,它就是你。你"被"时间长大,时间被你证明。没有了你,何来"你的"时间?你不久将发育,喉结变大,童声变粗,骨骼身个像夏季的水稻般拔节。没有时间,你如何完成这样的蜕变?"你的时间"是你生命全部的外延和内涵,你的一生为"你的时间"做"填空"的作业。

我们从小就接受了这样教诲:"少壮不努力,老大徒伤悲""我生待明日，万事成蹉跎""一寸光阴一寸金，寸金难买寸光阴"，基调是时间的冷酷。其实，时间和人的关系，并不是"两虎相争，必有一伤"，无所谓彼此，时间就是人，人就是时间。你是"这样"的人，就有"这样"的时间。特定的时间，成就特定的人。所以，没有"等"的问题。明了这一层关系后，你可能认为，既然时间并非咄咄逼人的怪兽，那么用功干吗？多打电子游戏吧！可是，你须再站高一点看。

我们面对的是这样的命题：时间即生命。比如说，某同学学习足够刻苦，两年的课业用一年的时间完成了，这过程，并不意味多少时间给"节约"出来，而是激发出时间的能量，时间的长度没变，但质量和密度产生飞跃。微波不兴的死水是水，"飞流直下三千尺"也是。对时间的任何损伤，都是对自己的损伤。比如说，你本来要跟父母去看望住院的外祖母，但你躲在网吧，不听电话，错过了，老人在病床上苦苦盼望你，最后失望地叹气。你不要把过错推给时间。人生道路上一个闪失，就是"你的时间"中一个伤痕。将来，你进入社会，在竞争激烈的职场，无论是受雇于人，还是自行创业（你现在已画出很不错的国画，看得出你富于独创性，成年后可能当上艺术家，即所谓"自由职业者"），在那个"黄金时段"，你最关注的该是"机遇"，也就是"遇上机会"。说来说去，又是"时间"的事，太早，"强拧的瓜不甜"；太晚，"挑水的回头——过景（井）了"。我这么说，你别以为抓到反驳的理由——看，时间要么是搭档，要么是对手，怎么可能和我合体？我说，机遇仍旧是你自己的事，你从前所准备的，所损坏的，所期待的，都在造因，所谓"关键时刻"，乃是时间（也就是你自己）作出阶段性的总结。

明了你就是时间，极为紧要。没有"生不逢时"的问题，只有如何创造自我的问题；没有"时不我待"的问题，只有按自己的图样打造生命的问题；没有朽与不朽的身后事，只有你对自己的责任感和承受力。

聪明的中学生，愿你的生命（也就是你的时间），这最伟大的财富，被你善加运用，到最后，花光了，你就进入永恒的虚无。这以后，时间当然还在，不复属于你就是了。

落花的坐姿

　　家门口有一棵茶树，我并不怎么欣赏它，花太不起眼了，红瓣白瓣色地都不够地道，像给水彩颜料染出来的。而况太矮小，远远比不上旧居后院的那棵，一开就是上百朵，热热闹闹地挤在一起，刺激得园子里的马蹄莲和郁金香一起努力开花。

　　可是，昨天雨后，我在进门的刹那，被茶树下的落花吸引住了。都是刚刚坠地的，多数的花托向上，少数向下，露出绿蒂。无论正反，都端端正正地坐着，一似如来佛祖的莲座。树下所铺的泥土疙瘩并不平坦，可是并没妨碍展示殒落后的庄严。眼前的小方土地，仿佛一个水平如镜的潭子，落花浮在水上。风在树上穿过，花瓣颤摇。我深深地被落花的姿势所感动。

　　遂想起好多年前的初恋，思念远方的恋人时，爱在喇叭花下徘徊。篱竹后的花，早上都成了向着太阳吹响的军号，傍晚落在黑色的泥土上，也这般端端整整地坐着，坐成展翅欲飞的紫蝶，坐成打坐的仙家、冥想的哲人。清晨的露珠在落花上闪着，那光彩和盛放的鲜花一般骄傲。就从那一次开始，我便注意起落花的姿态来。然后，少年头白，身老江湖，紫色喇叭花几度开谢？无法忘怀的是落花的坐姿。

　　死亡可以是毫不打折扣的美丽。最后的庄严，最动人的风度，静静地展现在门口。花瓣就这般坐着，直到变黄，变黑，变成泥土。自然所赋以它的最后章节，没有悲哀，只有神圣。

劳动者的姿态

我的菲律宾裔老友吉米，丧偶多年以后，终于和认识才一个星期的爱人莎丽牵手，在教堂牧师的主持下，举行结婚仪式。婚礼过后，我和他一起喝咖啡，逼他老实交代速战速决的"罗曼史"。他拗不过，说了："去年，乡亲从西雅图来电话，说有一位姑娘叫莎丽，月前从马尼拉来这里，拿的虽是旅游签证，但目的是找对象，从而移民美国。但一直找不到合适的，眼看期限将到，想来旧金山住几天，看能不能碰上有缘人。但莎丽在旧金山没有亲友，他问我能不能接待。这乡亲的'阴谋'不言自明——把姑娘介绍给我。相亲的苦头我吃多了，人家为了绿卡，什么手段都使得，我当然倍加小心。"

接下来，吉米尽地主之谊，去机场接莎丽来家，说好以一个星期为限。两人在同一屋檐下，相敬如宾，也如冰。莎丽对吉米的印象不错，但出于矜持，加上不熟悉，不敢明白表示。其间姑娘外出和朋友介绍的好几位男子会面，均不成功。明天是居留期限的最后一天，逾期则在移民海关留下记录，以后不能再入境。

莎丽收拾好行李以后，出于报答，把当了多年邋邋单身汉的主人吉米的家彻彻底底地清洁了一遍，一会儿开吸尘机，一会儿刷厨房的瓷砖，忙个不亦乐乎。晚间，吉米下班回到家，看到她还在埋头苦干，于心不忍，要帮一把，她说不用，你太累了，且歇歇，马上就好。

吉米坐在沙发上，一边喝啤酒，一边看电视上的篮球实况转播。

播送广告那阵子，他注意到厨房里的墙壁上，一个长发女子的影子在动，那么富于弹性，那么矫健婀娜！他凝神，定睛，心跳蓦地加速。是谁？噢，是莎丽。这一瞬，他喜欢上这勤劳的女子，走进厨房，把莎丽请到客厅，开门见山："我们结婚好不好？"莎丽惊呆了，扑过去拥抱吉米，一个劲儿说好。第二天早上，他们先去市政厅登记，再去移民局办理延期手续。"你不知道，她弓腰扎垃圾袋的动作，曲线何等性感，脖颈下的汗珠，比珍珠项链还要华贵……"吉米忘情地赞美着。

一见钟情缘于干活的姿势，这样的风流韵事似不甚流行。其实它有爱情心理学上的指标性意义。大凡将潜能发挥至极致的姿态，都有美学价值。思想者的极端，是外人难以窥探的"头脑风暴"；而体力劳动者外在的形象，往往叫人想起推巨石上山的西西弗斯。

于我自己，尽管已过去 50 年，乡村岁月幸存的美感，自然风景之外，刻骨铭心的就是这些：烟雨春日，布谷声声，朝阳下，妇女挑着沉重的秧苗，在不足一尺阔的田埂上健步，扁担有如翻飞的大雁。壮硕的后生，推着鸡公车上陡坡，以弓步迈动，小腿肚的肌肉鼓起，血管如蚯蚓，上身有如打开的大蒲扇。发力的瞬间，天地为之低昂。黧黑的皮肤，全力以赴的紧绷的肌肉，如豆的汗，吆喝，豪迈的笑，劳动者的"标配"自有难以言状的壮丽。古希腊雕塑中的男女，大理石做的神品，也未必有血肉淋漓的质感。美国作家奥威里·杜威说："人最伟大的功能是劳作，没有劳作，人将什么也干不来，什么也实现不了，什么也完成不了。"

因劳动而生爱，实在是高级的审美。纪伯伦在《先知》一书中这样说到"宗教"：它是"灵魂中涌现的惊奇和讶异，甚至双手忙于凿石或织布时也会涌现的惊奇和讶异"。我越是老去，越是理解吉米的品位。我们看女人，为什么非要她珠光宝气、烟视媚行？简简单单地，为了"卖力气"而生爱，格外接近自然的功利观。

抓在手里的阳光

秋天，早晨，我把闹情绪的外孙女抱到院子里，让她独自玩耍。她快一岁了，能够站立。在地上，她爱捡东西。落叶，哪怕是躲在砖缝中，她也能发现，拿起。许是视为第一次劳作的收获吧？她喜滋滋地把手伸过来，在我张开的手掌上松开捏叶子的两个指头。如果我走神，她也会把叶子放进自己的小嘴，害得我紧张地逗她张嘴，掏出来。怕她再吃，我只好坚壁清野。没有落叶，她也不愁，她小心地把从叶丛间漏下的阳光"捏"起，放在我的掌心。一次又一次。我和她一般煞有介事。

想起另一个镜头。在故土居住时，我常常去一个羽毛球场打球。星期一的白天，偌大球馆人很少。无事可干的男经理便兼任保姆，把一岁大的儿子也带来。绿色塑胶地板上，散着从天窗射下的阳光，因反射的关系，带斑点的阳光呈圆形，缓缓移动。小宝宝爱和阳光捉迷藏，抓起一个带些微动感的光圈，做"送出去"的姿势，再爬几步，抓起另一个光圈。可惜他爸爸在离他很远的办公室内，宝宝无法给他送上一掬又一掬阳光。

我隐隐觉得，这里藏着天机。在一岁婴儿的认知中，"可见"和"可拿"是一回事。外孙女对阳光、叶子、草梗、纸片一视同仁。按这妙不可言的"齐物论"视界内的一切，从蓝天、白云、彩虹、星光、月色，到屋里的灯光、姐姐跳舞时旋转的影子，伸出小手都能抓得到、送得出去。诗作法有所谓"通感"。明清小品文大家张宗子的名篇《西湖梦寻·序》结尾云："余犹山中人归自海上，盛称海错之类，乡人竞来共舐其眼。"在山中"乡人"眼里，素来无缘见识的大海奇珍，被山中人看过，便"储蓄"在他的眼睛里头，群聚而舐，就能分一杯羹。可惜，张宗子毕竟是饱经忧患的老人，竟给这奇拔的想象泼冷水："嗟嗟！金齑瑶柱，过舌即空，则舐眼亦何救其馋哉！"这么说来，空虚、失落之感，是"长大"才有的。看婴儿，小手里的阳光怎么会空？什么时候抓，抓多少，随他高兴。阳光没了，还可以抓别的光，还有影子。

21 世纪初，一位美国作家写了一本鸡汤式畅销书，主张大家回到幼儿园去，因为成人的行事准则，在幼儿园阶段已基本学会，问题在成长、成年以后能否贯彻始终。我想更极端一点，从幼儿园再退一步，那就是婴儿时代。并非重新裹上尿布（这手续，到大小便失禁的晚年，确要重新实行），而是守住天真的想象力。

唯物、唯钱、唯利的观念，看得见不算数，还要摸得着，这就是成年人的世故。香港人有一流行语，曰"有层楼抓在手"（意谓：说得再好听，也不如拥有一个住宅单位的所有权。即不要轻信没有以实物为担保的言辞）。彻底的务实导致近视、俗气、势利，使得人生陷在物质的泥淖。执迷于"经济利益"和"物质得失"的脑袋，如何漏得进阳光、星光、月辉？

于是乎，我接过外孙女一次次递过来的阳光以后，庄严地思考：该存放在哪里。身上的钱包、口袋，家里的储物柜、保险箱都不理想。

家的"眼睛"

位于旧金山海滨的家，正门对着街道，街道另一侧靠近交通繁忙的日落大道。屋子的正面有两个落地窗，我将之喻为家的"眼睛"。

家在湖边，可领略槛外的水月风情；家在景区，轩窗就是名胜的剪贴。莫内在大溪地的房子，窗子的框想必填入睡莲四季的光影和姿态。我岂敢奢求？家在城市，窗户面对完整的世相也蛮不错。所谓"完整"就是：既有夜莺和鹧鸪的鸣啭，也有鸦噪和鸟粪；有意气风发的慢跑，也有恶心的吐痰；既有蒲公英和松果，也散布空瓶罐和废纸。最大量的是遛狗图，狗的品种固然齐全，遛者服装、姿势和品性也足够丰富。每次望出去，即景是横切面；看得久了，就成纵剖面。邻居的一只苏格兰牧羊犬，酒红和雪白两色有如云图，出世不久就在林荫下学跑步，长大了爱追蝴蝶。每天两次，退休的调酒师汤姆牵着它庄严走过。十多年过去，汤姆和它的爱犬，名字都立在郊外墓园。

20多年前，我陪一位上海来的画家逛旧金山闹市的画廊，他在路上说："俗气的画，我看了要用清水洗眼。"红尘不可能满目是"雅"，但我的窗户不必洗。早上，边往嘴里塞面包边往候车站小跑的上班族；傍晚，手交叉在胸前而不扶车把的自行车手；夕照里，穿着情侣装的老夫妇，都透出人间的安宁，尽管难免"俗气"。

这几天，窗户摄入的画面，更叫我感动。花旗松下，一个遛狗人在忙碌，狗守在他身边，他一只手操纵一个加长的夹子，收集草地上的垃圾，另一只手提着打开的塑料袋，袋里已差不多满了，是废弃在地上的报纸、餐巾、午餐盒、汤盅、咖啡杯。怪不得我的视野如此清爽。尽管因遭遇千年一遇的大旱，市政府的园林部门关停所有自动喷灌器，草地均已枯蔫，然而枯黄因剔除异物而显得坦荡和纯净，一似故土秋日成熟的稻田。而这功劳，得归于这位同胞。

次日，又看到他埋头做同样的事。我带着好奇，向他走近。看清了，是同胞，岭南人脸相，年纪 70 岁上下，岁月把机灵化为圆融，老得相当耐看。他动作麻利，夹子起落，脚步紧随。他的狗狗在旁边咻咻，算是唯一的啦啦队员。我站在他旁边等候，好不容易才逮到他站直，稍事休息，我向他打招呼。他微笑着回一声哈喽。我想套近乎，互通姓名，说说天气，重点在于感谢他对社区的奉献。如果他接茬儿，我便问问他是否属于某家教堂，来自何处，移民多久，退休前干什么。如果投机，便成为朋友，下一次交谈的地点是五个街区以外的咖啡馆。可是他马上低头忙开了，不再说闲话。这是资深上班族养成的习惯——干活时精神须集中。我只好打住。美好的谜，改天再揭开。

今天黄昏，落日卡在花旗松叶丛里，成了可爱的大花脸。他又出现，依然是灰蓝色夹克、夹子、垃圾袋、亦步亦趋的狗。黄金一般的余晖成了背景，蔼然的光在他身体边沿镶起金边，金边洇开去，和衣服融为一体。身体移动时，仿佛有微光迸射。我紧紧贴着窗户，目光追随着他。脑海泛出一个类似的影像——我风烛残年的祖父。深秋，桉树林，黄昏，也是这样的余晖，给他右肩歪斜的身躯镶上光彩迷离的金边，他手里也有类似夹子的长铁针，不同的是铁针用来收集肥厚耐烧的桉树落叶。由于"文革"耽搁，他到 70 岁才从供销社办理了退职手续，靠一次性发放的几百元度过晚年。为了帮补家计，老人家天天在林子里收集燃料。奶奶已去世，他唯一的伴侣——老猫懒洋洋地待在家里的灶旁。相似的身影，不同的人生意蕴。

我把家里的人都叫到窗前，一起向提着垃圾袋走动的老义工，致以崇高的敬意。他，无疑是我家"眼睛"摄入的最好景致。

城市的气味

　　忘记在哪本书上读到的了，每个城市都有独特的气味。你去旅游，如果带上灵敏度高、能辨识多种气味的鼻子，就在看风景之外多上一重享受，或者折磨。芥川龙之介散文《大川河的水》中引了俄国作家梅列日科夫斯基的话："佛罗伦萨的特有气息就是伊利斯（希腊神话中虹的女神）的白花、尘土和古代绘画的油漆味。"他自己则声称，东京的气息就是"大川河的水的气息"。20 年前一位从东海岸搬到旧金山来的朋友对我说："找纽约唐人街，不必问路，凭鼻子就行。"意思是那里臭味熏天。那地方我去过，并没这般吓人。再想下去，便觉得此说失诸玄虚，一个城市不可能像市花、城徽一般"独沽一味"，无非是一种譬喻，有如花比美人、兰喻君子。以气味来概括城市的特征，是嗅觉上的抽象，如巴黎的炒栗子香、桂林的桂花香。有一年我到西安去，从飞机上鸟瞰，田地上冒着铺天盖地的浓烟，据说是在烧麦秸。于是，那些天，不管我在往华清池的路上还是逛食街，都被混浊带辣的焦味缠绕着。

　　任是怎样强烈的气味，都难以弥漫一个城市的大街小巷，除非焦土战术实施时的烟火气。但是，每个特定区域，是有"嗅觉上的地标"的。例如，意大利餐馆林立的旧金山北岸区，会闻到迷迭香、乳酪混合番茄酱的味道。纳山陡峭的街上，走得上气不接下气，每一口都吸进烤蒜子面包的浓香，那是从大旅馆的厨房飘出来的。说到最为稔熟的唐人街，不能不承认，它远不如日本城干净，但没有不堪到臭味熏人的田地。穿行于五花八门的汉字招牌之下，在比肩继踵的行人之中，闻得到烤鸭和烧猪的香，但不是来自脆焦的皮，而是腔内填充料复合的气味，以葱和豆瓣酱为主体，杂以八角、茴香、肉桂，浓郁而不黏滞，是标准的世俗诱惑。还有从海产店溢出的带鱼鳞闪光的腥气，从蔬菜店冒出的露珠一般的青草气，从小吃店扑出的脏袜子一般的臭豆腐气，港式茶餐厅向人行道源源供应的是葱油饼的香气。但最好还是往虚里说——是刚刚打开大门的庙宇的气息，早已熄灭香火，仍旧将烟气裹在清新的海风里，若有若无的陈腐，附在喧嚣的市声末尾。

尽管因我对花粉过敏，没有一个猎狗一般好用的鼻子，在旧金山的街上经过，大多数时间是无味。这倒是较合宜的，如果有什么气味逼近，可不是好事——如果在巴士上，那是刚上来一个邋遢无比的流浪汉；如果开车，是误闯垃圾遍地的贫民窟。

对一个城市、一个地区的印象，如果光凭眼睛，你会倾倒于它的景致；但要真正喜欢上它、留恋它，还须嗅觉的认可。前者赖于你的修养，从美学到对城市风俗和历史的把握；但气味仅仅诉诸感觉，它决定着你和城市亲昵到哪种程度。

年　轮

　　在整个美国成了火炉的夏天，午后，我漫步于旧金山滨海的日落大道，寒意穿过抵挡得住北海道严寒的夹克。从超市回来，两手提着袋子，里头盛着椰菜、急冻鲳鱼和蓝草莓。没有感觉。平常的日子给了我隐秘的欢欣，仅此而已。路旁两个树桩，碰巧阳光逼退雾气，树桩的表面晃出一层油的光泽。我踩过草丛，又一次走到树桩跟前。

　　两棵花旗松一个多月前被少见的大风刮倒了。那天我碰巧路过，5 分钟之后，树无声无息地连根倒下。市工务局动作不慢，不出三天，就把枝干锯成许多段，连同叶子搬走。人行道旁边的双人木椅，捐赠者是卢森堡先生的后人，它被树砸断的椅背，作为触目惊心的物证，最近也消失了。可是，要三个人手拉手才能合抱的树桩，每个至少一吨，依然故我。

　　我站在稍小的一个树桩旁边，伸手把电锯留在切面的木糠抹去。这一棵是受株连的，本来不必倒下，但树枝和旁边那一棵纠缠。较大的一棵离它两米，根部被白蚁蛀空，说倒就倒，捎带把"小弟弟"也害惨了。

　　我数起年轮来。这一棵颇特别，有两个圆心，一如人头顶上的两个发旋。围绕圆心的线，没有构成圆，也成不了椭圆，一似不规则的海岸线，好在都闭合成"轮"。数年轮并不容易，因为锯齿的痕遮蔽了一些。俯首细察，年轮线之间的距离有差异，宽的有一厘米多，窄的也有半厘米，可见一年内生长的态势。约80圈，一圈圈，恍惚一块石子投进池塘激荡起的涟漪，一道波纹，就是365天的晨雾夕阳、春花秋月。它们自身，因为是常绿乔木，似乎脱出荣枯的轮回，但春天到时，针叶丛中布满毛茸茸的黄色松果，我名之为"孔雀的翎羽"。

我走到另一个树桩前，这一棵倒得彻底，连根部也完全裸露了。它的年轮比前一棵清晰，我数了两次，线也是80条到90条。可见它们是一起被移植的。比年轮触目的是树皮，层层叠叠，至少一尺厚，像蟒蛇的鳞片一般包裹着树身。老杜咏武侯庙古柏的名句"霜皮溜雨四十围，黛色参天二千尺"放在这里，即使剔除夸张的成分，也不贴切。然而，花旗松的气势也够瞧了——这两棵倒下以后，林带新成的缺口，猛然敞开大片天空，茂密中出其不意的空旷，对比太强烈了！

它们在这里矗立的年岁，以80年算，栽苗该在1930年前后。我的邻居玛丽，10年前去世时91岁，是靠近绿化带的第36街一带资格最老的居民。这位在9·11事件的次日，颤巍巍地爬上阳台，把一面星条旗挂出来的白人老太太，该看过花旗松林带的幼年期。那年代，她是明眸皓齿的少女。树若有灵，目睹这一街道的沧桑变异，每天从这里出门和回家的人，他们的一生，悲欢离合，生老病死。如果年轮是粗纹唱片，会录进乌鸦的嘎嘎、海鸟的嘈嘈、圣玛丽私立中学的鼓声哨声、教堂的钟声、狗的叫声、人在林子边沿的脚步和谈话声。树是人生的旁观者，也以四季不变的葱绿荫介入其中。如今，它们的年轮终于停止，此前，饱览红尘的树会不会叹息一句：人犹如此，树何以堪？

我离开树桩上路，购物袋勒得手指生疼。我自问：我的"年轮"呢？皱纹是线，但首尾不能衔接。扩大些看，人生的轨迹容或近似，如果你在地球上绕了一大圈，又回到出发地的话。

人是路"走"走出来的

在地上，本来没有路，但走的人多了，也就成了路。这自然是不刊之论。更细一点，人的脚板外，该加上各种轮子、拖拉机或者坦克的履带、滑雪板、雪橇。更科学一点，可以加上各种掘进机械，如钢钎、电钻、推土机、炸药，以及筑路机械，如混凝土搅拌机、柏油搅拌机、压路机。

不过，以上说法，只适用于无路的所在，开辟草莱的年代。此外，在我的家乡广东台山，还看到一个怪象：明明有现成的路，比如说，冬闲日子，稻田栽上绿油油的油菜，乡下人赶集，却不肯走田埂，偏要从油菜垅上踩过，为的是省下几步。于是，一个田垌，不难看到好些被脚步切成斜角的速成道路。而且，一旦有人踏出蹂躏的第一脚，诸多雄赳赳的脚步随之。所以，古来有"新会人的渡，台山人的路"一说，意谓，这两个比邻的县，前者的渡口多，后者的捷径多，都为了眼前方便。

撇开开辟新路，以及虽有路还是要标新立异这两类，所谓"路是人走出来的"，并不成立。路，基本上是现成的、固定的，我们这些以鞋子或者轮子走路的后人，并没有如同先人一样，披荆斩棘，为了路的开辟作出牺牲，哪怕微末的贡献。

前人种树，后人乘凉。漫步在金门公园内铺满木屑的小径，徜徉于住宅区繁花簇拥的道路，我赞叹路的柔婉多情；驰驱在六线道的高速公路，和城市树立着众多交通标志的马路，我神往于路的发达和周密。可是，有一次，我驾车上班去，一样的路径：从"日落大道"转入"林肯路"，在"马卡泥克"路转左，进入"布殊"路。一样的风景：街道、屋宇、落叶、车流，路过一个公园，叶色墨绿的橡树和枝条虬结的花旗松。我忽然省悟，我走路时，路也在"走"我。

不是吗？人生可有两种：开拓式和因循式。以路为喻，前者是开路，生命的境界，向"无路"之境进发，思想的探险，思维的搜奇，创造性的智慧之镐敲醒蒙昧的处女地。后者是走既有的路，为了在社会立足，为了糊口，多数人得进入大致固定的规范，遵循固定的格式和秩序，上班，下班，干刻板的工作，见一样的脸孔。轻车熟路，人被习惯带着转，成了装配流水线上做着机械动作的机器人。老马识途仅是一方面；"途"也塑造途中的老马，从姿态到个性。不是完全没有脱轨的时候，长的是假期，短的是醉酒。

除却少数的天才，我们的模样、姿态、思想、行为，乃是每天重复地走着的路所塑造的。路是压模，我们的灵魂贴在路上，让它制出一种成品，在美国，每个居民都有一个"社会安全号码"，它可算是"产品的编号"。

且看路怎样把人"走"出来吧，以工作论，一辈子从事一个行当的人，年月累积下来，便是这个人的神态和脾性。

再放大一点说，生命的流年似水，流成的就是路；路从人的灵魂"走"过，把幼稚走成成熟，把青丝走成白发，把少女光洁的颈项走成鸡皮，把少男脸上的青春痘走成老年的沟壑。把愚鲁走成智慧，把黏滞走成洒脱，把蓝图走成现实，再把美梦走成讽刺，把自诩走成自嘲……当你在上司的威严下噤若寒蝉，当你喜滋滋地把工资支票交给太太，换来一个满意的笑容，你可晓得，路在你的心灵上，也许碾过几道痕迹。所谓圆通，就是自身的人格和路这个"模子"近于榫合。

精神的处女地，路使它肮脏同时肥沃，使它复杂同时狡猾，使它有所收成也有所失去。

路制造人，在满布着现成的大路、小路、高速路、不归路的人寰，路就是人生，就是历史，就是性格与命运。你要脱出路的主宰，反过来，由你来走它吗？可以的，从事创造吧，向科学的思想的禁地突进吧，挣成见的桎梏，做一个惊世骇俗的"另类"吧！你越有能力发挥自由的意志，把像蛇一般盘在心灵上的世俗之"路"脱下来，踏在脚下，兴会淋漓地走上一回。

荷的沉默

我认识在美国旧金山居住的一对华裔恋人，他们都不满 30 岁，已恋爱了七年，最近分手了。并非第三者搅局，也没爆发激烈的争吵，是双方经过冷静的思考以后，同意把一路平顺、被双方父母看好的感情了断的。他们都认为，基于这样的事实，恋爱难以进行下去：两人约会，无话可说。一起看棒球赛还好，这是两人的共同兴趣。可惜，生活不能被棒球填满，于是，都越来越为"见了面不知说什么"而苦恼，精神压力与日俱增，只好出此下策。

我要对这对一直投缘，差不多要谈婚论嫁的年轻人说：相对无言没什么不好，不要为了无话可说而紧张。

不能否认，恋爱之初，是有说不完的情话的。"盈盈一水间，脉脉不得语"，无法说情话，把人憋得要死。可是，随着爱情和年龄的增进，对话减少是迟早的事。待到爱情有了结果——"婚"了，恐怕话更少。据我所知，共同生活愈久，话语愈从口舌进入心灵，以默契取代语言。不排除有一部分情侣或夫妻，情话多得可与厨房里哗哗的自来水比美。不过，可以肯定，稳定的姻缘，不会以对话的多少作为感情的晴雨表。夫唱妇随或妇唱夫随固好，鸦雀无声也坏不到哪里去。言辞已不重要，重要的是这样的感觉：舒服。夫妇在家，各干各的，整天不怎么谈话，可是没有觉得谁欠了谁，都心安理得，这意味着爱情臻于"恰到好处"的境界。基于累积的信任、圆熟的"心照"

而来的无话可说，更顺耳的说法是失去了"没话找话的必要"，这可是值得留恋的氛围。沉默和唠唠不休的情话，二者并无高下之分，一样值得欣赏。

上述的恋人太年轻，没能理解，沉默未必要不得，见了面以后，各自在电脑前忙碌，或者一个看电视，另一个玩电子游戏，互不干涉，偶然说一两句笑话，绝不是罪过，不是爱情的衰败，而是进步。只要比较一下，和刚刚结识的朋友相处，你总得搜索枯肠，找话题，接话题，生怕冷场，造成慢待，这类社交多少成了负担；和父母、兄弟姐妹相处，你却不会为"找不到话说"而冒汗，你就该明白，"不必说话"显然比"必须说话"高级。

话说回来，这对恋人算得上"七年之痒"的活样板，巧合也好，通例也好，这样的事实往往教人更加相信，爱情的化学物质，在过去的七年中业已消耗净尽。从"关关雎鸠，在河之洲"开始，到"求之不得，辗转反侧"，到"一日不见，如三秋兮"，到如漆如胶，最后，水入平川，波澜不兴。七年演出了从出生到死亡的全程。我为他们痛惜，不是因为爱情的无疾而终，而是因为他们跨不过错觉的关坎，把爱的成熟看成衰老。七年里培植出深厚的感情，已然成为共生体，从来少有争吵，也没抱怨过什么性格不合，一切都顺理成章，水到却渠不成。

他们没有想到，恋爱可以超过七年，婚姻更可以是七的几个倍数，奔涌的爱情必然被纳入以"安宁"为标志的姻缘。爱情与亲情逐渐融合，分不出彼此。伴随这个过程的，就是从心理活动、习性、爱好到日常习惯的熟悉和适应。老婆（老公）越来越可爱，指的不是对方越来越好看，而是越来越离不开对方。人到中年，找一个年轻得多的配偶未必费事，找一个"度身定做"的老伴，却极为艰巨。可惜啊，年轻人，你们在幸福快要结果时，却要从头做起。我不知道，下一个七年之痒，这已成陌路的他和她，又将怎样对付？

我自己，在和妻子结合了超过五个"七年"之后，十分满足于互相不说话。她在厨房做饭，我在书房码字，她说一声："吃饭。"我蹚到餐厅，边吃边有一搭没一搭地和她对话，绝对不会为了"词穷"而抱歉。饭后，我看电视，她躲在卧室里和朋友说没完没了的电话，笑声不时滑出半掩的房门。这时，我想起了家乡的莲池，亭亭的荷花在夏日悠长地沉默，只有风起，才传递细如裙裾的簌簌声。荷的存在，是因了水下肥沃的泥土。荷的沉默，是因为没有喧哗的必要。老夫妻亦然，互相爱着、关注着，以心，以对另一半的丰富的了解、谅解和理解。

"过完全部人生"

梭罗在《到内心去探险》一文的结尾,这样写道:"在我的读者中,如今还没一个人过完全部人生。我们经历的只是人类几个月的春天。"我花了好几天,思考什么是"全部人生"?

从浅层面着眼,想起苏东坡在第四个儿子苏遁满月时写《洗儿戏作》:"人皆养子望聪明,我被聪明误一生。惟愿孩儿愚且鲁,无灾无难到公卿。"把最后一句改为"无灾无难到天年",便是普通老百姓的理想境界。生活大体平顺,加上长寿,人生所有阶段都经历,个个任务大体完成。应做的都做了,该享的福享了,该遭的难遭了,返顾全程虽不圆满,但也凑合。两腿一蹬之前,没有未了的心事。那么,可否就此下结论:"全本"戏码唱完,没有遗憾地下台?至于寿元,是不是越长越"完全"?那又未必。比如,两个选项:一是中风卧床 20 年,靠鼻饲活到 90 岁;二是健康地到达 70 岁便戛然而止,你选哪一个?可见,长命须加上"高质"才算"完全"。

高质量,是不是指世俗享受一样不落?如果个人的全部快乐,没有造成他人、大众的痛苦(然而,史上多数豪杰,赫赫功业都强迫老百姓以死亡和悲哀买单),那就无可厚非。但这还不够,"完全"须体现在:潜能尽可能充分的发挥,生命能量近于彻底的释放。简言之,就是力求从起步就做喜欢做的事,竭尽全力地做到最后。袁中郎在致友人书中道:"人生何可一艺无成也。……凡艺到极精处,皆可成名,强如世间浮泛诗文百倍。幸勿一不成两不就，把精神乱抛撒也。"他强调的是专注。然而，是否有所成，个人的才气、品格、遭际且勿论，还取决于人力不难驾驭的客观环境。不管是谁，只要所投身的事业于人类有益，轮到给自己算总账时，他能够心平气和地说："这辈子的成绩不怎么样，但是，我尽力了。"我们就毫不犹豫地给寿星贴上"此生完全"的总评语。

然而，"长"并不意味着"完全"，生命还有两个维度——高和阔。高，指精神的崇高。为国捐躯的人，舍生取义的人，扶危救困的人，牺牲自我以成全他人的人，即使殒命于青春年华，也是神圣的短暂，以巅峰处的辉煌傲视匍匐的苟活者。阔，指阅历的丰富、知识的渊博。行万里路，生之况味，从甜到苦，从酸到辣，所有层级都没有大的遗漏；更指思想的边界阔，跨度大，拥有融汇中西、贯通古今的气度。浩瀚大洋般的胸襟，包容千汇万状的人间，宽恕敌人，理解异端。

长度、高度、阔度三者都堪称卓越的人，接近"完人"；某一维度较特出，其余方面有所欠缺的，是杰出者；三方面都无特别亮眼处，忙于衣食，生命难以升华，是普通人。极端而言，人生并非全然操纵在我，完全是强求不来的。拟为目标，力求自我的更新与拓展，一路走下去就好了。植物从发芽、长叶、开花、结果到枯萎，一个周期就是一个完全。活千年的神龟，活一天的蜉蝣，二者均是完全，并无优劣之分。

完全的人生，并非千篇一律，每一个体都应是独特的、灵动的。大树有主干，何妨有斜出的虬枝？亭亭净植的莲花，派生闪烁的金粉。梭罗散文里提到，补锅匠汤姆·海德被处死时，站在断头台上，有人问他是否有遗言。他说："告诉那些裁缝，在缝第一针之前，不要忘了在线尾打个结。"这就是"完全人生"漂亮的句号。

人生"定额"

在纽约拜访一位景仰多年的前辈，在他朴素的家畅谈文学。从历史无情谈到人性的险恶与救赎时，他讲了一个亲历的故事：一位曾在前线出生入死的军官和他聊天。前辈问他怕不怕死。他说开头怕，慢慢就不怕了。越到后来，心里越是踏实。战场不是老死人吗？军官笑答，正因为这个原因，只要死的不是你自己，我方战士死得越多，你生还的机会越大。说到这里，前辈苦笑。我仿佛看到战壕里的军官，在接到我方伤亡报告时复杂的表情，痛惜、愤怒、悲哀的底层，竟是"逃过一劫"的欣幸。我听罢沉思良久，试图理清军官的"你死我就活"的逻辑，姑且将之归类为虚假的心理安慰。不这般为自己壮胆，如何在尸山血海前保持心境的冷静和对生的希望？

再想下去，却发现这种思维具有普遍性。我们不是常听人说探望年长者，"见一次少一次"吗？商贩甩卖稀缺货物时，抢购者也以"买少见少"为理由。作恶者有"恶贯满盈"之说。极端言之，这是生命的"逆命题"。本来，见面也好，购物也好，从正面计算是叠加的。我们庆祝任何人的生日，都不会严酷地指出"你离死亡又靠近一步"。过年度节亦然，强调"天增岁月人增寿"，而不会像鲁迅的《立论》那般阴冷绝望，连人家的婴孩满月，也赠以"这孩子将来是要死的"晦气话，尽管没有人敢说这立论荒谬。

这思维定式，隐藏着一个核心——人生是有"定额"的。战场的伤亡数早已注定，每死一位，不就给袍泽增加活的可能？儿女看望父母的次数早已限定，每去一次都使"配额"减少。民间有更加干脆的说法："吃多少穿多少，早已注定。"连"才"也有，南朝诗人谢灵运说："世间才共一石，子建八斗，我居一斗，余则散之天下。"还有一种奇葩式"定额"：我的一位文友，20多年前着手为某乡贤写传记，因诸多因素，一直未能脱稿。由于题材极具吸引力，不少出版社关注这本书的进度。有一次，我以三藩市某文坛前辈抱病完成长篇小说三部曲，然后不抱遗憾地辞世的故事，催促他早日写完。不料他说："××把书写完就死了，我干吗写完它？"原来，他把著作付梓当作生命"定额"的唯一参照。

那么，"定额"是谁下的呢？开战前，参谋部会对即将开打的仗所造成的伤亡作出预测，但这并非"定额"。所谓"冥冥中自有定数"，这"定数"就是"定额"。如果它确实存在，比如，定下"吃"的总量，那么，谁细水长流，每天尽量少吃，谁就拉长寿命。问题恰在于，这是玄妙的天机。人生有定额是好事还是坏事？看你从哪个角度看。从定额出发，可奋发，也可懒惰；可达观，也可颓唐；可走快速达到终点的直路，也可以借拐弯与停伫来延长。

纽约的前辈这般下结论：历史无情，文学以情补其空疏，救其冷漠。

"你能说一天不过么?"

在经典话剧《日出》里,破窑子的三等妓女翠喜教训哀叹"我实在过不去了"的小东西:"妈的,人是贱骨头,什么苦都怕挨,到了还是得过,你能说一天不过么?"我读到这里,有如驾车时不经意间在马路凸起处被狠狠颠了一下,神经耸起,暗想,这里藏着什么。

此语说的是"日子",专属穷苦人的,每一天都心惊胆战、焦头烂额。"日子"即时间,是怎样君临的? 我们早已惯于把它的形态定义为"水",梭罗说:"时间只是供我垂钓的溪流。我饮着溪水。我饮着溪水时望见了它的沙床,竟觉得它多么浅啊!"然而,翠喜的台词里,"时间"这一意象,有如模样固定,外观粗糙的沉重"砖头",它的到来,和墙上的日历牌——纸质日历,每一张都呈长方形,若加上厚度,便和"砖头"近似——同步,以"天"为单位。

天天如此,黑夜过去,晨曦初露,"砖头"一般的时间就"砸"来了,不存在欢迎不欢迎的问题,这就是"到了还是得过",你难道能"躲"不成? 孟子云:"日月有明,容光必照焉。"(太阳、月亮的光,不放过每一条小缝隙)。时间的渗透力亦然。

那么,开始"过"吧! 简陋的宿舍里,闹钟响了,打工者打着惊天动地的呵欠,从床上爬起,揉揉眼睛,洗漱,上班去。流水线上极度紧张的操作,千篇一律,因了无刺激而容易麻木、疲惫,然而必须振作，一走神就出错，小则扣薪水，大则出事故。一天8到10小时，赶货时还要加班。时钟走得那么慢！如果仅仅是鸡肋一般的打工，拖着疲乏的身子下班，把自己放倒在床上，"一天"算是有了交代。然而，人生比起"产品"复杂多了。和配偶的感情问题，远在家乡、由年迈父母照顾的儿女的问题；父母的问题，身体的问题，和同事的关系，和刁钻的领班、苛刻的老板的关系……一家子住在出租屋，问题就少了吗？孩子去哪里上学，学费怎么办，哪一天不烦心？菜市的货物都涨价了，乡亲结婚的请帖一下子来了三张，丈母娘的七十大寿快到，微信群的群主骂我不回帖。

又用得上希腊神话的著名典故：时间这"砖头"，就是西西弗斯每天推上山的巨石。早上撕下当天的日历时，巨石又滚下去了。好吧！再次铆足全力推，推。请注意，当西西弗斯放手，任巨石滚下山底，他返回山下，再次推石。这片刻的停顿，被哲学家加缪赞为"伟大"，因为它说明：下山和上山的每一步，都是自我选择的结果，在不可阻挡的命运面前，借此展现自由意志。

那么，何不爽快地把"砖头"接过来？我的母亲，在困顿的50年代、惶乱的60年代、卑贱的70年代，养活六个儿女，凭借的就是这一口头禅："明天天不亮吗？"那时，兄弟三人正在长身体，特别能吃，在春荒的乡村，一天只吃两顿，每顿都是木薯粉搓的圆子加豆角叶，到了晚上饿得流清涎，勇敢的三弟代表全家，要求当家的母亲恩准做夜宵。母亲就以这句"真理"挡住，我们只好在床上，静静地听肚皮咕咕叫。艰难日子就这样熬过去。是的，明天大早，饿醒了，打开家门，鸡声起落，榕树下伸展年轻的躯体，东边的云霞如锦，万古不易的希望的太阳又会升起。

时间如砖，我们务必不省略，不乱抛每一块，以它们砌就坚实的人生，建起属于自己、也属于家族和人类的居处——物质的和灵魂的。

找到"对"的自己

在网上读到一段妙文，作者的名字并不显赫，但意义值得细细思考："我们常说没有碰对的人，会不会是没碰对自己。你还没碰到对的自己，我还没有碰到对的我，所以，碰到对的人还是不能成就。"这一段议论所针对的，恐怕是人寻找伴侣时的困惑。但我早已是不必另行寻觅另一半的老头子，且将思路放开，从人的一生着眼，看有没有找"对的自己"的问题。

什么是"对"的自己？我以为，就事功论，是指生命的进程与初志大抵相合；就爱情论，是指与伴侣相处大体融洽；就心境论，是指自身和外部环境大体和谐。

相对的，自然是"不对"的自己了，何谓"不对"？先举先天的，较为典型的是性向颠倒，肉体是男性，灵魂却是女性，或相反。他们一辈子为了调解灵魂与肉体的冲突耗费多少心力，却流于徒劳，只好服从灵魂的指令。

后天的，较突出的，是爱好和职业水火不容，如爱护动物者被迫当屠夫，视学术独立为生命的学者为了生存而阿谀等。这些不幸的人，内心深处不是没有一个"对"的"我"，然而造化弄人，他们只能长年累月勉为其难地，或内外相悖、知行相反地充当"错"的"我"，使日子充满怨恨、懊悔、不甘。而"对"的自己因长久隐没、废弃，要么消失，要么沉淀为永久的梗。"不对"的人怎样完成七颠八倒的一生？长年戴的"面具"取代脸皮，变为身体的一部分。

且观察一个和"盖棺论定"关联的社会现象——退休群体的生存状态。但凡找到"对"的自己，（或者没找到，但懂得"要成为什么人"，无力践行却活得明白的老人），有爱好，有宽容，有悲悯，有充实的精神生活；而浑浑噩噩地活过来的那些人，失去目标，不甘寂寞，愈老愈难以和自己相处，而向外求助又碍着面子，于是郁闷、小气、记仇，动辄骂人。这种人的灵魂被一个"不对"的自己绑架了。

"对"的自己，只有极少幸运者自然而然地得到，一如一见钟情的配偶白头偕老。多数人需要自行寻觅。以起步论，在个性得以自由发展的社会，你发现自己"喜欢什么"，又通过自己或者外力证明能够干好所喜欢的；下一步，你将之立为终身事业，而环境又允许你、鼓励你、成全你这个"对"的自我，你就是灵肉统一的幸运儿。虚伪，浮浅，双面，人格分裂，心理畸变，这些现代人很少难以身免的流行病都没找上你，因为"对"意味着强大的免疫。

寻觅"对"的自己并非个体的秘密修行，这样的"对"折射到他人生的全部关系。他或她有"对"的另一半，爱情的滋润，是奉献的双方的人格在太阳下"正确"地笔直地长大，而不必扭曲；他或她有让自己骄傲的事业，一路走来，不可能每一步都没有瑕疵，而是以曲折、坎坷排出"对"的人生；他或她的朋友，其中必有肝胆相照的知己，不管彼此相隔多远，心灵总能呼应。

一旦找到"对"的自己，自我内部的斗争便具备理性，叛逆青春的对秩序的反抗，负重中年对陈旧人生的厌腻，衰颓晚年对老病的忧惧，都可以不假外力，关起门来让灵与肉和平地对话，取得和解。

不说终其一生，从一个"顿悟"的拐点，你觅得"对"的自己开始，你的生命逐渐变得圆融，你的内心丰富而整饬，心脏以神所指示的韵律搏动，你的人生近于完美。

恰到"坏处"

通用的词是"恰到好处"，指"好事情"上的中庸——既无过也无不及。恰到"坏处"是我胡编的，意思是：在坏事情中，有一部分，坏得分寸刚好，坏得让人偷偷欢喜，甚至让人想起金圣叹行将被处死时的欢呼："砍头者，至痛也，无意而得之，不亦快哉！"在人间，"不如意事常八九"，但凡脑筋无贵恙的人，都明白不会老是洪福齐天，总得和坏事周旋。既然坏不可逃避，那么就有"如何坏""坏到何种地步"的讲究。这方面，鲁迅举的例子是：要杀人莫如当刽子手。

以上妙谛，是我那一次手臂摔伤以后体悟的。那一跤也够呛，右臂肘关节脱臼，复位后肿痛，难以动弹，吃饭穿衣都只能用左手，苦头是吃了些，但我不得承认摔得恰到"坏处"。仍旧是从鲁迅老夫子的论调延伸来的，他曾批评郭沫若早期一篇"革命加恋爱"的小说，说它的主人公在战场上负伤，带着打上绷带的左手回到家里，谈缠绵的恋爱，过分讨巧。确实如此，四肢之中，伤了脚难以行走，伤了右手，如果不是左撇子，也感诸多不便。

我那一回捡了便宜，第一，如假包换地"伤"了。由专门诊治工伤的专业医生仔细观察过，拍 X 光片作佐证。"伤者"的资格确立，我就不用上班，领取保险公司支付的伤残保险金。二是伤得叫人放心，除非有意外，不会导致身体垮台，淤肿逐渐消去后，我赋闲时可正常生活，打字，上网，看书，拿筷子，睡眠，只是动作稍慢而已。

右臂之伤固然美妙，但不是孤立事件。所谓"祸不单行"，同一年我还上了医院的手术台，给左眼割除白内障，这是外科中最小最安全的手术。割下眼球内壁带阴翳的视网膜，换上人工晶体时，我岂止毫无痛楚，全程35分钟，还带着微笑听主刀医生说他叛逆儿子的故事。

我一直倾向于把"完美人生"定义为"尝遍人间百味"。血肉横飞是伤，右臂脱臼也是，我以后者成为伤员，颇具"以文官资历获授将军衔"的气象；再说手术，换器官、割肿瘤是手术，割白内障也是，我以后者获得躺手术台的待遇，岂不像花买冰棍的钱进了一趟卢浮宫？

以上两种"恰好"的"坏"发生在十年前。最近读梭罗的随笔集《种子的信仰》，才晓得人算远远不如天算，老天爷使的妙不可言的"坏"中，有一种叫"牛群撞树"。

事情是这样的：供牛群吃草的牧场，因风或松鼠送来种子，各种树木老实不客气地遍地生长。而砍伐费工太大，主人多半效法爱尔兰的赶马人，穿过田野时一路上击打树木。让牛来干却省事得多。牛群喜欢冲进常绿林，在里面顶来顶去，把树木撞断或施以彻底的破坏。"经过牛角这样粗鲁的修剪，我常看见几百棵树在很短的距离内全部折断，它们还可以在旁边另寻目标。""牛爱撞树，这种现象非常普遍，你可能认为它们简直和松树有仇，其实它们的生存依赖草场，所以本能地要攻击那些侵略了牧场的松树敌人。"

梭罗家的前院就是这样，他最近栽的一棵金钟柏，吸引了一头路过的奶牛，奶牛在离地一英尺处把树撞断。自此，这棵树贴在地上的许多小枝慢慢围拢中心竖起来，形成茂盛而完美的雏形。梭罗的邻居也种了这种树，常常修剪，都不能满意，向梭罗求教。梭罗说，当牛儿路过时，打开院子门就可以了。

人生"防线"

　　作为给人生价值观"托底"的"底线",谈得滥了,且换个角度。"底线"在抵御世途种种人为与自然的袭击时,变成"防线"。鲁迅有见于自己营垒中敌人的阴险,施行"横着站"的战术,把"腹背受敌"变为"左右迎战",可惜此法难以用于正常的行进。立身处世,总得为前行设立防线。

　　且看一个切近的例子。今天早上 9 时,我路过一所教堂,门外狭窄的过道上,一个流浪汉在蒙头大睡。用中国的庄稼人的说法,是"日上三竿",忙于生计的人早已离开家门,紧张地工作,他却如此安逸。听着细微的呼噜声,我想,他放弃了"男人必须有个家"的防线,但这并不意味着他活不下去,不必支付房租、水电费,前提是不太冷、不下雨。10 分钟后,我往回走,路上行人多起来了。流浪汉刚"起床"。看清楚了,是白人,20 多岁,瘦高个子,面目清爽,无横七竖八的胡茬。衣服不脏,稍加拾掇,换上西装,就是企业经理的派头。我走近,看到人行道上一道带泡的水痕从棉被边沿流过,马上明白,他已和所有"有家"的人一般,办了醒来后的第一件急事:解手。他注意到我注意上他的"案底",下意识地采取一个动作——脸孔紧贴教堂的大门,为的是不让人看到真容。我知趣地掉过脸去,放他一马吧! 于是,我想及,"不要家"的人还有一道防线:自尊。

　　跨过流浪汉制造的"水渍",围绕"防线"浮想联翩。想到两个文化巨人——贝多芬和歌德。1812 年，42 岁的贝多芬和 64 岁的歌德，在风景如画的波西米一个叫托帕列兹的浴场第一次见面。此地是中欧各国达官显贵聚集的避暑胜地。两人边走边聊天时，奥地利王室的皇后、太子和侍臣迎面走来。两人远远看见，贝多芬说："让我们手挽手地前进，他们会让路的，而不是我们让他们！"歌德却不肯挪动一步。王室的人马经过时，歌德站在路边，帽子拿在手里，深深地弯腰。贝多芬呢？王室的人是认得这位声名如日中天的音乐家的，太子向他脱帽，皇后向他打招呼。他却"按了一按帽子，扣上外衣的纽子，背着手，往最密的人群撞去"。本来，贝多芬是歌德的崇拜者，曾说："歌德的诗使我幸福。"但目睹大文豪的媚态，贝多芬受不了，怒气冲冲地走了。

且比较这两位巨人的"防线"，歌德出身于名门，家世富有而显赫，从 27 岁起在魏玛公国当枢密顾问官，同时是名满天下的天才作家。在占据主流的中国文人眼里，这种世俗富贵与文坛至尊兼而有之的境界，堪称完美。贝多芬却相当倒霉，从两年前开始，耳朵变聋。

和我所见的流浪汉一样，两位巨人也有"防线"：第一道，获得他们所追求的。他们都做到了。第二道，维护已到手的。他们都这样做了，表现却形同水火。可见问题出在所追求的方面不同。歌德要的是上流社会所认同的事功。贝多芬却在乎艺术，蔑视一切虚伪和不公正。两人的价值观在这瞬间摊牌：面对贵胄，是献媚还是傲视？如何维护自身尊严，乃是焦点。而傲视权势是贝多芬一贯的个性，早在青年时期，他和待他不错的李区诺斯基亲王反目，临走时留下的条子是这样的："亲王，您，是靠了偶然的出身；我之为我，是靠了我自己。亲王们现在有的是，将来也有的是。至于贝多芬，却只有一个。"

且回过头去看流浪汉，他死也不肯让我看到"随处小便者"的脸孔，足见，即使抛弃自尊能够活得自由一些，但作为心理最后的的支撑，不是说扔就能扔的。

人生如"模"

初春一个周末，清早往金山湾以东的国家公园登山，全程超过 10 公里。天朗气清，杨柳风吹面不寒，逶迤的小径干爽，偶尔须涉清浅的小溪，跳过水漫流过的坡面，样样恰到好处。感觉于是乎好得无以复加，总括而言是：完完整整地拥有"自我"，连手机的信号也没有。轻风吹拂不多的头发之际，居然讥笑苏东坡不朽的词句："长恨此身非吾有，几时忘却营营？"

坐在山脊上边啃火鸡肉三文治，边眺望如黛连山，心中冒起"我见青山多妩媚，料青山见我应如是"。拔起身下硌人的狗尾巴草，"独坐莫凭栏，无限江山"随口而出，把手里的草虚拟为故土某处拍遍许多世代的"栏杆"。两只黑不溜秋的乌鸦在头顶盘旋，影子模糊，我把两句陶诗送给它们："山气日夕佳，飞鸟相与还。"不敢吟哦出声，怕两位"驴友"笑话，他们正在讨论《百年孤独》的得失。

小憩之后，继续前行。掉书袋一发不可收，久已淡忘的诗句争先恐后，"芳树无人花自落，春山一路鸟空啼"；"山峰随处改，幽径独行迷"，"山从人面起，云傍马头生"；"迟日江山丽，春风花草香"……略感遗憾，如果同行者有三五位腹笥颇丰的旧体诗词爱好者，引诱他们来一次背诗竞赛，一定有好戏看。但不敢奢望还可能演出"斗"诗——出一个题目，才思敏捷的率先口占一绝，随后，各人竞相步韵唱和。一次春游回来，诗囊里添若干佳篇。可惜，这等兰亭式雅举只属线装书时代。我连打油诗也做不来，只能看热闹。

到这阵子，还算得逸兴遄飞，然而，一个问题把自己问倒了：除了别人的诗，你独家所有的佳兴怎么表达呢？是啊！从开始我们就失去自我，无一处不是拾人牙慧，戛戛独造，从何谈起？然则，失去独创性，就没有了存在的意义。一代代名正言顺的抄袭，却应了叔本华的名言："读书是让别人在我们的脑海里跑马。"

是啊，我们在"开卷有益"的思维定式下，可曾警惕，这"马"的铁蹄是可以毫不温柔地蹂躏你的思想的。叔本华以上警句还有下一句："思考，则是自己跑马。"我们的问题恰在于，"独立思考"这匹马起跑前，要么被权力拴住，失去驰骋的自由，要么自己惮于探险，怠于去陈言，怯于解放心灵。于是，无一例外地，成为"两脚书橱"。

读死书、死读书之害，一位有"书痴"美称的朋友是这样描述自己的：为文堪称荆天棘地，好不容易写出一段，回头读，咦，怎么像从××处抄的？为了对照，找遍书架，把人家的原作检出，对照，果然多处雷同，罢了，推倒重来。为了排除"人家的东西"，翻来覆去地折腾，整天写不到一张稿纸，撕掉的团掉，字纸篓差不多满了。写不出还是其次，由此痛感自己的冬烘已无可救药，竟至万念俱灰。他大梦初醒时，已近80岁，无力改换跑道。此公向来以渊博获文林推重。少时立志高远，终竟成就不高。

我在山上一路走，一路反省。单从人文修养与趣味这狭窄的范畴看，我们从小被"按"进一个固定的模具，铸成"近似"远远多于"独特"的"成品"。这一现象有多普遍，浏览网络里林林总总的时文，有多少被共同援引的"名句"就明白一二。因而，遍地是因循、奴性、苟且，少突破性创造，少有卓越的思想家。

想到这里，风声呼呼，我把夹克穿上，走近水声叮咚的溪流，波面没有漂着我倒背如流的旧体诗，顿感轻松。片刻，诗句在心间泛起："我的名字写在水上。"是济慈自拟的墓志铭。无所逃于天地之间！

地铁里的"镜子"

回到故国的古城，是暮春。岭南至为红火的花信——木棉已阑珊其事，路过一所中学，校园里林荫下的水泥地，刚刚打扫过，又落下数百朵猩红的木棉花，酒盏似的。我蓦地一惊，想，如果仲春是豪饮的季节，那么，众多时间的"饮者"此刻已兴尽，不胜酒力之际甩手一扔，"杯子"满地都是。

走进广佛线地铁的车厢。并非高峰期，人不多。不知是不是老年人们睡午觉去了，满眼都是年轻的脸。扫眼车厢，以取得总体印象。主流是看手机，姿势各别，心无旁骛则一。一位40岁左右的男子，看屏幕至忘情处，哈哈大笑，是唯一的失态者。然后，我逐个看坐同一张长椅的，再看对面的长椅的。我和他们如要比拼年龄，不能"以一当三"，但"以一当二"之后，该还可匀出一个"小学生"来。

年轻多好！只要没有青春痘，脸颊一律无皱褶与凹陷。身躯无赘肉，关节像安装了上好弹簧，举手投足自带张力。正对面的小伙子，23岁吧？左臂被浅蓝色文身覆盖，那是一片杂花生树的春天花园。汗衫上写着霸气的英语，那是某个软件公司的广告语。他和同伴没刷手机，我没来得及诧异，车到祖庙站，他们大咧咧地牵手离开。

对面的座位上方，是一块普通的厚玻璃，囿于光线，有点暗，但映象还算清楚。想起一位老同学，70 岁那年摘除白内障，她术后第一次对妆镜，大惊失色——哪里来的皱纹！进而痛恨让她带"寿斑"的脸皮纤毫毕现的小手术。我是对自己外貌无所谓的"男流之辈"，不但敢于对镜，还带点恶作剧地研究镜上众脸。

身边的低头族的脸，和我的该怎样比呢？如果彼是丰腴滋润的平原，我便是怪石嶙峋的山地；如果彼是一览无余的简单，我便是波谲云诡的复杂；如果彼是朝暾初出的天际，我便是日头西沉的海滩……排比句再铺陈也是白搭。

这些沉溺手机的青春一族，他们的前面是负重中年。斜对面那穿连衣裙的小姐，以白葱般的食指，在带精致套子的手机上拨划，想象她家里背上一个、手牵一个往育儿中心赶时，手指还能和手机过不去否？身边的小伙子在看微信，瞟到我在偷窥，以眼角的余光作友善的警告。我凭自己的往昔，差不多可以预测他们此生的大致走向，从高考前填下的志愿表到心头涌动的情欲和物欲。人生如车厢，乘客匆忙上下。以内心世界论，谁都可以成为王者，或者流放者。

我的前面呢？我对镜内一张带着太昭著的眼袋与纵横的沟壑，因而颇"耐读"的脸，诡秘地微笑。我有过的，旁边的人来不及有，于他们，自然是绝大的幸运与优势，我只有羡慕的份儿。

但我也可以据此自豪，他们是未成品，我却接近成品。他们可以从我看到他们的将来，尽管山长水远；我变为他们，须逆行太多的苦难、忧愁方能抵达。

镜内，我的脸夹在他们中间，好厚的脸皮！为了抵抗近于恶毒的自嘲，我老在堆砌"我有什么""他们有什么"的句子。我有老奸巨猾，他们有"盲拳打倒老师父"；我有千回百转的"过去"，他们有难以列数的"可能"；我有浩瀚的依恋，他们有应付一切的表情包、支付宝、自媒体、优步、快闪……

　　看够了镜子，我也掏出手机，却没有流量，只好放回挎包。原来，随大流也需要资格。我的视线从镜子离开时，为自己想好一个相当雅致的譬喻：地上木棉花似的酒盅。

全怪白内障手术

　　M 今年 72 岁，年轻时是校花——不是一年或数年内的校花，而是"一辈子的校花"，她念大学时的校友，近 50 年以后还这样说：×× 大学建校至今，最美丽的女士是 M。难得的是，她对自己的美具有超乎寻常的自觉，一直小心维护，到古稀之年，依然身段窈窕、五官秀丽，出席大小宴会，一袭度身定做的旗袍，分外雍容华贵。这位美丽到底的女性，家庭美满，心情快乐。

　　然而，M 做了白内障摘除手术以后，心情坏透了。事情是这样的：她感到视线有点模糊已好几年，因看东西还凑合，也不妨碍读书，便拖下来。最近一次体检，眼科医生告诉她，白内障已成熟，最好尽快摘除。老公劝她，一切由保险公司包，不花一个子儿，手术全程只要 20 分钟，一点也不痛。两个女儿也催促。她下了决心，第一次为左眼换上人工晶体。戴了三天眼罩，白天出门戴太阳镜。医生检查，认为很好。于是，替右眼也做了。

　　10 天后，她去医院，"祝贺！你的视力恢复到 1.4"。眼科医生做了最后的检查，这样下结论。她喜滋滋地回家。先洗了一个痛快的淋浴，好多天怕水溅进眼内，只能用浴巾擦身。然后，走向梳妆台。

　　糟糕！对面的女子是谁？脸上哪里来的老年斑？颊下，额上，突然冒出来的，使劲揉，当作锅垢，却抹不掉。眼袋，大核桃似的吊着。还有皱纹，又细又密，从颈部到鼻翼，法令纹如此抢眼……她眨眨眼，使劲睁大，以为刚才的"幻象"会消失，然而更加清晰。她怀疑那就是自己。每天都照镜子，不是不服老，但多少年来，"老"是循序渐进的，何以此刻来个"跨越式"？镜子有鬼吗？她拍了拍镜面。终于省悟，千错万错，是去掉白内障的错。不是自作孽吗？过去，模糊是模糊点，但一切都顺眼，能将就。

她气呼呼地摔门走出。周遭有点异样，桌面多了灰尘，地面多了垃圾，阳台多了草梗和落叶，客厅的咖啡桌上，几本心爱的书，天天都读几页的，封面忽然多了折痕。没有一样不碍眼！她抬头扫视，要找丈夫问问，是他还是孙子弄脏了、捣乱了？随即想起，丈夫去邻居家打麻将，孙子忙于上学，好几天没来了。她走进后院，那里栽着苦瓜、丝瓜、南瓜。刚刚抬步，就看见成千上万的蚂蚁围着根部，趋近，是一块面包屑。恶心！扭头不看。

回到客厅，坐下，慢慢地，思绪理清了，气平了。拿起书，不用眼镜，五号字体清晰非常，看着多舒服。可见，手术还是值得做的。

然而，"好眼睛"带来的"不好"还是折磨着M。在家里还好，家丑不外扬就是了，凭空多了"难以忍受"，慢慢适应。她使劲擦拭橱柜门上的油渍时，记起洋笑话——主妇如果无法忍受家中的脏乱，便捷的办法是"摘下眼镜"。可是，她要颠倒过来才行。

事情不那么简单，出门交际遇到意想不到的麻烦。邻居C夫妇，是M两口子打麻将的搭档，一直相安无事。但昨晚在C家打了八圈，M非要回家。老公正在瘾头上，不肯起身。M说，你不走我走。好在有人替补，M自己回家去了。老公事后问M，什么碍着你。M说C的衬衫太脏，胸前的斑点肯定是啃炸鸡腿滴下的油。那关你什么事？M说，就是看不过眼，这是对客人不尊重。M连带责备C的太太对丈夫的外观监管不严，衣服是她洗的。老公只好摇头。

M"明察秋毫"的眼，陆续惹起一些小事端。比如，家里开派对，老朋友把烤熟的糕饼放进盘子，M 训斥人家："用夹子不行吗？看你的指甲泥！"人家六十好几了，一脸通红。三个孙儿女如今见到外婆躲着走，因为她一天之中无数次地逮住他们，强迫洗脸、洗手。

邻居和朋友都窃窃私语，好端端的 M，怎么变成这样？ M 是明理人，知道自己过分敏感的根源，在于去掉白内障。她有点后悔了，但不敢说，怕挨骂。何况，没听说白内障可以"放回原位"。

这一切，一家人看在眼里。一个月以后，是 M 的 73 岁生日。老公送来一件神奇的礼物：雷朋牌太阳镜。老头子在她试戴时，当着两个女儿、两个女婿、三个外孙的面，郑重提出请求：尽可能多地戴上，无论在家还是外出。M 又惊又喜，捣蒜般点头，得意地问："我戴蛤蟆镜是不是特别酷？"

讣告和火葬

  每年收到"三叉戟协会"的推销信不下六七封，是退休以后的事。频率略高于"加州退休人士协会"拉入会的广告函。从前，我很为人寿保险公司的"贴心"表现所感动——它每年必在我的生日之前寄来贺卡，除亲人外，记得区区的生辰的，仅此一家。对于"三叉戟"一次次的热情问候，我却只有苦笑。想起许多年前，台湾宜兰一家棺材店的老板，每天光大声播放一首流行曲《总有一天等到你》，这是株守；这家公司厉害得多，主动出击——推销火葬。我为何获此"殊遇"？当然是因为"潜力"。

  以"火化——今天的明智抉择"为广告语的信函，其体贴和周到是毋庸置疑的：

  "不管信仰和经济状况如何，火化，有尊严，开销低，减少环境污染。许多人视为自然之选，许多人爱其简单。本协会成立40年于兹，系美国规模最大、最受信任的火葬业者。我们所聚焦的，是简单的火化，收费合理，剔除不必要的昂贵项目。与此同时，我们为逝者的亲人提供最有敬意、最具理性和同情心的服务。"

  我读到这里，想，即使我将来是"炉中物"，和我谈火葬，也近于和鱼谈烹调它自己的几道手续。这是当事人不予干预的事后事，信寄给为我办"这件事"的人才算切题。

  巧不巧，今天碰到同类的黑色幽默，它来自一出名叫《最后的话》

（The Last Word）的电影。主演此片的是好莱坞老戏骨雪梨·麦克兰。故事梗概是：81 岁的老太太，退休前是广告公司的创办人，离异 20 多年，亲生女儿和她早已断绝来往。自从误服药物被送院后，决心在有生之年把讣告拟好。她聘请报社负责写讣告的女编辑捉刀。年轻的编辑开头按常规写套话，老太太不喜欢，要推倒重来，指出须写足四个方面：一，亲人爱她。二，同事都尊敬她。三，她"不经意地"做了一些予人以正面影响的事，特别是对少数族裔和伤残人士如瘸脚的。四，她的绝活。

　　女编辑逐个找老太太的熟人、邻居了解，方晓得这是天大的难题。对这位永不认错、控制欲极强的老太太，连教堂的牧师也恨得牙痒痒的。往下展开的情节，对编辑而言是有趣的发现——原来老太太在"不通人情"的外壳里面，藏着火热的、慈爱的心。对老太太自己，是救赎，她在余年为讣告补写一些有意思的章节：和一位黑小孩成为好朋友，在电台当义务唱片骑士，出色当行地播放滚石乐唱片，去看望决裂多年的女儿，和前夫拥抱、和解。最后，安详去世，因为心脏"用得太多"的缘故。年轻女编辑所写的讣告，老太太生前虽已审阅，表示满意，但她在葬礼上作脱稿演说，热泪盈眶。

　　回过头，继续看"三叉戟"的信。原来，它向我推销的，是火化预作安排。这倒是我能做的。信中指出，趁健在早早入会、交钱，有四大好处：一是避开通胀，不怕将来价格提高。二是为亲人减轻压力（知道阁下不愿意成为他们的负担）。三是为自己选最合适的项目（阁下的所有要求均会满足）。四是让心境安宁（一切按部就班，自然去得放心）。我要问的却是：不取"涅槃"而就"入土"，那又如何？

　　是巧合吗？二者都是四条，其相通处，是把自己可以不管的管起来，无论是为讣告定稿还是敲定葬礼的细节。干预自身的"百年之后"，本人如果是唯物论者，也许嫌多事；如果是唯心论者呢？在天之灵当感欣慰。死亡，无疑是最大的神秘，它怎样来，何时来，谁说得准？"上帝拿指头一点，就睡着了。"

什么事都可以急，死却不必，还是让老天爷操心为妥。以上两桩，我暂时只当笑料看。

"搔痒"说

　　林语堂的演讲词《论东西文化的幽默》，有一节专谈搔痒，称之为"人生一大乐趣"。不过，林公之"搔"，专指"轻轻地挑逗人的情绪"的"幽默"，这一界定失之狭窄。其实，人间的社交活动，摒除林文所指的负面部分——"像严冬刮面的冷风一般的"恶意嘲谑或讥讽，如欲增进友谊，互相搔心理之痒，无疑是重头戏。

　　首先肯定，每个人的心中都有痒，大抵而言，男人之痒，在于成就感。深一层看，大凡在现实人生因先天和后天的条件所限，成就不大，即所谓"千古文章未尽才"一类，内心积累着对成功、对成为名人的渴望。这种渴望，越是难以变为现实，就越是积郁于内，成为顽固的痒。

　　解痒有二法，一曰自搔；二曰他搔。自搔简单，他搔却是技术活。试举一例，以下场景在美国唐人街的咖啡店是不难见到的：在某栋大厦当清洁工的中年人 A 进来，遇到在某家中餐馆当帮厨的老乡 B，两人除了刚来时在茶楼聚会过之外，10 年下来，只偶尔在街上邂逅，但为了"马上要去上班"或"陪家人"等堂皇的理由，没法细叙。这一回，天赐良机，合该一边喝咖啡，吃 4 毛钱的菠萝包，一边认真地聊聊大天。交谈开始不久，A 极关切地问："你的两个孩子，现在怎么样？"B 有点惊讶，A 一开始就关心自家孩子，面都没见过呢！语气平淡地说："大儿子上大学了，学商科，二儿子上高三。"可能是乏善可陈吧？B 不想多谈家事，出于礼貌，也不能不回问："你的孩子呢？我记得都 20 多岁了。"这可不得了，A 谈起儿子来！一说就是 20 分钟，一个进哈佛，另一个进柏克莱加大，念什么主科，每年领多少奖学金，得奖多少次，教授怎么夸，女朋友的门第多高，多有钱。B 开始时出于礼貌，鼓动出尽可能高的热情和尽可能生动的面部表情，惊叹，欢呼，质疑，如梦初醒，响应，雀跃。A 一发不可收，顺藤摸瓜，大谈比当今出畅销书的虎妈还厉害的育儿经，长子的天分，在牙牙学语时代已露端倪，次子在小学一年级便轻松拿到全班拼字第三名——B 暗暗叫苦，熬了 40 分钟，难以支撑，以"看医生"为借口，狼狈逃离。A 强咽口水，把发表欲压下去，站起来，寻找第二个倾诉对象，好围绕"自家儿子"再作淋漓发挥。

且就以上个案作析。A 在国内时，是衙门的科长，来美后因别无所长，只好兢兢业业地当体力劳动者。美国社会讲究平等，人们不会拿职业作为人的"等级"标志，但 A 科长移民时把古国腐朽的尊卑观带来了。好在他早已认命，和多数在底层讨生活的老乡"同流合污"，不复埋怨老天不公，可是，这辈子的窝囊，不平反哪会心甘？于是，成就感全部落实在"争气"的下一代身上。"养出伟大儿子"成为心底"奇痒"，自搔却嫌不过瘾，便摸索出一套引人来搔的功夫。通观 A 的此番作为，大体没有问题，不足之处是过分自我中心，最好奉行"己之所欲，必施于人"的古训，被搔时也替人家搔。他的忽略，造成后半段的不和谐。

再看 B，前一段表演不错，后来的互动出了问题，责任在双方。但愿他明白，社交以"让对方愉快"为宜，他应当全程落力表演。其实，他也有痒处，那是下中国象棋，出国前一连三年横扫全乡，获春节淘汰赛冠军，如今在中国城花园角公园也难逢敌手。倘若 A 有点知人之明，对话时，不但谈儿子，也把棋艺以及 B 的成就，作为互补谈资，充分展开。那就保证不冷场，二人相见恨晚，一直聊到咖啡馆关门。

从以上例子出发，我们可以为"互相瘙痒"定出几条规矩。

一曰重视。除非你不出门，无论进入哪个社交圈，哪个不希望交上若干"谈得来"的朋友？"嘤其鸣矣，求其友声"，这"声"，就是"瘙痒搔得好"。古来的友谊佳话，如管鲍之交，管仲说："生我者父母，知我者鲍子也"；还有，"高山流水遇知音"，伯牙从琴声听出弄琴人的全部寄托，看，肝胆相照的朋友，都明了对方"痒在何处"，搔出前所未有的痛快，所以建立了流芳百世的友情。

二曰准确。稍为夸张地说，成功的第一步，主要靠"找准人家痒处"的眼力。一位艺术家，以画画为本业，也擅治印。众人聚会，交口称赞他刀法如何飘逸，印文如何神妙，字体如何高古，却绝口不提绘事。又如，一味称颂某位"高产作家"如何勤奋，每天上班外还熬夜，乃至在巴士上、出租车上、飞机上写出多少百万字的小说，却忽略了数量庞大的作品的"艺术成就"。这类马屁，可能拍到马腿上。前者，容易让对方误会你暗指他在专业上无可观，最好改行。后者，使人家感到，你言下之意是，他只有一种能耐：粗制滥造。

三曰得宜。古有"麻姑之爪"，那可是神仙的手，有两个特长，一是搔工极细腻，让对方舒服得和麻姑一般成了仙。二是长，自家的手难以触及的部位，它胜任愉快。不要以为出手轻重，只和技巧有关，它体现的恰是"知人之明"。清人俞樾有文《高帽》："有京朝官出仕于外者，往别其师。师曰：'外官不易为，宜慎之。'其人曰：'某备有高帽一百，适人辄送其一，当不至所龃龉。'师怒曰：'吾辈直道事人，何须如此！'其人曰：'天下不喜戴高帽如吾师者，能有几人欤？'师颔其首曰：'汝言不为无见。'其人出，语人曰：'吾高帽一百，今止存九十九矣。'"这位"其人"可算老手，搔得老师飘飘欲仙，可惜最后一句是蛇足，火候足的人不会点破，只微笑着离开。

说到这里，以耿介自命的青年才俊怕会骂我：说了半天，原来是传授马屁学。我不以为然，首先，不能不承认，所有社交都含着"拍"的因子，这是由人类天性的刚性需求所决定的。你和人打交道，不为进行阶级斗争，不为结怨造孽。太平之世，两肋插刀式既然用不上（幸亏！），那么，只好正视"人爱受奉承"的普遍事实，顺从人性的天然趋向。而搔痒，乃是在和人相处时制造快乐的不二法门。

拍马是搔痒的低级阶段，不过，说它低级，并不意味着高人有免拍权。且看雅士在"不拍世路难行，拍了自己难堪"这一悖论之中用了多少权宜之计：澳人宁用口勿用笔，在谁也不能随身携带具录音功能手机的漫长年代，人们不是绝不作虚伪的逢迎，但力求不留下"铁证"。连带地，流行一条潜规则：不公布私人通信，为的是免于过分的奉承暴露。

那么，什么是瘙痒的高级阶段呢？"搔哪哪痒"，庶几近于极致。也就是说，本来不痒（痒这种心理冲动，和荷尔蒙分泌近似，有时强烈，有时衰竭，比如抑郁症患者，就压根儿没痒，只有痛），交谈之时工于引发奇痒，痒了能搔，搔了能乐。臻此境界，不是八面玲珑的交际花，便是对人家的痒处了如指掌的达人。还是拿上文那个偏好海吹"自家儿子"的人物为例，他的对手如果对此早已洞察于先，见面时巧加调度，便可望产生话题一出，痒随之，互相搔个不亦乐乎的喜剧场面。B 遇到 A 以后，可以抢先提起哈佛的近况，从参加校庆的名人猛人名单破题，抽丝剥茧地进入哈佛的环境，师资，学生。面对正中下怀的话题，A 肯定灵感如天花乱坠，随时加以诠释、引申，到最后，即使 A 不围绕自家儿子多加渲染，但心里的瘾已过得差不多。当然，A 要在下棋方面做同样的文章，话题交错，机锋起伏，便更是妙不可言的双赢。

　　同理，文人的互搔，不必归结到对方"受用"与否，只要能激发谈兴，导出对方的智慧，过招之时火花四迸，有如竹林七贤坐而论道，诸葛孔明舌战群儒，最后以放达的哄堂大笑，或意味深长的会心之笑为余音，这就是无功利计较，纯以思考与辩难为乐的灵性境界。

　　谁没有痒？穿街过巷的木匠有技痒，赌徒摇俄罗斯轮盘时有瘾痒。兵家有昔日功勋之痒，政客有施阴谋阳谋之痒。情种有单思之痒，恋人有倾诉之痒。商人有利润之痒，农民有庄稼之痒。小女孩有白马王子之痒，小男孩有当超人之痒。中年男子有功名之痒，中年女人有妒忌之痒。老男人有初恋情人之痒，老太太有孙儿女之痒。连家里的狗也爱被人爱抚颈项，那是它的受宠之痒。金圣叹的"不亦快哉"中有一条："留得三四癞疮，关门呼热汤澡之"，前一句说造痒，后一句说搔痒，精华尽出。

视线之内

漫长一生中，想必有过这样的经验：你和一个人告别以后，渐行渐远，一路上你好几次回头，每次送行的人都在老地方，近距离时是点头、微笑；稍远一点是挥手；直到即将走出对方的视野，蓦然回眸，依然一个身影，要么凭栏要么依间，面目尽管模糊，但你晓得那视线一直没有离开你的背影。远行人甚至会感到，背上两处圆点，一似拔火罐般热着，那是对方的目光所凝聚。此去可能关山万里、萍踪十年，忘不了的是目送的一幕，深深别情，浓浓眷恋，尽在视线之内。许是如火如荼的爱情、血肉相连的亲情，才有如许执拗的远望；许是殷殷的期望、入骨的牵挂，才以眼睛作顽强的跟踪。

这样的凝望，可算东方人表达情感的独特方式。洋人爱明来，感谢的话，尊敬的话，当面说尽；拥抱，亲吻，面对面地进行；连开拆礼物，也得当面。中国人偏好含蓄，母亲不会搂着孩子，一个劲儿地说心肝宝贝，但儿女远行之际，从前，她站在家门外；如今，站在车站月台，机场入口。我 12 岁那年离家到 10 公里外的县城中学当寄宿生，穿着母亲连夜赶缝出来的短袖衬衫，提着她递过来的小皮箱。我说，妈，我走了。母亲在踏缝纫机，头也不抬，只应了声"嗯"。不过，我老来背诵黄仲则的名句"惨惨柴门风雪夜，此时有子不如无"时，断定生性内向、绝少对儿女表露爱意的母亲，在我出门后，冲到门口，默默看我走远。万斛亲情，化作舞台聚光灯似的目光，让远行人的背去负担沉重的嘱托。恋爱中人的离别，情感的张力也在这里。你要考察爱人对你的情分吗？如果她把自己的命运和你的脚步连接在一起，那么，你远行时，她的目光是不会早早撤走的。一夜缱绻的次日，你的车子开出老远，从后视镜还能看到门前伫立的倩影。如果她生性高傲，或者刚刚和你怄过气，那么，在窗帘的缝隙，总该藏着一双缠绵的眼睛。

蕴含人间至情的视线，足以教人铭记终生。远行者务必回眸，如果笔直前行，从不回头，你将错过胜于千声叮咛万声倾诉的目光。

人生铺垫

上星期天是母亲的生日。午间，我和往常一样，躲在书房里，要么上网浏览，要么看书，要么写作。午后，亲人们陆续来到：母亲、妹妹和妹夫、弟弟和弟媳。我仍旧和往常一样，走出来，打招呼，稍作问候，说些闲话，然后，把接待任务交给太太，又回到电脑前。我似乎从来都是这样，并非和血缘最近的人们谈不来，也不是阔人猛人要我赶写旨在治国平天下的宏文，连不给稿费的本市报馆也没向我约稿，我本该和大家坐在客厅谈天而不去，只是出于不爱群聚的习惯。这习惯是可恶的，我知道。然而改不了，幸亏家里人早就晓得，予以原谅。我呢，也思量补偿，到团团坐着吃饭时，嘴巴除了吃，还忙碌地投入社交，恶补亲情。

我即便独处，也有一坏脾性，家里不静就无法写作，好在可以干别的，比如此刻，我在敲键盘，回复电子邮件。书房的门打开，客厅的谈笑声一拨拨地递来。亲人们在讨论、争辩，主题是弟弟该不该回国买房子，在哪里买，花多少钱，多少个居室和阳台，洗手间是坐式还是蹲式。"如今还看到有的新楼装修，马桶和淋浴间不分开，每次洗澡，都把马桶板浇湿了。洗完澡连穿裤子的干地方也没有，活见鬼！"谁在义愤填膺地指斥。笑声，争执，喝茶吃点心的声响，窗外不时塞进日落大道上消防车和救伤车的鸣叫。

我兀自微笑，踏实地、从容地、幸福地打字。回电子邮件不比正经的写作,尽可心猿意马。这时刻,忽然想到,我的自在是有铺垫的,那就是亲人和平与健康的人生。如果他们不在客厅制造亲切的噪声,我能安坐在里面吗?他们之中的任何一位,如果因病或别的事故缺席,我也许要在路上奔波,到医院去探望,买药,找医生、律师、移民官、会计师、保险经纪,以应付一场官司或意外。即便没有显而易见的问题,亲人的事,哪样不教你牵挂?妹妹多日失眠,最后使用极端手段,喝光有晕眩副作用的止咳药水;母亲的耳鸣如雷;弟弟夫妻吵架……

英语有一被人用滥的比喻:"冰山一角",短暂的安宁,浅薄的文字,插在书架上的一排书,属于我的正面的物事(或者叫事业)都被不可见的亲情、爱情这巨大无比的山架承托着。我尽管不愿直截表白,但心里永远洋溢着感恩。父亲在世的时候,每次全家老少 10 多口,团聚在家,笑闹成墟,我也只是偶尔出去插插话,捎带从咖啡桌上抓一把炒花生。然而,我独处时,总沉浸在巨大无比的完全感中,念着古人的"三大乐事":父母俱在,兄弟无故;俯仰不愧;得天下英才而教育之。眼泪潸然而下,是啊!人有悲欢离合,此事古难全。但此刻是全的,稍纵即逝的"全"!最后一乐和我无缘,但已占其二,何况,"俯仰不愧"这"乐"也部分地以父母兄弟安好为前提。如今,爱咋呼爱管闲事爱和孙儿女逗笑的父亲已变为墙壁上的照片。最小的妹妹在父亲辞世两个多月后,也因中风变为植物人,我一厢情愿地假设是父亲想招走她。安慰母亲说,父亲最疼幺女,他们在泉下做伴。

没有这些铺垫,我能在案头玩幽默吗?能洋洋洒洒地写世间的悲欢离合吗?也许马上有人教训我:古来多少天才饱受人世与内心的折磨,在最艰难的状态下写出不朽之篇,你干吗这么娇气?我的回答是:即便这些巨人,也不曾热烈地招请苦难登门;来了,是没有办法的事。我既然拥有幸福,当然珍惜。其实,这是多少年的习惯,儿女幼小时，在客厅玩耍，我在书桌前背英语单词，妻子在踏缝纫机，似乎都不相干，然而，一家子都在感应着，照应着，互相成为心情的铺垫。直到现在，妻子一到晚上就打没完没了的电话，听着她咯咯的笑声，我取笑她是刚刚下过蛋的母鸡，她不恼。我胸有成竹地对自己说：嗯，我的运气不赖，老婆不必列进"受牵挂名单"。

礼赞所有为我的人生高度作的铺垫，一似山岗上番薯最嫩的苗儿，恋蕊上一滴清露；一似熟睡中的宝宝，以长睫毛的拉链锁住临睡时爸爸在床前说的童话；一似踏上红地毯的新娘，紧紧挽住父亲的胳膊；一似枝丫间的黄叶在秋风中的坚持，我抓住短暂的圆满。家族聚会在午饭后便结束，亲人将陆续离去，或先或后。新一代将长大，成熟，家族就这般绵延着。

我在书房里，机警地捕捉母亲的话语，她很少说话。但我晓得，她坐在长沙发中，左边是媳妇，右边是女儿，她听着，笑着，满足着，一似我在书房里。

过一天算一天

友人和我闲谈，提起某次和在故国大都市的侄子通越洋电话。侄子年过三十，要和为跑新闻脚迹遍布各大洲的伯父交流人生观，问："您怎样规划自己的人生？"伯父回答："我啊，过一天算一天。"侄子顺坡下驴，说："我也是。"友人不好直截批评一向来关系不算亲密的侄子，憋了一肚子气。

友人对我说："我是电视台的新闻记者，以'新闻'为关键词的生活，并无任何预警，我无从计划，只能以'兵来将挡，水来土掩'对付。如果半夜接到电视台的紧急通知，那是来了突发事件，我得马上赶赴现场。否则，上班时打开电脑，搜索各大新闻网络，寻找线索。我的生活态度，是由'先有新闻再有报道'的职业被动性决定的，除非导演新闻或虚构新闻。"

去年建立家庭、几个月前得一女儿的侄子，该不该效法新闻工作者的过日子法？或者，提升一个层次，问：年轻人的人生应是主动的还是被动的？据友人说，他侄子"含着金钥匙出生"，他爸爸在 20 世纪 90 年代的经商潮中，投资屡屡得手，赚下可观的财富。就在去年，老爸送给儿子的生日礼物，是崭新的宝马 350 跑车。父荫下的年轻人，免费住价值近千万的房屋，一天天养尊处优，自不待言。他最"繁重"的工作，恐怕是偶尔遇上保姆请假，半夜里婴儿在隔壁啼哭，被太太揪耳朵，不得不起床，调进口奶粉，拿给抱着婴儿的太太。不错，靠上一辈赚来的财产，他和妻小都不必为明天的房租、将来孩子的入托费、进私立学校的赞助费之类发愁。

然而，友人的忧虑是有理由的。年轻人物质生活再富裕，人生道路再顺遂，都必须有近期计划、中程目标、远程愿景。自我人格的完成，和"安乐茶饭"画不了等号。哪怕仅仅出于"谋杀时间"的必要，也得筹划去哪里打高尔夫，何时往哪个地方观光，去哪里逛博物馆、看比赛。何况，终生过"行尸走肉"的日子，并非天赐特权；相反，它藏匿着无穷祸患——天下多少恶行，来自失去生命的方向？吸毒、酗酒、飙车、暴力犯罪，钱太多把后代毁掉的例子，要多少有多少！

如此说来，"有的是明天"但偏偏"过一天算一天"的生活方式必须抛弃。即使未来充满未知，来日的多寡和祸福均难以把握，也要"从长计议"。进取的人生和颓废的人生，分水岭就在于目标之有无、斗志与韧性的强弱。过一天"算"不止一天、三天，几个月，远至一年、五年，甚至"百年树人"的漫长岁月。高瞻远瞩的"算"，不是拿来糊弄恨铁不成钢的长辈，也不是自欺。而是为今天设立起跑线。唯这种"算"，使得生命丰盈。每一年元旦写下的"新年献词"，岁末予以检讨，即便惭愧多于欣喜，也只是调整的问题。明天，你将实际一些、勤奋一些。终于，计划上的"目标"和与总结里的"所得"重合，那一天单为了驾驭自我的能耐，你就该自豪一阵！

话说回来，起步之前制定的生涯规划，和耗去大半人生之后的总结，一般地说，后者远高于前者的稀少，"一个小心就成功了"的人们，绝大多数是受命运殊宠的幸运儿，一般人强求不来。我们只好承认，期许太奢侈，现实付不起这个高价。然而，不管二者的差距多大，只要最后交得出"问心无愧"的总鉴定，这辈子就算合格了。

第 2 辑
栏杆拍遍

黎明时分

5 时 10 分，起床，蹑手蹑脚地穿衣，背手关房门。隔壁睡着 18 个月大的外孙女。在客厅，喝下半杯温开水，走到窗前，撩开帘子，外面曙色未露，日间繁忙的日落大道车辆稀落，车子从夜与白天的接合部碾过，似乎格外小心，几乎没有噪声。远处的太平洋乌黑如鳗鱼的脊部，所谓"鱼肚白"，要 1 小时以后才翻身现出。

记起至交陈善埙一篇散文：《黎明时你必须醒来》。兀自一笑。这题目不是不可以拿来发挥的。首先想到自己"黎明时必须醒来"的时光，它可悬为上班族第一标记。打工年代，至少有 20 年，经常地在凌晨 4 点以前醒来，靠的是闹钟，两台，设置的时间差 5 分钟，睡前还检查，试听。酣睡之中的铃声，直如一根凉而光滑的竹竿，蓦然戳入梦境。一跳而起，关掉闹钟，坐在床沿，揉眼，欠身。有时无论怎样努力都撑不起眼皮——太困了，昨夜 1 点 30 分钟躺下，才 3 小时，又迷糊起来，闭眼，哪怕一分钟。第二个闹钟来袭——然后，乘巴士或者开车，上班路上一路打惊天动地的呵欠，流泪，幸亏没人在旁，不必掩口。

"黎明时必须醒来"之后，第一杯咖啡是怎样的诱惑！必须冒热气，必须醇厚且带微焦的芬芳，我此刻吸吸鼻子，余香依然。咖啡下肚以后，睡意溃退，抖擞精神，干活，和同事说笑话。我青春的手，拿起一个又大又厚的甜甜圈，咬一口，和门外的夜色一般黏稠的黑草莓酱从里面流出。那是移民旧金山的第二年，我在地铁出口旁的咖啡店当售货员，盈耳的英语，笨拙的应对。顾客以附近办公室的白领居多，当证券公司接待员的黑人小姐，期期艾艾地要我卖给她"半份三文治"，因为月底花光了钱。人生有多少这样的黎明？"必须"得这般美妙！

记起《神曲》里面的名句："起来，只要你神完气足，不为形役。"前一句基本上是养家糊口时期的写照，后一句却适用于"黎明时不必醒来"的赋闲时期。退休前，自然醒无疑被视为退休的最大好处。从此闹钟消失，夜晚一过 10 点，老妻"明天上早班呢"的唠叨不再。但我早起的积习未改。今天比平时更早，因为舍下有贵宾下榻——外孙女在我书房的童床上睡觉，她随时会醒来。

我坐在客厅的沙发，打开电视机，看昨晚睡前没看完的电影《星期三早餐俱乐部》，它采用触及"老"最敏感处的题材——渐次的死亡和灵魂的安顿。三个"二战"前出生、历经战乱、老来独居的白人，每个星期三早上，都到一家餐馆吃早餐。"吃什么"是固定的，善体人意的女侍应生连他们所喝咖啡的温度都拿捏得准。他们落座后，不必点菜，不必强调要哪一种香肠和烤到什么火候的熏肉，分毫不差的早餐便端来了。然而好花不常开，一位成员因心脏病走了，俱乐部成员剩下两位。不久，又一位成员辞世。形单影只的成员对着早餐盘伤神，连刀叉也没拿起来，茫茫然离开。

看到这里，我低头喝刚以现磨咖啡豆泡的提神之物，黯然望向曙色即将漫流的天空。隐隐然看到一条传送带，以难以觉察的速度，不可逆转地，把世间所有人运向终点。想起昨天。因临近清明节，我和家人去台山墓园上坟。柏树环绕的平缓坡地，是父亲的长眠之处。平日，众多中国裔的灵魂，在迷你城市一般的墓园里居住，墓碑就是门牌，负责海空巡逻的是羽毛似雪的海鸟。清明前和重九前的"春秋二祭"，使这"城市"热闹非凡，人的喧哗夹杂爆竹声、供品、香烛的烟，人世与泉下同欢。

拜祭父亲之外，我必去各条"街道"逡巡，给几个故友的墓插上郁金香或康乃馨。阳光如瀑，注视着熟悉的名字和照片，忽然悟出，这些已然完成的生命，于我别有一种意义——成为我生途的"里程碑"，和旁人无关的私密"里程碑"。碑上刻"1921—2006"的刘雁婆婆，小镇的斜对门邻居，看到跪在骑楼打"玻珠"的我，以及狼狈逃回学校的我；碑上刻"1947—2005"的陈先生，小同乡，在故土当中学教导主任，中年以后在唐人街开糕点铺，闲时坐在门口抽烟，多次看到打两份工、趁休息的间隙在他铺子对面买报纸的我。碑上刻着"1947—2005"的黄先生，高中同窗，读书时彼此都酷爱笛子，20多年前他来我在旧金山的家，一起试吹新买的玉屏笛，都喑哑难听，他看到垂首无语的我。碑上刻着"1936—1997"的刘老师，邻村人，在外地教书，每个周末骑自行车回家，在公路上看到自行车前后载着儿女的我。而碑上刻"1940—2004"的那位诗友，简直是我写作生涯的镜子，家乡田野的星月和唐人街茶楼那把劣质水仙茶泡成白开水的铁壶，都见证我和他的痴狂与笨拙。心里还立着多少面价值远超"里程碑"的丰碑？此生至爱的父亲、勤劳而严谨的岳父——他们历经总嫌太短促的"生前"，回归永恒的宁静。此刻，昨天流连的墓园，只有被近来太丰富的供品宠坏的海鸟，一个劲儿地扒残留的食物，其他都在渊默之中。

我面对的电视屏幕上，电影《星期三早餐俱乐部》到了尾声。餐馆的老板率领包括女侍应生在内的七八个雇员，齐集唯一幸存的老顾客的家门前。那是感恩节的黎明。大家一起唱圣诗。继而，门打开，露出老人惊喜无比的脸。爱成为灿烂的晨曦，流淌在所有人的脸上和心上。我老泪纵横。是啊，在从衰老再往前的路途，充满艰难和不测。黎明时从"必须醒来"到"不必醒来"，再到"永不醒来"，就是无回程的生命之旅。好在，我们有"爱"作为救赎，以"爱"将任何种类的黎明铺上绚烂的彩霞。

书房传来咿呀之声，酣睡了 11 小时的宝贝醒了。从床上抱起，喂奶，一起玩耍，是这个黎明"奶祖父"的神圣职责。我站起，走向书房。王鼎钧先生在《把大江留给你看》一文中道："大江流日夜，往事总是在夜间归宁。我们老年的夜被各种灯火弄得千疮百孔，不像童年的夜那般浑然天成。"此刻不同，我像中年时代的黎明时分，站在距住处不足一公里的太平洋之滨，面对云蒸霞蔚的海平线一般，迎接崭新的太阳。

听雨密西西比

一、缘起

晴朗明晰的春日午后，天地如重彩工笔画。我在旧金山下城的联合广场闲坐，几个游客模样的白人走来，打听哪里可以吃到正宗的中国菜，我分别就高中低三个档次推荐了离此只有五个街区的唐人街餐馆，他们意犹未尽，和我扯起家常来，从我的肤色和口音，引出"你从哪里来""在旧金山住了多久，感觉如何"一类话题。我呢，趁热络小作卖弄，单刀直入，说他们是从密西西比州来的。这些天真未泯的中年男女惊讶无比，差点称我为小半仙。我说："还不容易，从口音听出来的嘛！"

他们说的，是在加州不常听到的南方英语。这种口音，吐字特别圆，每个音节都由舌尖卷起来，顺它一顺，才在颚下滚出。白居易形容琵琶声："大珠小珠落玉盘。"借来形容它，也恰如其分。听到我的恭维，游客们更乐了，追问我和密西西比州的渊源，我说，你们那里，我待过。

"哪个地方？"一本正经的高个子扳着我肩膀追问。

糟糕，怎么忘了？"绿什么的……"

"绿村？绿山？绿湖？"他似逼供。我一个儿劲摇头，这糟糕的记性！

"绿树（Greenwood）镇?"他锲而不舍，仿佛在为一桩历史悬案寻找解答。我击掌大声说:"对了！它就是 13 年前我到过的地方。"

这阵子，我已经晓得，这些游客都是药剂师，来这里参加一家跨国制药公司所主办的年会。高个子来了劲儿，把身边那娇小玲珑的妻子推到我跟前，兴奋无比地说:"太巧了，我太太琳达是土生土长的绿树镇人。"琳达一脸"他乡遇故知"的近乎，问我和绿树的因缘，我说是到那里探望朋友。朋友姓周，开杂货店。

"那镇子才 5 万人口，你说不定光顾过那店子呢。"我说。

琳达摇摇头，顺便纠正了我的错误:"绿树镇的人口才 3 万。"不过，我想，这可能是最新的数据——90 年代以来，小镇人口在减少中。

呆望着密西西比州来客的背影在通向唐人街的市德顿隧道口消失，我在雕像旁边的长椅坐下，怔怔地回忆起密西西比来。回忆是路旁一口老井，埋没在泥和草里，一旦你驻足，把覆盖物移开，便发现它深邃如昔，清澈如昔，进而，你为了长久地忽略它，而导致心灵和诗的双重干涸，倍感悲怆。

1990 年 1 月，元旦刚过，我独自乘机飞往南方。行前害了重感冒，前一晚发高烧，好在上机前烧退了，而这流行病的全本戏码差一道——咳嗽，还没来得及上演。趁这个空当，我来到美国东南部的田纳西州。曼菲斯市是美国不朽的歌星"猫王"埃尔维斯的故乡，高楼大厦不多，街道灰蒙蒙的。友人正夫妻远道来迎，相见十分亲切。

午后，开车上路。老式的轿车大如小货车。正说，自从他学开车那阵，把车子开进一条小河之后，对方向盘就怀有恐惧，平时外出，都由夫人当司机。这盘山公路于我却很是亲切，便提出由我来开，让他太太休息一会。对开的两线道，盘绕在郁郁苍苍的连山下。路上不时看到野兔和浣熊的尸体，都是横过公路时葬身轮下的。落尽了叶子的枫树密匝匝地排在坡上，正说，要是早来两三个月，霜叶满山遍野，秋光燃烧，壮观极了，而今却这般孤苦无告。落日浑圆地在原野上方移动，落下以前，剪纸般的月已经上来。穿过叠嶂，在细浪般温驯的矮山包上驰驱，视野没遮拦了，夜色也随着轰然滚下棉田边缘的日头，浸漫开来。

芦苇丛散兵线似的，布在路边。正抖擞精神坐直。迎面是高大的橡树、敦实的雪松、各自为政的白蜡树。转几个大弯，在一栋单层建筑物前停下来，正的家到了。

迎接我的，是黑咕隆咚的雨网。

二、绿树镇的诗情

你我竟相识，竟相知，竟相逢

竟能一同听雨

听雨在扰扰的中年

——《听雨，在密西西比河》

（周正光作）

10 年前看过一个好莱坞喜剧片《绿卡》，说的一位法国来的男性非法移民和一位美国女子的罗曼史。过程是这般的有趣：首先结婚，其次结为友，最后才陷入情网。不过，这是没有办法的事，法国佬为了取得在美国的永久居留权，才和素未谋面的女子去登记，然后，把平常人的感情历程倒转过来，操练一次。不过，这样的荒谬，在写作群体中恰恰成为常规。

我和正，是因为同在旧金山的《时代报》上发表作品而通起信来的。并未免俗，起因不是"不打不相识"，而是"互相看得起"：我对副刊主编不遗余力地称赞这位远在千里之外的陌生同胞的旧体诗，他在给主编的信中，特别指出，他激赏我那题为《挑担回去》的自由诗。我从他的投稿信取得地址，写信给他，表示仰慕。他又惊又喜地回了长信。接着，通了电话，头一回，他极为郑重，预先说好时间，那是他的店子打烊的星期天午后，一聊就是两个小时，由此，拉开"友谊蜜月"的序幕。

那是 1986 年，我 38 岁，他 46 岁，都处在拖家带口的中年，都是在婚姻的围城里安居乐业的住家男人。然而，两位绝对没有同性恋倾向的老式中国人，一起显露"陷进情网"的痴狂。何其刻骨铭心的思念，何其酣畅淋漓的交谈，常常地，打完一个电话，兴犹未尽地躺下来睡觉，才感到耳朵发疼，给话筒压的。看时钟，刚才的"电话粥"煮了 3 个钟头，怪不得心疼电话费的老婆大人，眼珠变得那么白。话题离不开诗，把两人的近作，一首首、一句句地浸渍在友情的蜜罐里，再舀出来细加品尝。如今回头读那时的诗作，惭愧之余，解不透幼稚和散漫的诗句，何以被激荡为壮观无比的瀑布？一如爱情淡出以后，再也无法重演和情人彻夜絮语的缱绻。

爱情难有柏拉图，友情到了沸点，也不再满足于电话和鱼雁，要"共剪西窗烛"。1988 年，正和两个儿子乘飞机来访，在机场的出口，我第一次看到早已亲密万分的兄长：清癯、飘逸、从容，我从没见过这般纯粹的雅士。父子三人住在我家，往后的几天，我和本地的诗友陪他逛唐人街，游渔人码头。他性好花草和奇石，在金门公园里溜达几次，日本茶厅旁边的樱树林，那是秋日，花信还没到，让他低回不已。一天，我和他起个大早，到离住处不远的海滨去，灿灿的阳光落在右肩，防风林前面的荷兰风车，在悠闲地研磨时间。在潮水刚刚退下，平滑的沙滩上，两行湿漉漉的脚印迤逦到远方。我们头一次面对面地倾诉着敬慕、欣赏和庆幸的情愫，一点也不忸怩。

共处的短暂时光里，我对一个男人献出了多少殷勤，自己并没察觉，只觉得十分寻常，尽了待客之道和地主之谊而已。直到我把父子三人送到机场，回到家，妻子如火山爆发般地清算，我才恍然大悟。妻子向来好客，接待我的朋友在家吃饭，大方热情，反正我所交的都是男性，不存在爱的纠葛，可是，我太过分了，使向来识大体的贤内助忍无可忍，爱情吃起友情的醋来。事都是鸡毛蒜皮，诸如：妻子忙里忙外，准备了一桌佳肴，我和客人就座，妻子还在做最后一道菜，我看小孩子饿急了，便吩咐："别等了，先吃。"正说："嫂子还没来。"我没抬头，淡淡说："别管她。"自然也没叫齐在客厅做功课的儿女。妻子端着热气腾腾的香酥鸡出来，看我们有说有笑，脸一沉，随即又堆上亲热的笑容，这些我没觉察。一晚临睡前，正说孩子有点不舒服，我不放心，半夜起来，送去开水，妻子被吵醒了，嘟囔一句，又睡去。放在过去，妻子是不会计较的，可是这回声色俱厉地数落，我起先埋怨她小心眼儿，最后终于明白，我给朋友献出的情意，过分到使另一半失去安全感。本来，爱情和友情，是并排的轨道，但那是指各自独立的状态，一旦造成可比性，计较就来了：我待朋友远比待她体贴，朋友的重要在她之上。夸张点说，我去国后缺乏心心相印的朋友，友情的"久旷"终于酿成外遇式的狂热。

投桃报李，在绿树镇，正的友情简直要把我溶化掉。栖居异邦这10年间，忙于谋生，疏于交游，朋友本来就少，惯常见面的三几位，多半是清清淡淡的，一如结婚多年的夫妻，维系的与其说是如漆如胶的爱，不如说是习惯和责任，然而和正的交往，是从诗意发酵出来的，意气的完全投合加上新作带来了无穷尽的话题，探讨、争论、提议，互相的阐发，彼此的印证和激荡，友情成了春野的日头，蒸发出的气息要让人醉倒。

施耐庵云："快意之事莫若友，快友之快莫若谈。"爱情以灵和肉的双腿前行，友情却只具有形而上的内蕴。在绿树镇的日子，肝胆生平，惺惺相惜，都化入绵绵无尽的倾诉。

写到这里，颇觉词穷，写友情，洒脱有雪夜访戴，义气有管鲍，相知有子期叔牙。当知青时读《约翰·克利斯朵夫》，在描写主人公和法国作家奥里维的友情的篇章，洒下多少热泪。可是，我无法曲尽这一场并没有掺杂任何性爱因素的、纯然由共振的心律所谱成的灵性之歌，两颗饱历故土忧患与异邦坎坷的心，紧紧拥抱着；两颗在诗中浸泡出来的、虽不押韵但无时不诗情缭绕的魂魄，在雨的伴奏下比翼。栖居在英语横行的新大陆，唯一一场丰沛的春雨，丝丝入扣地灌入心田久久遭旱的角落，给被谋生和俗物窒息的肺腑注进甜甜的清冽的生机。

一起听雨。在路旁的快餐店里，倾听檐边的滴答。在他家园子的旁边，伏栏俯视老而矮小的竹子，瓢泼的雨扑打着，来不及返绿的剑叶，不胜沉重地俯仰。雨打芭蕉让人安恬，因为阔大的叶子具有足够的自信。篱下雅得、也瘦得一如主人的植物：无论竹，还是含笑、茉莉与菊，都教人泛起"断雁叫西风"的凄楚。好在，我和他驾车到镇外的格林内达湖滨时，暂时放晴，远近是稠如糨糊的岚气。在未返青的枫林边，两人坐在歪斜的木椅上，仿佛浮在烟云上。四下无人，凄迷的湖面，漂荡着禅意。话题集中在台湾的现代诗上，竞相征引心爱的诗句，从洛夫到余光中，从周梦蝶到商禽，一个背诵非马的短诗《醉汉》，一个吟哦纪弦的《你的名字》。心底的诗意、身边的春意葱茏地交缠，脚下的草色顷刻间返青。

忘记了饥饿，忘记了时间，面对着莽苍苍的湖山，并行在超然的精神世界。过午，湖上才闪出人影，是来钓鱼的。全副披挂的男子，长筒雨靴栽在芦苇荡中，矫健地舞弄着钓竿，鱼踊跃上钩，丝线在水天同色的溟蒙中搜动，每一次都扯起一片活蹦乱跳的银鳞，恍如慢镜头的闪电。我们蹚过去，看钓客搁在岸上的小水桶，里头泼剌着十来尾，正光说叫银腊鱼。我们在归途，路过一处市场，刚才遇到的钓客已经在卖鱼货，清一色的银腊，每尾一磅左右，要价两块，我们买了几尾，回去清蒸，配上葱末和生抽，果然鲜美绝伦。

更多的清谈，是在雨夜。店子打烊，门外寂寥，只剩雨声。我感冒未愈，咳嗽正凶，正那慈祥的母亲每晚给我做中西合璧的药汤："可口可乐"汽水炖乌豆。喝了两碗，肺部轻松了。和正在八仙桌前相对，前世今生，故土异乡，绝句与自由体，他的出生地广州，我的启蒙处横水，古人与故人……常常地，在他呷茶我喝药汤的间隙，都住了口，侧耳对着窗台——

可以听成细诉衷肠

可以听成渐行渐远或渐近

却总归无法到达的归人之履

可以听成潇湘的凄恻

可以听成母亲的唠叨

可以听成千篇一律的教义

可以听成万古常新的经文

可以听成对影的独吟

可以听成沙漏的流淌

最妙是

谈至夜阑

檐前郑重其事

一滴、一滴

为友情的小令

缀成悠悠

尾韵

三、绿树镇风情

雨里黄昏，"地主"领我出门漫步。他说这镇子几乎没什么产业，从前有过钢琴厂和纸箱厂，都衰败了，背了债，关了门。我观察公路对面的购物中心、停车场和建筑物，是做大生意的派头。路过一些砖房，栅栏上探出低矮的乔木，艳紫一丛丛，使眼睛发亮，花的形状和岭南见惯的木棉花一样，不同的是花的颜色和树的高度。正告诉我，这是玉兰，和州花"荷花玉兰"同科，正在花信中，花瓣厚而润泽，多像在剥落的木门外看街景的胖妇人，不经意的一笑，不算生动，却透出雨天南方的润泽与悠远。

正说，南北战争的战场和纪念馆都离这里不远，只是镇里多的是国家包养的穷人，缺少纳税人，市政预算阔气不到哪里去。足下的路，无论是大街还是小巷，水泥地面都磨损得差不多，只剩一层沙子。出了镇子，视界开阔多了，无边的棉田上，散落着许多梗枝，还黏着小骨朵，被雨渍得乌黑。

一条铁路从山边伸来，从棉田中笔直切过，那般蛮不讲理，叫我想起奴隶制时代南方统治者的威仪。我们正在享受鲜润的风，一列火车开过，铿锵铿锵地敲着和黑人肤色一般凝重的轨道。对着风驰电掣的车皮，我们缩着脖子，生怕被伸出来的杠子什么的击中。足足站了半小时，才看到最后一节，带着新砍下的枫木的辛香，逶迤而去。

进了大而空的商场，耳畔塞满了南方英语。在这个国度待了 10 年，只晓得纽约和旧金山两城市的口头语有外乡人难以察觉的差异，例如"咖啡"的发音。在好些牛仔片里，也听过颇为佶屈聱牙的得克萨斯口音。这回身在其中，感受尤其独特。让我领教南方话的奇特风味的，却不是白人、黑人，而是正的幺妹——幼年随母从香港来这里的岭南女子，从小学、中学直到大学，教育都是在密西西比河畔完成的，她所嫁的内科医生，是土生华裔。娇小的身躯，秀丽的五官，东方人的樱唇吐出的英语，和小说《飘》里头的玛格利特一样本色。刚刚看了一本比尔·布莱森所写的旅游书 The Lost Continent（台湾出版的中译本，名为《一脚踩进小美国》），不止一处拿这种口音开涮："南方人说话这么难懂，不只是因为咬字不清，也因为速度太慢。……一般南方人讲话的模式，宛如某人徘徊在昏迷和清醒之间。我换一双鞋袜的时间，比密西西比大部分人说一句句子还快哩。"书里还说，在这里，"所有在电视和广播上讲话的人都努力使自己听起来像北方人"，"在电台的盘算中，活力四射的北方腔一股脑儿讲完三四个广告时，一般南方人才刚清完喉咙而已"。这位货真价实的美国佬，成年后才搬到英国去，20 年后卷土重来，却像我等"中国大陆新移民"在旧金山渔人码头一般大惊小怪，早餐店的女侍对他说话，他目瞪口呆，"一个字也听不懂"，"就算她讲的是荷兰话，效果也不遑多让"，费了好多时间，拿刀叉比画，才明白她是问："你要看早餐菜单吗，蜜糖？"

据我的体验，南方口音并非艰涩如此，它和得州口音近似，但不那么重浊，得州佬说话，叫人想起钉马掌的锤子，甚至听出马厩里草料带腥的鲜味和牛仔赛会彪悍的吆喝。这里稍不同，密西西比河洗涤过的语言，带有水的婉转。我在商场附设的咖啡店闲坐，偷听邻座的黑人女子们聊天，话语流水般，不住打旋，这可是最兜得转的涡圈。如果说，一般美国人说话，R 音重得有点黏腻，费老大力气才从舌根拔出来似的，南方人的口齿却较为活脱，让人怀疑是不是喉咙两旁安装了滚珠，还加了上等润滑油，骨碌碌地，每个 R 音都是 360 度的大旋转。至于语速，并不慢，除非智障者。

从铁路下来，进到空寂的街道，踩着嵌在残余水泥上的沙子，我忽然记起我儿时的小镇，它也在南方——中国的岭南。连气候也相仿，春天下长得让人绝望的黄梅雨。不过我的小镇没有雪，也没有枫树、橡树和棉田。二者的神似处在情调：废墟般的氛围，居住在里面，感到的与其说是宁静，不如说是颓废的懒散。大都市尽管多噪声多罪恶，但具有竞争所激发的生机。从纽约地铁站所有行人赛跑似的姿态，从芝加哥 110 层的"西尔斯"大厦鸟瞰到的，因堵塞而成为停车场的高速公路，从旧金山下城正午时分的金融区公园上空那些黑云般的鸽子群落，它们被外出用餐的上班族惊起，无处可栖，扑翅而起，给麦当劳的午餐盒洒下粪便或茸毛，人所感受到的城市的脉搏，这里并不存在。这小镇，在仅有的厂子关门后，黑人居民中，胆大的进城去；剩下的是领救济金的。与世无争的惰性，在绵长的雨季，散发出霉烂的味道。我猜想，读小镇报纸的讣告栏，带雨出殡的倘若没有比平日增多，那不是因为"死气"不重，而是如我一位黑人同事的自嘲："死，我的同胞不是不想，而是没那个胆量。"这位工于自嘲的人物，曾经从旧金山回到这里探望父亲，半夜外出冶游，被操南方口音的警察抄去驾驶执照号码，他恨死了密西西比，从此不来了。

　　我们默默地漫游，几条狗咻咻地尾随着，在沙地留下浅而漫漶的脚印，看无所获，掉头走开。悠然想起南北战争前的南方：毒太阳下，棉花田里的黑奴，若有所思的监工，晃得人眼花的金表链从前襟垂到便便大腹上，穿大篷裙的庄园主千金，小阳伞，密西西比河上笨重的蒸汽货轮。小说《飘》里的南方不乏生气，哪怕带着子弹和血腥。这里却静得没底气。好在，一位胖得不可思议的黑妇人迎面而来，一座颤动着的肉的山峦，黑皮肤地发出上好油漆的光泽，使她的布伞周围罩上从肌肤射出的光晕，奇怪的是她脚步轻盈，几乎没留下脚印。大身架加上胸有成竹的神气，让我想起我在旧金山所认识的一位黑妇人，七十岁开外了，胖加上老，走动之慢，和比尔·布莱森所描写的南方话的语速一般。她的肉可没白长，有的是来头，她在名列 1988年全美国 300 名"最富有人士"的犹太人家当管家，擅长厨政，多大多华贵的晚宴，从拟菜单到烹调，无一不指挥有度，所以，每年圣诞节，主人送给她的礼物，要么是新的雪佛兰轿车，要么是貂皮大衣，要么是五千块钱的现金支票。我的思绪之所以大跨度地跳跃，缘由并非身在曾经因蓄奴而引发战争的南方，而是隐隐地产生追溯的冲动，意图理清：黑人女性独有的漠然的谦卑，是怎么样绵延下来的？所谓奴性，和当今以"侍候人"为职志的服务行业所倡导的敬业精神，有多少区别？"奴才也是才"……吹去"阶级斗争"的泡沫，历史的河流还不是按固有的逻辑奔流着？黑人檀木般的皮肤，南方大地上风雨洗涤出来的古典色地，一似黑人的"灵魂歌曲"，对亘古的风情，是欲言又止的追怀还是仇恨？

同样，我无法不联想到我的小镇，也是雨天的午间，苍蝇包围着骑楼下摆卖针头线脑和陈皮梅的小贩，在脱了缝边的葵扇上下舞蹈，这几乎是唯一具有速度和激情的生灵。街旁的排水沟叮咚着，把街市带着鸡毛和阉割小猪的血的污水导到不远处的横水河去。到了天明，山里头的洪水漫进来，街道自身也成了河。也许，无论在哪个国度，小镇都不脱灰颓、黏腻，志气凌云的年轻人不宜长住。

当然，两个国度，小镇有相异之处。故国小镇是流言的集散地，四乡的奇闻逸事随着箩筐和鸡公车进来，被镇里的海味店老板娘和机灵的酒厂学徒加工过，再辗转播发，于是小镇具有统一的舆论和判决。这就使得人无论怎样恨它的怠惰，也不率尔冒犯它的威严。绿树镇却没有这样的能耐。一位美国作家说，文明，是一种"居住的艺术"，所在的镇子，其大小以"谁都不认识谁"为宜。据此衡量，绿树镇该可入围，"老死不相往来"，不是不能往来，而是懒于往来。

我在那里的日子，除了开着大卡车、从杰克森威尔来到正所开的杂货店送上汽水和罐头，兼任司机的推销员外，没看到别的白人。看来，在黑人人口占35%的密西西比州，不说绿树镇，单说正开店和居住的地区，居民几乎是"纯黑"的，这样的地方，是让好些白人发怵的。上文提到的旅行家布莱森在南方，走进一家"汉堡王"去喝咖啡，"里面起码有五十个人，我是唯一不黑的，但似乎没人注意或在乎。重回高速公路时，真有一种奇异的快感——我必须说，还挺如释重负的"。

不言而喻，除了黑人，还有中国人。正的家族集中在这里。也有不少于五家的中国餐馆。一家叫"湖南村"，店面向着大街，招牌上的红辣椒教人看一眼喉咙冒火，可惜是空的。正说前年有三位广州来的小伙子看它租金便宜，设备全现成，就租下来，开张两个月，一直门可罗雀，连押金也没敢要回，逃回亚特兰大去了。

另一家中餐馆，叫"好世界"，两层的楼宇，大而无当地蹲在偏僻街道的尽头，招牌上的汉字，做错了事似的缩在门楣上的一个角落。小镇本来就够冷清，入夜更像墓地般。但我临走的前晚，这餐馆因我而热闹起来。为了给我送行，正献出了所能有的豪爽，全家族的老小都来了，在因久未启用而积存的霉气里，中国人特有的人情味氤氲着。叫我印象深刻的，还有侍应生清一色是黑人小姐，肥硕而满不在乎，尽量文雅地扭动宽阔的臀部，捧来一个个标榜为"香港名厨料理"的菜式，都文不对题。"港式煎面"本来以焦黄响脆为卖相，却被煮得软绵绵；甜酸肉光有醋味，蘑菇鸡丁里过量的蚝油，迫得正的一位侄儿离座去呕吐。这可不能怪服务员，头厨是地道的港人，可惜主勺才一年，前年还是洗碗工。我向一位白牙齿亮如霓虹灯的侍应生要"生抽"调味，她慌得溜开，扯着年长的领班来和我打交道。在谈笑风生的中国人中，穿梭着端龙凤盘上中国菜的黑人小姐，哦，南方，何其有趣的混合。然而，直到 20 世纪 60 年代，这里依旧残存着种族隔离，黑人上了巴士，不敢坐前排。在嬉皮士时代及以前，无从归类的黄皮肤还没成群出没在密西西比河畔。

四、绿树镇的杂货店

据说，绿树镇里，中国人开的杂货店有二十家，可以说，这里的中国家庭，家长多数当着杂货店的老板。正的两个弟弟和一个妹妹各有店面。数老二最能干，不但有杂货店，还有烈酒铺和公寓大厦，据说家财早就过了百万。

正的店子在一条街的末尾，进门去，是一面类似影壁的墙，和外界隔开。墙后是收银机，那是二战前的产品，按键让抽屉弹出来时，吭啷一声吓你一跳，主人认为，这响声具有阻吓作用，所以保存下来。柜台上都是零散货品，阿司匹林啦、香烟啦、口香糖啦、信纸信封啦、饼干和巧克力糖啦，反正能分拆的，都化整为零。柜台是一只大玻璃罐，盐水里渍着黑人爱吃的鸡蛋，每只卖二毛五。香烟每根五分，感冒药每片一毛五。正这老板，在柜台下的抽屉，还有"私货"：佛经、《余光中诗选》、每天的中文报纸、算盘以及孩子的成绩单。正没告诉我，背后的公文柜里层，装着历年报税表和来往账单的牛皮纸袋下，有一把没上膛的左轮手枪。

店里面积不小，但无论装潢、货品陈列和气氛，都没什么讲究。正说，这鬼地方，越弄得漂亮，越要受欺负。为什么？你舍得砸大钱，分明是上流人，上流人进下流社会，一如穿雪白西装的绅士，看到满身泥巴的乡下人，能不退让吗？好在够资格、老旧的店容，对流氓、小偷和捣蛋鬼说来，具有"死猪不怕开水烫"的特殊震慑力，它无时不在提示着：别耍横，老子在这里熬过来了！你细细看，从被扫把扫出道道凹痕的地板到嗡嗡响着的长排电冰箱，破旧是破旧，却透出家长般的威严。

正的建筑物和他弟妹们所有的一模一样，都是前店后家。上班没有比这更方便了。然而，不方便也在这里。午饭时分，惯常是正的母亲坐在门口的柜台后，负责收款并监视全店。她可须臾离开不得，走出一步，保不定门外的顽皮小子就捧走收银机。这阵子，偏多来买肉的顾客。黑人们并不像中国人那般讲究新鲜，无非是拮据，临到做饭，看电冰箱空空如也，才不得不从衣袋角和抽屉底搜出硬币，拐进来买两根猪肋骨、三片火腿、一条香肠。他们不会囤积居奇，每次所花不是五毛就是一块。客人进店，前方的母亲按电铃作通报。饭桌旁的人，要么正，要么正的太太，便放下筷子，摇摇头，带着怒气撩开门帘，到肉食柜台去，用电锯或者切片机锯下排骨或者冻肉。黑人可不兴"搭秤"，买一块就一块，别指望说服他多花一毛。正的胃病，我猜就是这般落下的：难得吃上一顿不受中断的饭，胃液分泌久受抑制，机能失灵了。

没有别一人种上门，都是抬头不见低头见的邻居，不过，不可硬套"远亲不如近邻"的中国谚语。小本生意人，力气都花在提防上，哪有余力去睦邻？因为招待我这远客，星期天上午破了例，没有开门。到晚上营业时，黑人们蜂拥而入，炸锅般吵，质问老板大白天为何不卖东西，害得他们勒裤带。正连比带画地辩解，然后对我解释说，昨天来了救济金支票，他们最恨钱揣在身上花不掉。果然，第二天大早，大门一开，人潮涌来，付款的排成长队，老板用上大量平日难得用上的大纸袋。黑人们大方非凡，掏出来的钞票动不动是 10 块 20 块。正的老妈和妻子丝毫不敢松懈，分别站在货架旁，严加监视，捉到顺手牵羊的，也只是把掖进裤腰的威士忌瓶子和奶酪盒子抢回来，赶出门罢了，肇事者是才十一二岁的孩子。若为这些事打 911 紧急救援电话，警察要骂你大惊小怪，更别指望警车开来。正的店子大忙时，大门旁边站着一个 30 来岁的黑人，粗壮个子，络腮胡子，威严得像白宫特工，密切监视着自家同胞，小子们看到他，果然放规矩了。我问正，雇这么一个保安员，要多少钱。正哈哈笑着说："还花钱呀？我只是给他一种特权：喝啤酒可赊账，每月救济金来了结账。他为了这项优待，为我看门口好多年了。"我问他的身世，正耸肩说，光晓得是单身，每月在花光救济金前，和女友约会一次。

正的弟弟，老三麦高，店子开在乡村公路旁边，我去拜访过。店面比正的小些，紧贴杂货店的洗衣店也是他开的。位处交通要冲，人来人往的，黑人三五成堆，在门外闲聊、摔跤、玩棒球。麦高并没有老板的架子，和黑人们拍肩膀、开玩笑。正告诉我，亏得他和黑人打成一片，才躲过一场大难。那是一个星期六，白天一位黑人青年慌张地溜进来，暗里传递消息：当心，今晚有四个人要动手。麦高马上和警方联系，做好准备。到了晚间，柜台上的挂钟指向 9 时 55 分，三名黑人闪入，把玻璃门里的翻过来，让向外的"营业"字样向里，向里的"打烊"字样朝外。这么做，也十分合理：店子通常是在 10 点关门。牌子一挂，顾客便不进来了。然后，匪徒掏出手枪，胁迫柜台后的老板娘交出保险箱的钥匙。麦高的太太，人虽年轻，却镇定自若，一边慢腾腾地找钥匙，一边给早已埋伏在屋内的警察发暗号。警察沿货架蹑脚逼近，到了匪徒背后，喝令"不准动！"匪徒四散逃走，门外的警察早已团团包围，匪徒爬墙时，一一被击毙，四人中，只有门外望风的一个保住性命。后来一查，全是假释犯。

在这样的地方做生意，风险系数之高，自不待言。另外一次，麦高就没那么走运，那是一天大早，他刚刚开门，一辆摩托车在店外停下，一位胡子拉碴的白人闯进来，看到在货架前码货的麦高，劈头就是一枪，麦高本能地闪避，子弹从鬓边擦过，烧焦了一撮毛。麦高随即倒下，屏气装死。匪徒踢了踢他，他不动弹。匪徒晓得出了人命，怕起来，不敢抢掠，转身出门，跳上摩托车溜之大吉。过去好一会儿，麦高看里外没了动静，摸摸脸，看没湿，知道命捡回来了。跑回店后面的家，进卧室，爬上床，摇摇正在睡回笼觉的太太，嚷道：

"起来，起来，我挨枪子了！"太太在酣睡中，听不真切，以为他捣蛋，说："去去！"麦高慌起来，妈呀，我中弹身亡，成了虚无缥缈的鬼魂。他早就听说过，鬼魂没有重量没有声息，所以他压在太太身上她也浑然不觉。这次行凶的并非本地人，而是刚刚从密西西比河赌船上岸的穷光蛋，他们被俄罗斯轮盘卷光了财产，红着眼睛铤而走险。

其实，正的家族所从事的，也近似赌——赌命。正自己和弟妹们的店，个个有过若干次被抢劫的记录。事业最为成功的老二，长相英武，和当地政界人物混得很熟，俨然是社区领袖的约翰。有一次，约翰在酒庄里站柜台，一位黑人顾客趁他转身到货架拿伏特加，拿起酒瓶往他脑勺猛敲一记，约翰满头是血，昏厥在地。被劫匪抢去的才四百元，但约翰得乘上直升飞机，星夜飞往州府的医院，被抢救了一天一夜，才从死亡线逃脱，又花半年学走路，学说话，终于痊愈，幸亏没落下残疾。

好在小生意虽然险象环生，但倒霉事并非无日无之。闲时，几家人结伙到俱乐部去，打羽毛球，打撞球，到河畔去野餐。约翰约我下次在夏天来，他带我去湖上打野鸭子，进深山猎鹿。啊，迷彩服，来复枪，身后的树干垂着绺绺西班牙苔藓，夜枭与夜莺，何其神秘的探险！我为此心猿意马了十年。

话说回来，每日刻板、忙碌而与中国文化完全隔绝的生存状况，毕竟难堪。正的家族，在虔诚无比的母亲率领下，靠《金刚经》过滤尘念，清心寡欲地把日子打发掉。也就在绿树镇，一位从广东四邑乡来的妇人，来时三十岁出头，陪着丈夫开店，直到耄耋之年去世，50年从未走出镇子一步，没看过一场电影，也没有回过家乡，生命像店里神龛上那盏暗淡的长明灯，在密西西比河隐隐的涛声里，寂寞地撑持着，无声无息地熄灭，仿佛被不经意地摁下去的烟头。

对正这样在中国的大学读完中文系，然后在中学教书，青年时期走出国门的文化人，漫长的开店生涯，尤其可悲。他年轻时诗名已著，外号"周七绝"，这样本色的古典文人，却被命运硬按进风马牛不相及的人生模子里，不得不学算账、码货、盘点、和爱推销滞销品的推销员讨价还价。每天一早坐在收银机前，直到夜晚。没有朋友，出国后才恶补的英语，刚够对付神出鬼没的"非我族类"。他一边以"雅人高致"抵御毫无中国诗情的人文环境，一边以得州牛仔的彪悍来保卫家业。于是，这位无论长相还是气质都不脱文弱的诗人，居然有过这样的畸行：某天，几位逃学的黑少年又进店来胡闹，他赶他们出去，他们不当回事儿，在店里追逐嬉戏，打开夹克，把啤酒往兜里塞。正从柜台下拿出手枪，煞有介事地扳扳枪机，小子们吓得屁滚尿流，弃掉赃物，夺门逃窜。正提着枪，骂骂咧咧地在街上追。这一幕，被邻居看到了，报了警。随后，被捕的不是肇事的黑人，而是"在公众场合持攻击性武器威胁他人"的小老板。好在法官看他弱不禁风，怎么看也不像凶徒，又没有案底，从轻发落，只罚款四百元，免去牢狱之灾。吟哦"我欲投诗东向水，涉江人去莫褰裳"的多情诗人，偶尔出轨而已。他有一首题为《包袱》的诗：

随便向哪个角落一扔／就扔掉一座巴士底狱／此身立时成了一根失重的羽毛／飘在花上／在酒香里／在诗韵中／然后一个筋斗翻过那团白云／随着泉水在万道沟壑间滑来滑去／／哟，好咸啊／抬头一望／白发苍苍的母亲满脸都是泪／／好了，我再背上／反正也那么多年了

像正的家族一样，在绿树镇居住的中国人都是移民，他们的出发点，是东方大都会香港也好，是珠江三角洲的小渔村也好，比之移居美国都市的同胞如我辈，所经受的文化冲击多了一重：第一波是笼统的美国商业文化，它是和大都会的快节奏和繁缛的色彩并生的；第二波是美国小镇的闭塞与沉闷。光是前者，已经教旧金山和纽约一边在车衣厂打拼一边在夜间成人学校啃音标的新移民们步履维艰，何况一

头栽进小镇，从此当上自我囚禁的苦行者？正当笑话告诉我一个在绿树镇华人圈里流传的故事：一位从广东四邑乡来的妇人，在丈夫去世后，经营自家杂货店多年，终于把独子拉扯大。独子到佐治亚州念大学，拿了"注册公共会计师"的执照后，回到相依为命的母亲身边。本来，有这样的学历，在大城市开个事务所是能赚大钱的，回到小地方，只能是"电线杆当鸡毛扫"，他每天在半文盲的母亲也能胜任愉快的小店里码货，卖货，管理账目。到了该成亲的岁数，母亲做主，带他回到香港去相亲。自以为见多识广的港人，光晓得美国的摩天大厦胜于环绕维多利亚港的上环和中环，却不晓得那里有比粉岭、深井和马料水更为偏远的小地方。于是，一个如花似玉的香港白领小姐嫁给了这相貌中等、说一口地道英文加上结结巴巴的台山土话的"花旗客"。香港小姐的妆奁里，有从旺角老牌婚纱店度身定做的新娘服装，三件旗袍，颜色分大红、粉红和紫红，外加敬茶时穿的小凤仙装。他们在绿树城所举行的中式婚礼，成了酒吧和商场众口相传的头条新闻，俨然是南北战争以还的"百年盛事"。媳妇的来头，把婆婆镇住了。第一个月是两口子的蜜月，也是家里唯一的和平时期，然后婆媳摩擦不断，媳妇看着残旧的店面说恶心，非要推倒重来，婆婆说装潢再漂亮，还不是侍候同一拨客人？丈夫是"猪八戒照镜子——里外不是人"，谁都不敢开罪。闹到后来，媳妇出走，丈夫跟随，在一家汽车旅馆长住。直到婆婆交出杂货店和家门的钥匙，自己泪一把涕一把地远走洛杉矶，投靠老姐去。

五、不见密西西比河

到了密西西比州，不看密西西比河，是岂有此理的荒唐。正作为主人，自然不会忽略。一天午后，我们出发。身量奇大的老式轿车还是由我来开，正在旁当向导。上路时还是"微风燕子斜"，越往前走，雨越是凶。车行在单线道的乡村公路，这地方，好天气也难得看到车子，这阵子更没有，此所以这里的人到了堵塞无日无之的旧金山，都不敢碰方向盘。开了一半路，天穹成了倒扣着的积满灰垢的铁锅，闪电如老树的虬枝死命压在上面，炫目的光被雷炸个正着，顿时目眩耳聋。这般的雨，雨刷器是对付不来的。满目迷茫，路看不见，靠车灯所开凿的两筒短视的光明，以 5 英里的时速蜗行。去还是不去？此刻成了生死攸关的问题。当然由地主来做主。正说，快到了，听到涛声没？是呀，在滂沱的雨声里，江声依旧分明，仿佛人的呼吸，那是天籁的低音区。"停！"正一声断喝，原来前面是十字路口，红灯如蝇头小火般坚忍地亮着，前面的摩托车似乎视而不见，闯了过去。我凭下意识，踩下刹车器，车子还在滑行，我慌了神，死命按下左脚，车子干脆旋了一个圆圈，车头向后。幸亏左右没车，要有，都被庞大的轿车横扫到路下的棉花田去。我的冷汗直冒，掉过车头，咬牙往前开。不料，出口错过了。正耸了耸肩，叹气说："天意不可违，回去吧！"不长的路，折腾了几小时，回到绿树镇时，已经入夜。向正在念经文的老妈妈说及险境，她连说"阿弥陀佛"。

这是此行唯一的遗憾，不过，不见有不见的好。卧游目游神游，也许更为壮美。我离开后，正赠我的诗中，有这样的句子："今夜八方风雨全汇集在密西西比河／浪卷船翻／云旗、雷鼓、雨箭、风刀／乱纷纷，听鱼龙一夜酣战／而阵风摇屋，你我同护一盏秋灯……"

正的家族，在母亲去世后，也陆续撤离这个消耗了生命的黄金岁月的地方。他把生意连同房产贱价卖掉，改在波士顿置业，趁机退休，在双湖畔安顿下琴棋书画的晚年。

无论是正和我，都意想不到的是，中年最可珍惜的友情，在他赋闲以后，反而冷下来。从往昔半夜以长途电话一谈就是几小时，到如今几个月也难得作一次礼节性问候。从前交换诗作，如切如磋，如今只简略地谈谈身体和近况。我很是悲哀，为了友情和万物一般，有诞生、发育、繁盛，水到渠成地进入衰老和死亡。

不死的是雨的记忆，半夜里，和正深谈罢，喝过老妈妈熬的药汤，躺在客房的单人床上，翻看床头堆的武侠小说，这辈子就这一次，读了半本金庸的《笑傲江湖》。

雨声，不但在户外，也在屋内，正的诗《屋漏》，既是他和我所亲历的情景，也是丰富的隐喻，大至生命小至友谊：

承漏的铁桶

瓶子、罐子、盆子

七星阵似的摆满一地

敲琴鼓瑟

彼起此应

……

滴落发间的雨点很清凉

斑驳的漏痕很艺术

透墙的风很温柔

生活于我尤其温柔

温柔得像银行贷款处那些小姐

押无可押，一借再借依然笑脸迎人

真该生生世世琴瑟友之

然后，趁积水

犹未汇成密西西比河的潮汛

就安心睡吧

这个午后和历史无关

9 月之初，普通到可以忽略的一个午后，风华犹茂的梧桐筛着过分活泼的阳光。我跳下 1 号巴士，在企李街和琼斯街交界处。一个人，免不了想入非非，这阵子，脑际所萦回的，是这样一句话：好日子只幸存于历史的空白处。对透了！形诸文字的历史，即古人所称的"相斫书"，连篇累牍是惊心动魄的事情。老百姓的小日子，不会上历史。没有 9·11，伊战阿战，人肉炸弹，地震，大火，集体死亡之类够格被载入历史的灾难，人民才过得安稳。揆之今天，我不能不颇为自得地说，该是给历史交白卷的日子。白卷万岁！

和历史无关，却和活着时必须对付的"日子"有关。我下了车，往上班的地点走去。越是接近退休，越是感谢身体，比如，刚才纵身跳下，居然没在柏油路上碰痛脚板，膝盖也无碍，就是一项成就。我毫无历史感地走过街角的杂货店，中东裔的老板在阴暗的柜台后养神；走过一家洗衣店，琳琅满目的衣服宛如被历史书排除在外的好词汇。在经过"纳山餐厅"摆在人行道的小圆桌之前，我猛地顿了顿脚，记起差点和历史产生牵连的场景：那是 20 世纪 90 年代初，那天我上早班，才 4 点多，老天连小学生惯用来描写拂晓的"鱼肚白"也须在半小时后才出现，街灯下，树影幢幢，我以远比今天潇洒的姿态跳下巴士之后，走到这里，太心不在焉了，也许是在构思一首诗吧（父亲生前爱以此为我的"当众走神"开脱），冷不防，撞了迎面而来的先生。力度不小，还没受"五十肩"困扰的左膊火辣辣地痛，可以想见对方也以同等程度奉陪。我急忙拧过脖子，对受害人说："对不起。"他礼貌地对我道了一声"对不起"。咦，这么面熟！啊，我撞的是美国前总统尼克松。和他并肩而行的大个子，恐怕是保镖。此刻的尼克松先生该没有想到诗，是适应不了东西海岸 3 小时的时差，早早醒来，拉保镖出门散步的。他正在指手画脚地和保镖讨论什么。这个过气的大人物，如果被我这么一撞而呜呼哀哉，我就笃定上历史了。这辈子，和历史走得最近的，数这一次。可惜没记下日期，但如有考据癖，应能从本市《纪事报》的档案查到以下报道：尼克松昨日来到旧金山，下榻在纳山的汉廷顿旅馆。想到这里，我点了点早已不葳蕤的头，表示对老尼克松的歉意。

继续前行，拐一个弯，从汉廷顿公园旁边经过，踏着梧桐树密匝匝的淡影。往前两个街区，是给我提供饭碗超过四分之一个世纪的菲蒙大酒店。在那里，一切都是可以预测的。无非打工者的刻板活计，只要排除掉"意外"，简直能够预先列开：哪个时刻在何处，干什么活，说什么话。这样的流水账，连自家的日记也不屑于记载，何况历史？历史最为惊心动魄之处，都是意外，相当部分出于阴谋。阴谋，于制造者是处心积虑，但发生之际，肯定因突然而震撼世界。

突然，平常日子里唯一的突然发生——怪异的音乐响起来。是哪家门首悬挂的风铃呢？张中行先生散文集曾引 20 世纪上半叶词人丁宁之文："忽风振簹铎，凄响泠然，恍如庭闻唤小名之声，感音成调。"那该是单个，这里则起码一组，只有流苏般的铜质风铃，风起时彼此碰撞，掐架似的，才这般杂乱。再听，不对，风铃哪有这样的音量？若有，金属棒怕有大腿粗。不过，有一样做派，是风铃才有的，那就是越响越凶猛，劲风正从海湾大桥旁边的海波上涌向陡峭的纳山，是风铃最佳的演出时机。

非弄清楚不可！我转身往回走，放在平时，我是没有这样强烈的好奇心的，今天是不服气，哪种声音配在星期六绝顶明媚的太阳下横行霸道？迎着钟声前行，回到汉廷顿公园。走近两个街区外的克雷斯大教堂，凝视歌德式尖顶，脖颈有点酸。抬腕看手表，还有五分钟到两点，因此，可断定不是报时的钟声。报时钟早听熟了，一个钟点开始时敲一次，当当……当当，活像从清泉边打水回来的妙龄女子，头顶的水罐溅出的水珠，浑圆、沉着、娴雅。这一回，钟声可不是从单一的铜钟发出的，而是来自一个编队。我站在蔷薇花圃旁边，微侧着头，发了阵子呆。然后，往前逼近一些。

忘记上班，逾越常规，是谓出轨。我非要找出钟声的来处。太美妙，太感动人了，在平淡如水的午间，简直是爆开庄严与愉悦的无休止的排炮。站在喷水池的边缘，看清楚了，尖塔的钟楼，悬挂的铜钟来个总动员。我能看到的是8口，连同被墙壁遮蔽的，听说是44口，每口目测该有1米高，80厘米直径，都高高地吊在木架上。此刻，钟都在大幅度摆动，金属的波浪，旋律的方阵！我知道，电脑可以从互联网下载钟声的音效，再通过扩音器播出来。但是，我的眼睛没有欺骗我，这是教堂大钟的合唱。对了，今天教堂有四场弥撒，每场开始以后，钟声随即响起，这是神的召唤。我依稀听到礼拜堂里信众的祈祷："全能的永恒的上帝，请你仁慈地俯视我们的软弱吧！从永恒到永恒……"然而，与其说钟声带上庄严意味、训示意味、思辨意味；不如把它们比拟为露天音乐会的重金属乐队。带上被氧化的暗哑色调的群钟，成了类似中国古编钟的乐器，它们发声，不是由于外物的撞击，而是发自本身，巨大的开口乃是歌喉，它们跳跃、回旋、翻转，铜金属的舞蹈细胞被调动起来，酣畅淋漓的宣泄啊！铿铿然，锵锵然，砰砰然，咚咚然，音符的车轮战，我站成红砖地上的风向标，捕捉着音符飞翔的影子。

编钟益发伶俐了，凌厉了，淋漓了！炫吧！我也跳了，脚尖开始试探着，哎，能挪动，哎，能跳跃，好，权且在喷水池前做一条笨拙的飞鱼。这一阵子，世界都被音乐激活了，无远弗届的诗意魔毯一般降落，轻轻披在草地上。浮在碧绿海上进行日光浴的年青男女们，益发性感撩人。周遭的一切，经过钟声的搅拌，戾气消失，孩子捡起皮球往远处掷去，球在花间滑翔；踩滑板的少年，耳环摇晃；打网球回来的男子，球拍在网袋里，应和钟的韵律震动。狗在撒欢，喷水池上的少年铜像要走下来，和我一起跳"快三步"。

环顾四近，确实没有什么值得历史垂青的物事，尽管教堂斜对面的餐馆，叫"Big Four"（意为"四个大人物"），百年老字号，他们都是 1849 年淘金潮后，靠兴建太平洋铁路发了大财后，在纳山开大旅馆的白种大富翁。四幅肖像照，每人一部大胡子，并排挂在餐馆门口的菜单旁。他们进得纳山史、旧金山史，却因为没杀过人没鼓搅过大运动而被排除在州以上的历史之外。何况，百多年后，钟声里的人生只陶醉在生的欢愉里，没有闲心追寻远去的风尘。钟声浩荡，把一个下午俘虏。

我以钟声为节奏，操着比 26 年前第一次上班更为轩昂的步履，走向菲蒙大旅馆。迎面有数十面国旗飘扬。这些旗帜是历史的一部分——1948 年，在菲蒙旅馆大门左侧的花园厅，联合国签订了第一份公告。为了纪念这一伟大的开端，参与国的国旗如今还在正门上方猎猎作响。钟声，倔强而灵敏的生灵，在旗帜之间游走。

钟声永恒，历史不过是附属物。我何其有幸，这个午后只和钟声相伴。

叩问篝火

一

太平洋的边沿，我扶墙而立。墙是以老厚的砖头砌就的围墙，年深日久了。它的功用，首先是防波，一如最初，长城的齿堞是为了架弓弩而不是为了让游客搁背囊一般，所以造得坚固粗糙，宽达一英尺的墙头，虽然在一百多年间被千千万万双看海人的手摩挲多了，泛出端砚一般的青色，表面在沉沉而下的暮色里，近于透明，映着天上最后的红霞。"栏杆拍遍"，这一极富诗意的怅惘的雅举，该只适用于竹或木制的，在阁或者榭前，面对着故国如画的江山。

这般地块然独站，如果盗用卞之琳关于看风景的名诗，我找个替身，站到右侧高处去，在面临海狗山的"悬崖酒吧"的窗前，看我，我这"风景"实在没看头——蜷缩着的半老的异乡人，被暮色一点点地吃掉的影子而已。

大海，最后的辉煌刚刚消退。围墙外低下五尺许的沙滩，成千上万的小窝，不知是人的脚印呢还是海浪冲刷而成的？密密麻麻的，都被均匀地分摊上赭色的暮霭，暮霭在窝里荡漾，有如年份不足的红葡萄酒。天没全暗，海鸟活像赶搭最后班车往家里赶的上班族，掠过被重重叠叠的云山压得打哆嗦的天空。海越发黑了，粗看有三层：极目处，刚刚绞杀了落日这壮烈无比的头颅的海平线，此刻已经和天空沉滢一气地黑下去，带着丝缕的深蓝，那是晚霞的裙裾横着曳过天边时的余韵。浪的细纹流畅地舒卷，让人想起美人在无人处肆意地伸的懒腰。中间部分，是纯黑，无论穹顶还是天边都不能把夕照分给它，它只好破罐破摔地黑到底，黑得带着恐怖，你明明知道那是巨浪汹涌的所在，却在黑的包裹下大智若愚地静止着。近处倒好，怪异的光勉为其难地撑持，那是白天最后的亮色。我背后的金门公园，整个儿陷落在夜里，防风林中间的荷兰风车，不知歇工没有？那些叶片是断乎看不到的了。鸟咳咳地叫，这是声音的流星，从岸上画出分贝的弧线，潇洒地落到黑黝黝的桉树丛间。在黑色所盘踞的公园和与古典油画似的浓厚的海之间，是灯光的领地，路灯、车灯、明灭的烟头，洇出了谷黄的光带。我处于光明与黑暗的接合部。

我在做什么？一个无所事事的人，这般站着，是启人疑窦的，排除了当间谍、私人侦探和防治投水自杀协会义工等等可能，我最大的可能就是等待。罗曼·罗兰的《约翰·克利斯朵夫》里的主人公，到了中年，最亲密的朋友死去，自己也陷入疯狂的情欲，灵魂濒临灭顶的时刻，曾经独自待在树林里，等候"复活"。他是天才，创造的无论是崇高还是罪戾，都是火焰般炫目。我没死，所以爬不到"复活"的高度。我在等候，等候夜。

黑暗果须殷殷期之，像热血青年期待光明一般吗？它自然而然地降临，一如老不必期待，痛苦不必期待，死亡不必期待。

纯粹的黑夜和纯粹的黑夜里的海洋，是教人悚惧的，你有过在伸手不见五指的夜里走路的经验吗？你会被压死在毫无重量的夜下面，被坟墓的石头托着的，是你那具黑夜一般空洞却具有水银的分子密度的尸身。

二

我逼视着被夜色全部吞没的海。我瞎了，前面的黑暗，几乎没有缝隙，没有松散地漏出光明的小角落。明明知道，只要车过身来，街灯和车灯就涌过来，把我重新包装为凡俗的人。

我揉揉被黑夜销蚀的眼睛。忽然看见，远处的沙滩上正闹火警，这边一丛，那边一丛，十来丛烈焰，肆无忌惮地吞吐。从前的哲人论述软和硬的辩证法，说软总能战胜硬，证据就是：牙齿丢光了，舌头还在。火焰的舌头，该是最能和黑夜纠缠的对手了，它在黑色的核心盘踞，一个劲地舔、舔，夜色被舔下薄薄的一层，更浓重的一层填补进来。火仍旧舔着。二者的战术，都是从海潮那里抄袭的。

我兴奋莫名，小跑着，向火焰奔去。从前，我在白天到这里来散步，看到东一堆西一摊的黑炭，以为是流浪汉们在半夜偷偷摸摸干下的杰作，间或看到断桨和被水泡得千孔百疮的树干，便推测柴是在海里捞来的。原来火焰，是这般地光明正大。

缓缓步下石阶，影影绰绰的人看到了，巨大的火焰所爆裂出来的、流萤似的火星看到了。火焰的四周是人的围墙，围墙后是黝黑的大海。这景观，很像一幅颜色斑驳的油画，色块都因为年代奄久而带上化石的质地。风起了，火焰蓬勃地蹿上，有如一条吞天的蟒蛇。

沙地是多情的陷阱，每一步都要挽留你。其实，它的柔软是有限度的，只有一寸光景，刚够托起鞋子。踏浪的感觉，些微的湿润。一条狗像印第安的飞去来器，在和浪交界的沙地来回跑着，把黑暗牵起来，旋为陀螺。

我走进火焰的光圈，古铜色罩在肩上，是火给我的披风。

我忽然踌躇：我能被火焰接受吗？我能被火焰所映照的人所接受吗？

不管了，大不了被赶回来，总不致被人扔进大海吧？

三

沙是如此地软。非马有诗《脚与沙》："知道脚 / 历史感深重 / 想留下痕迹 / 沙 / 在茫茫大漠上 / 等它们。"今夜，我的脚有历史感吗？我有鞋子，其次是袜子，脚与沙还隔两层。所以，脚即便有永垂不朽的奢想，也无从实现。这是沙的悲哀还是人的悲哀？

刚才在暮色中所见，满滩的椭圆形浅窝，即便不是潮汐的雕刻，绝大部分也不可能是脚的印记，顶多是鞋子的印记。即便是脚的印记，也太多了、太密了，历史是不屑于照单全收的，它只收带血的、带泪的、带尸骸和怒吼、带绝望的呼喊与光明君临之初的霞彩的。

然而，柔软的沙充满着诱惑啊！每踏出一步，都在被黑暗掩埋的同时劈开一层神秘。沙层下是水，咸的海水，于是，鞋子下，是吱吱的微响，一种耳语。我所担心的，却不是历史和我的关系，而是鞋子会不会被水洇入，叫我的袜子和脚都潮湿起来。一种警戒生出。

而在沙里，艰难然而轻松地，执着然而犹豫地向火焰前进，这是一种前所未曾体验过的探险。其刺激，一似情郎在半夜攀爬，向着深闺的窗户，那里，半卷的帷幕隐隐透出目光般的灯。

火焰以千手招引。沙子在拖曳鞋底。背后是人间，前面是黑而冷的海。火焰在人间和大海之间，是明与暗的平衡术吗？是自然与社会的折中吗？是永恒与短暂的中和吗？

第一堆篝火，属于西班牙语。男女老少，都在用这种在南美洲流行的语言祈祷。这该是教会的一次活动，在天幕下，宗教增加了博大；在大海前，教徒靠近了寂静的永恒。一位 50 来岁的女教徒，穿戴像印第安人，她是主讲者，火焰温柔地在她庄严的脸上盘旋，热度的爱抚使她的说辞带着炭一样的灼燃，我隐隐嗅到灰烬的焦味。圣歌唱起来了，没有共鸣的天穹里，音符有如飘散的落叶。

第二堆篝火，带着少年少女的汗气。该是高中生的聚会吧？被黑夜泡过的人影，仍旧那般鲜活，火给皮肤涂上了釉似的油光，人体本该成为色调沉厚的古董的，可是他们依旧生气勃勃。我很快发现，这未必是他们自身的魅力，而在于人影后面的参照物：背包、汽水罐、横七竖八的木板、被单。我光顾看火，几乎踩上一侧肩膀，原来有人蜷在睡袋里！

第三堆，是一群同胞。都是哥们儿，看模样都已从大学毕业，有工作了。人手一罐"百威"啤酒，另外一只手伸进裤袋里，有节奏地动着，好像在为海浪打拍子。火苗倏地蹿上半空，噼啪爆开，有如烟花。看神情，话题都是当年如何如何，唉，迫不及待地预支的伤感。

第四堆，是一对恋人吧？静静地对坐，男子有一搭没一搭地给火堆添木条。

第五堆，是一对父子吗？年轻的父亲半卧着，嘴里的香烟倒是笔直的，向着穹顶上的北斗星。孩子在火堆旁边撒欢，一会儿用长木条撩拨火堆，被嘭的一下飙起的火吓得哇哇叫；一会儿从远方的黑暗里抱来几根木头，小心翼翼地放进火堆的边缘。

第六堆，三个男人，一堆空的啤酒罐。

第七堆，四个大人和十多个儿童。都是上幼儿园的年纪，却会享受野趣了。一位妈妈模样的中年女子，就着火光，读一本精装书，我远远看得到插图，有城堡，有黑衣女巫，还有会冒烟的嘴巴。

第八堆火，将近熄灭了，可是人没散，于是篝火勉为其难地，拿死灰再燃烧一遍。

我走遍了所有冒出火苗的地点，鞋子居然没湿进里面去。每处火光都在身上留着余温，各具风格：第一堆庄严，有如酒精所燃点，纯粹的蓝。第二堆活泼，火舌如无毒蛇的信，不断吞吐，让你心跳，却不乏安全。第三堆仿佛藏着哭泣，我受不了任何年龄段的人的怀旧，无一不充满遭到大海嘲笑的软弱。第四堆最叫我低回，如果我有恋人，我也要备上一车木条，和星星比赛燃烧。……

我走上石级，回到围墙后面。这就是我刚来时逼视日落以后黑夜占领全程的所在。而今，是不隔岸而观火的瞭望台。我问自己：刚刚结束的火之旅，可曾真的叩问过火焰？即使不指以身殉火的壮烈举措，我连火的外围，我连围绕火焰的人群，也没有进入过。从头到尾，我是冷漠的旁观者。也许，如果我主动示好，这些群体中至少有一两个会伸出欢迎的手，让我也投进一两根木柴，那么，我现在的手乃至夹克，就带有好闻的烟火气。如果我向第一堆篝火周围的基督教徒，倾诉对耶和华的信仰，他们怎会把我隔离在人圈之外？即便是那父子档，也不会排斥我这个有儿女的男人。然而，我没有进入，所以只能拥有寒冷。

四

我仍旧旁观。离开故国这 20 多年间，我都充当这样的角色：在边缘看，无论热闹还是不热闹，无论走运还是不走运。不是从来不曾参与，偶尔地投票就是，然而，我并不能剑及屦及地深入这个迥异于故土的天地。买六合彩票，恐怕是最放肆的投入，但总被推出来。

所谓到处杨梅一样花，火焰，无论是知青年代熏黑了鼻孔的松明火，乡村八仙桌上能结精巧灯花的煤油灯火，还是这里的壁炉由木糠压成的柴薪所冒的火，都是通红的，火舌都是能言善辩的，然而，这里的篝火，烤不出那种从心底感到熨帖的暖意。这是异乡所有的火的通病吗？以篝火论，顶多能烘热你向火的半侧身体，背火的一面，总是冷的。在海边，冷热上失衡的感觉格外敏锐，为了背后是无边无际的黑浪。好在，我无法进入，是一个边缘人的先天性缺陷而已，不关篝火的事。我对这一切，并无任何影响。假设我不曾移民，仍旧兢兢业业地在家乡的小衙门写公文，在这里，篝火一样依时点燃、依时熄灭。

时近 10 点，海风渐凉，下面的篝火旁边，一个女子走到堆放衣物的角落去，翻出一件外衣来披上。别的人，则以更靠近火光来御寒。

这时，我发现，篝火的"华彩乐段"还在后头！一位青年白人，从我面前兴冲冲走过，到卡车去搬木头，走了好几次。远处，几个人边哼歌边托着木架子往火走去，那是用来承托重型机械的架子，木条又粗又密，一个正在烧得欢，架子成了一匹奇妙的瀑布，火焰仿佛在滔滔地奔流，向着星光黯淡的天空。这样的大木架，足有五六具，够烧到半夜了。

我想，这些人，肯定都有纵火欲，不然，不会这般狂热，从家里把木头尽情运来。不过，如要放火，这是唯一的安全地带，相邻的是海，下面是沙。和人间，隔一道高高的围墙。我拍着围墙，没有铿锵的声音，我也没有吟宋词。

旁边是一对年纪和我相仿的情侣，他们看够了火，说冷，要回车里去了。

到了启明星上班时，玩火的人也会走光。只剩下余烬，让早潮来善后。

我的格利大道

　　我跨上 38 号巴士时，是午后 1 点多。今天是 2010 年最后一天。有好几年，我都在今天爱舍弃自驾而乘搭公交车。说到目的，和陆游的"细雨骑驴入剑门"近似，他是去寻诗，我是去搜刮写作素材。但今天没这份闲心，目的单纯：上班去，此前和一位老朋友喝咖啡。舍弃惯常所搭的 19 路和 71 路而搭这一路，则是为了到下城的手机专卖店，去修理出现小故障的 3G 手机。

　　在巴士站等车。对面的五金店，通体漆成大红，十分刺眼。再看，红色门面一侧的门，通向二楼，那是故友老南 20 年前的居处，我去那里吃饭、聊天的次数难以计数。随即，他家走廊里放大的全家福黑白照，卧室里贴满三面墙壁的叙事长诗《梅菊姐》，那些带嫩绿格子的文稿纸，仿佛直立的稻田，栽着汉字的秧苗，一一映现，叫我泛起"故朋云散尽"的悲凉。18 年前，老南家的客厅，坐过纪弦和顾城这两位诗名相近但年纪相差 40 岁的诗人，他们天真烂漫地议论：

　　"世界上所有的人，分为两类：诗人和非诗人。"高个子纪弦得意地公开独得之秘。

　　"对透了！我们就是傲视非诗人的诗人！"顾城点头呼应，从牛仔裤筒裁出来的高帽巍巍然。

　　巴士开动，风景流转。我忽然想到，这座我足足住了 30 个寒暑的城市，今晚照例举行跨年度狂欢。可是，对于我这样行将成为归人的移民而言，怀旧比前瞻有意思。在 22 街站，一位背着吉他的青年男子笨拙地转过庞大的身体时，我想到一个严峻的问题："故乡"的定义为何？王鼎钧先生说，它是祖先流浪的最后一站。具体到我的家族，百年后我也算金山这一支系的"祖先"。但那只是籍贯上的，家世上的。至于心理上，我们不能不服膺"此处安心是吾家"说。何谓安心？这是大题目。我这一生命个体——它的平凡，使我一次次地设想"旧金山的芸芸众生，在总体上说，会不会因为我的出现而有所不同"时，哪怕发挥了最大胆的想象，都只能得出这样的结论：不会。政治版图不因我而改变，人文状态不因我在报上登了 10 多年专栏而转向，历史不因我而改写任何细节——故乡的资格，主要依赖于记忆，如果这里的每一处都首先被你的脚印覆盖尔后被你的记忆涵盖，那么，它就有资格被称为"家乡"。同样的结论，可移用到故园。设若你没有在田垌拿手电筒逮长着师爷式八字胡的泥鳅，在水库里挑泥，在山岗上按着杜鹃啼声的节奏对祖宗坟茔跪拜，在冬日黄昏的风声里告别亲人、踏上花尾渡颤巍巍的跳板，河里倒映过你跳水的少年裸体，与友人边散步边谈车氏长篇《怎么办》的手势，如何有资格把它当作心灵皈依之地？

那么，我坐在巴士所经、东起下城最繁华的市场街，西至太平洋之滨著名景点"悬崖屋"酒吧，在 20 世纪 80 年代被一本杂志称为"全美国最繁忙"的通衢大道——Geary BLVD，恰恰是记忆最密集之所在。"恰似飞鸿踏雪泥"的人生，在这里，差不多没有漏掉一个重要部位。"格利"只有一条，然而，100 万名经过它的人，个个在记忆里拥有糅合自身人生以及时间、地点、内容千差万别的偶然因素，而制造的独家"大道"。我也有我的。

心田涌动着酸楚与欣慰交混的情愫，播下的脚印，今天该收获了。哪里是移民以后第一排的生命之痕？不是靠近第 25 街的老南故居，而是和第 7 街接壤的路德教堂。30 年前，我抵达这里的第一个星期，便来这里上英语课，靠当知青时自学的底子，不必从 ABC 起步，读中级的 300 班。同窗中，有台湾老兵，还有伊朗来的老绅士（据说在巴列维王朝当高官时，被狂热的教主霍梅尼通缉，狼狈逃出），西装笔挺，开课第三天起，公开声明追求女教师玛格丽特，每天一早，站在教堂门口，等候进门的梦中情人，为她提文件箱。从那个时空起算，"我的"格利大道镌刻着我的众多卑微到连自己也懒于保存的"第一"：第一次把在金门公园拍的全家福彩照寄给家乡亲友，第一次驾驶八缸、10 年车龄的雪佛兰老爷车，第一次在后院的冬青树下种下白菜，第一次隔着篱笆看到邻居明黄的中国菊，第一次在异国的书桌上写下马雅可夫斯基体楼梯式抒情诗《我骄傲，悲哀地骄傲》，第一次投稿，第一次接到纽约一位副刊编辑热情洋溢的退稿信，第一次把彩色电视机搬进家；第一次送女儿上幼儿园，第一次在异国吃家乡汤圆，第一次在深夜街头对着星星想念彼岸亲人，用带油腻的夹克袖口抹眼泪。

　　时间有序，而记忆杂乱，意识流没有确定的方向。我从第 7 街的课室，凝视自己 32 岁的背影，11 时，我便提前溜出，到相邻的卡拉缅街一家叫"海运"的中餐馆当杂工去。我那时患了轻度坐骨神经痛，走路有点瘸，一天天咬着牙剥虾切胡萝卜，直到夜晚 11 时。

　　招牌，路灯，霓虹灯，圣诞树的灯饰——只会后退不会回头的灯流。沧桑一轮又半，沿街的房产和生意易手的极多，尤其是餐馆。百货店、理发店、修甲店、镜架店、眼镜店、时装店、租赁自行车或者工具的店子，难得看到 30 年不变的招牌、主人和伙计。门脸奇小的锁店虽在，但老板肯定不是 28 年前我因把钥匙遗落在家里，请上门来开锁的俄国佬，他的长筒皮靴橐橐地敲着水泥路，一路操地道的东北话，叫我惊讶之至，原来是在哈尔滨长大的白俄。

巴士驶过第 16 街，我拼命扭头，要看 532 号，那是我移民后第一个住处。依稀看到门口堆着三辆破旧的保时捷，房东的儿子囤积这类豪华旧车，异想天开，修好了卖好价钱，却从来不动手，这热情似乎 30 年来没有改变，尽管婚姻变了不止一次。在那里住了五年，全家大小进出家门，要把大半张乒乓球桌般的车库门拉开。我现在才纳闷儿起来：当时才七岁的儿子和四岁的女儿，如果独自动手，是怎样拉开的？

巴士在越过普拉斯迪奥大道前停站，这里留下极美好的记忆——迄今唯一一次接受金钱施舍。那是傍晚，我赶去上班，跑步追上巴士，掏钱买车票那一刻才知道，钱包没带，口袋里也没硬币。我低声说："糟糕——"黑人司机毫无表情地扫了我一眼，意思是：还要我赶呀？下车去。我仓皇四顾，没办法了。举步下车的刹那，两位中国尼姑从座位上起来，微笑着走近，将两个 25 分硬币放进投币口，把司机递来的车票放到我手上。我眼睛含泪，望着黄色袈裟的背影，没来得及道谢，只在脑际刻下这一镜头。

第 6 街街角，有唯一没改换过的店名：制服专卖，从前路过，看到众多的行业专用服，如空姐服、护士服、侍应生服，至今亦然。塑料板做的招牌，鲜丽如昔。它的左邻，是一家法国餐馆，叫"三色旗"。我在那里当过周末练习生，给一群法国来的女侍者打下手，带位小姐苛刻无比。老板就是头厨，一天天最早上班，弯下虾公腰，在案板上切带馅的猪肉。他终身不娶，赚了钱就买公寓，管理也不假手于人，所有出租单位的钥匙，都挂在家里的屏风后，黑压压一串串，这家当羡煞了多少他的异性同胞，其中的一位，就是在下城"马车"餐馆当侍应生的巴黎女人——把我推荐到"三色旗"去的、妖冶和精明均到位的阿莲。

法国医院，它早已被凯撒医院兼并。我在那里打过不止两次感冒预防针。卖汽车零件的连锁店，我买过雨刷器和引擎油。24 小时营业的"卡拉食品"，我搬到第 5 街以后，偶尔陪妻子来买降价的橙果和排骨。替我的新"本田"安装收音机的小店。我买了好些别致家具如拼装式木架的"码头"公司。对面，有一家从未易主的京菜馆，如今仍叫"五福楼"。1980 年 7 月 6 日，我"上埠"的次日，诗人老南来访，领我从岳父母家走到格利大道进那里，为我接风。为了回报，从 90 年代中期起，每一年同一天，我都邀他去"五福楼"，尽可能坐第一次来时坐的酸枝桌子，吃第一次喝的海鲜汤（我头一次吃到儿时祖母回忆开海味店时吃腻了，但我从来无缘一见的带子和鲍鱼）。我们在一起，他爱回味合作的新诗《侨乡的山》登上省级刊物，收到 14 元稿费那阵的得意，然而，在连根拔起的初期，我们都为谋生远离了诗。

80 年代关张的全国连锁店"消费者"（我在那里边看画册般漂亮的目录簿，买下便宜而易坏的用品不计其数），轮胎店（我进去过，但价钱谈不拢，没做过交易），丰田汽车销售点（我买了 2005 年的"康瑞"牌），售后服务点（进去打听电子钥匙的价钱），五层公寓大厦（从前的潮州菜馆）。日式折叠木床零售店（和妻子去买了一件沙发床铺两用的家具，200 多美元，自行运走），办公大楼二楼有朋友开的翻译公司（我上去搬杂志和送校对稿件）。

巴士爬上小坡，穿过的玛莎尼克街，是我在 26 年间上班必经的。记不清"本田"在路上磨去多少只轮胎，但记得安全岛上一朵俗名"满天星"的小菊花，黄灿灿的，叫我精神一振。

巴士靠站，旁边的巨大复合建筑物，我初来时，是拥有雇员 300多人的"西尔斯"百货公司。抵达美国的第一个星期天，我登上四楼的家具部，一一查看沙发和双人床的价钱。从前在故国最豪华宾馆看到的高档货，一件只要 200 美元、300 美元，心中窃喜。咿，干一个月不就能买一两件吗？那时月薪才 600 美元，每天扣掉 2 元伙食费。须知，在 80 年代的国内，买一块上海牌手表，也得三个月薪水的总和呢！我在穷光蛋时代按照国内思维模式所生发的阔气，如今想来也是最牛的。对面餐馆，从前叫"铜便士"，后来改为"便士"，24 小时营业。1980 年底，我和老南冒着寒风，去那里见工，经理应允，雇我俩为练习生，"每天保证有小费 10 块"，但没了下文。

下坡路，凯撒医院，在那里，一位家庭医生替我作常规体检，看我的年龄：40 岁，大声宣告：过半了！按他的算法，如今更是过了三分之二强。大肠检查，验血，看小病，探望癌症晚期的乡亲，送别慈祥的岳父。日本城，一家四口在太和塔下的留影，那套灰色西装，是在住处附近的大百货公司清盘时拣的便宜货。鲤鱼旗子下的一家中型旅馆，它的人事部通知我去上班，我没去，若去了，我从 1984 年起的人生便要改写。

阔街到了。看了无数场电影，听了五次交响乐（在戴维斯音乐厅），看过三场文艺表演（在赫比斯剧院），吃过少于十次的麦当劳快餐，一场电视直播摔跤大赛（在退伍军人剧场，10 美元门票，上万人坐对大银幕，其狂热不可思议）。有一回，深夜在大雨里驾车回家，在这里看到一男一女以报纸当伞，牵着手飞跑过马路。这对白人夫妇是我的老相识，老公比老婆小 7 岁，靠顽强的牵手走过众多感情的险滩。

巴士减慢了速度，不是为了给我的思绪调整节奏，而是人和车都稠密起来。人流正向下城会聚，为今晚的迎新晚会做准备。拉金街在前，80 年代，那里有老南的家，月租 250 美元的两卧室公寓，是新乡里年代他和他两家子的乐园。乡间带来淳朴诗情，以汗水蒸馏的友情。老南以逾量的油盐，在老掉牙的煤气炉上烹调八大碗。入口即化的梅菜扣肉，"锅气"十足的蒙古牛肉，中年的快意尽在和眼前的困顿风马牛的"诗的争吵"中。可惜，太重的口味，为老南 20 年后死于心肌梗塞埋下伏线。150 号在眼前，尽管只是一瞬。铁闸不见了，旁边的金铺改了名字。我没醒过神来，巴士已到了美慎街。

希尔顿大旅馆门首，旗帜飘得起劲，可见起风了，难怪街上行人愈加瑟缩。巴士倒是暖和的。无上装酒吧过早地透出灯光，预告着这一夜的狂欢。下城的夜，热闹的只有这一带。从前我夜晚下了班，11 点来钟站在这里等巴士。一位过分严肃的警察，驱赶着一群娇滴滴的洋妓女，在我身前经过，往阔街方向移动。一似猎狗对付一群无辜的羔羊。我由此知道，妓女站街，有级别的讲究，在美慎街和格利街交界，是一级；因为法兰西斯等高级旅馆在这里。越往西，级别越低。警察此举，可能是维护风化，也可能是维持她们品牌的纯洁性。

在市得顿街，我下了巴士。穿过熙熙攘攘的购物人群，到手机专卖店去。登上二楼，坐在银幕前，听小伙子讲解 4G 手机的新功能。这经验倒是全新的。

长度超过 10 公里的格利大道，我众多人生细节遍布。但是，我在与不在，在我来之前还是我离去之后，大的格局和小的摆设都不会受波及。忽然，记起在 1983 年前后，我把脏衣服拿到格利大道上的自动洗衣馆去，在滚筒运转时，我急于打一个电话，但唯一的付费电话被一操俄语的女子占用，她慢条斯理地话家常，我在旁边急得跺脚。趁她撂下话筒去给洗衣机加硬币，我拿起来打我的电话。她回来一看，红着脸训斥我。我向她扮鬼脸。此刻想及，心头泛起无由补赎的愧疚。

有一回，和老南在格利大道餐馆吃了午饭，走出门，一路谈着：什么样的作品才有较为长久的寿命。"还不简单？哪里水泥未干，就在上面以脚来发表，只要不被覆盖。"我指着第 1 街交界处刚刚铺就的三合土人行道说，相顾大笑。如果真有这么傻，也许今天"墨迹"还在——唯一影响格利大道的历史性个人书写。

"李太夫人金英生平事略"

那天早晨，我在家，给阿荣打了电话。阿荣是我的好朋友，也是多年同事。十七八年前，我刚移民来美国，在一家大型西餐馆找到工作，他在里头的酒吧当调酒师，从此认识。以后，不但交往频繁，在一家酒店还是同事。他的母亲前几天去世了，我致电，一来吊唁，二来慰问，三来看看有什么忙能帮帮。

阿荣的嗓音还是异样，多天来痛哭，哪有不嘶哑的？我深深知道他的身世，母亲的逝世，予他的打击是无与伦比的，这时，他的整个身心还匍匐在巨大无比的哀恸中。他在电话里谢过我，又提到正在给母亲写一篇事略，好交给"积善堂"（唐人街的一个同乡会，不限于一姓）派来的主持人，在丧礼上宣读。他的英语怕比中文要好，不晓得怎么下笔，何况怀着深重的悲痛？我便毛遂自荐，把差事接过来。

"说说母亲的生平吧。"我在电脑前打开记事本，作扼要的记录。

电话线的另一端没有回音，他在沉吟。多年朝夕相处，我是明白他的。终于，他抑住泪水，轻轻地、迟迟疑疑地说着。他的心里一定流淌过岁月长河的逝水，那是怎样澎湃的巨浪，又是何其细碎的涟漪啊！

"李王氏金英，19××年×月×日生于××县××镇××乡，××年×月××日凌晨寅时在旧金山谷拿医院逝世，享年73岁。"阿荣说。我知道，70岁才是实数，但天地人三造，各赠送一岁，过去把这浮报的寿元写在白纱纸灯笼上，图个好看。

　　三句话，六十来个字，就把一个中国乡村妇人的一生打发掉。不过，旧金山郊外华人墓园里整齐如街道、如阿米诺骨牌的墓碑群落，无论材料是云石、花岗石还是水泥，不也千篇一律地罗列简单的数字？每一个死者的生命历程，都成为生年和卒年这两组干巴巴数字中间的空白，唉，空白！

　　电话那头又归于沉寂，孝子的思绪，陷落在数字之间。1949 年，年近四十的阿荣父亲从旧金山回老家娶妻，在妻子怀孕时返回美国。同年阿荣出生，由母亲独力抚养。1960 年，全国发生大饥荒。阿荣那个村子，许多乡亲得了浮肿病，穷苦的、没依靠的，要么饿死，要么逃到香港去。阿荣的家乡离澳门很近，母亲怕李家的独苗苗保不住，托亲戚把儿子带到香港去。分别时，阿荣 11 岁，正在四年级的教室里背书，被母亲叫出来，家也没回，拿起母亲塞来的包袱，随人匆匆上路。母亲才三十岁出头，这是她作出的第一个重大牺牲。想想，一个从来没有离开过娘的孩子，在香港这个花花世界，寄人篱下，虽然父亲按期付钱赡养，但母亲的牵挂，何等痛彻心扉！阿荣一个人在人海里沉浮，好在懂事早，从来没走过歪道，边上学，边打工。到二十多岁，到美国去，从未见过面的父子俩终于团聚。然而离母亲更加遥远。后来，母亲到了美国，阿荣那时已娶妻，有了第一个女儿。

　　过去 15 年间，母亲在乡下，天天依闾，望穿秋水，至多盼来儿子一封字数极有限，只为报平安的家信，有时是汇款通知。如今，骨肉至情有了续篇，母亲把积存的爱倾泻在业已成年的儿子身上。那种不大合乎季节的母爱，极其琐细，极其动人，也极其沉重。多年来，阿荣上的是早班，时间并不固定，有时是五点，有时是六点。不管什么时间，母亲都比他早一两个小时起来，生火做饭。饭做好，再去拍卧室的门，叫他起床。母亲在厨房前餐厅小桌上，摆上热腾腾的饭菜，却不肯离开，亲眼看着宝贝儿子，一口一口吃下去，她坐在旁和儿子聊聊家常，说说孙女们的趣事。儿子出了门，她再上床去，合合眼，又到送孙女们上学的时光。儿子知道，母亲白天劳累得很，过去一直在唐人街的广式茶楼做点心工；退休了，照顾孙辈，做家务，更加忙碌，每天还起这么早，心中不忍，告诉她，他回到酒店去，职工食堂供应的早餐好得很。母亲听了不高兴，说"老番"的早餐，就那两只荷包蛋，怎么比得上她做的。再说，她就生气，问："你不喜欢妈做的饭，是不是？"儿子不敢说下去，报答母亲的唯一方法是尽量吃。母亲从来不讲究什么"减肥"，她信奉乡下人朴素而直接的哲学：能吃是福。上班时，我常跟阿荣开玩笑说："这么多当儿子的，数你最走运，四十好几还有个老娘侍候。"阿荣微笑，那神情，既是得意，又是感戴。有一次，我和阿荣一起逛商场，他从来不抽烟，却往购物车里放上两条"云丝顿"，我问他买来干吗，他说是给"老妈子"的。阿荣上班时，每天都给母亲打一个电话。我开他的玩笑："两三个小时前，你妈不是站在门口，目送你把车子开出车库吗？又想得不行啦？可得当心老婆呷醋哪！"阿荣微笑点头，总是一句："谁叫我才一个妈，妈又只一个仔呢！"

阿荣终于理清思绪，声调滞重地往下说："1949 年，父亲李××从美国回乡，通过媒人拉线，和母亲结婚。不久父亲回美国谋生，从此再没有回去过，1973 年在旧金山去世，我送的终。"

阿荣的父亲在旧金山，干过厨师，干过园丁，也开过小不点儿的"衣裳馆"（洗衣店），后来到郊区，买了些土地，种菜出卖。本来略有积蓄，可惜天生嗜赌，钱陆续扔进唐人街地下赌庄"番摊""牌九"和"十三张"的无底洞去。他在旧金山待了这么多年，也许是没钱，自认没脸回去见妻儿；也许没这份感情，懒得再涉重洋；也许是别的原因，例如在移民局申请被拒绝。总之，夫妻没有再聚首过。"李王氏"金英当名实相副的妻子，不过一两个月，尔后，就是活寡，比之真实的寡居更难熬的漫漫长夜。像她这样的妇女，在侨乡，世世代代，数不胜数。她们是忠贞无比的望夫石，却可以行走；她们是节妇，好在不必自杀，也没有谁给她们立牌坊。在物质上，她们不致太艰窘，甚而是穿金戴银、叫乡人妒羡的"金山婆"。可是，她们极端干旱的心灵，她们与常人无异的本能，谁来给予关注呢？她们在大半生中，坚忍而沉默地试炼肉体与灵魂，也许仅仅被一个古老的信念支撑着："廿年媳妇熬成婆。"熬吧，总会熬到头，儿子大了，媳妇娶了，孙子有了，除了这，还巴望什么？ 1975 年，阿荣加入美国籍，有权利申请亲属移民了，才把母亲接来。李太夫人的夫婿，她 17 岁那年糊里糊涂地托付终身的男人，四分之一个世纪之前的生离后，再见时，只是华人墓园中一块嵌着瓷照片的墓碑。教她惊讶的是，她自己的名字也早已被刻上，和夫婿的名字并排。不同的是，碑上仅写上她的生辰，"殁于"之后的年月日还空着，由她此后在异乡的岁月填充。她的"长生地"，也被孝顺的儿子选好了，就在夫婿的棺木旁侧，这是给予一对相差近三十岁的夫妻的永恒慰安吗？生年只有短聚，死后却长相厮守。这些，阿荣早就告诉我，这回他略略带过。母亲并不如意的命途，怎好巨细无遗地写在"事略"上呢？我久已感到纳闷儿的是，李太夫人为何不在早年申请到香港去，再来美随夫生活？当时不是没有可能。我为此问阿荣，阿荣耸肩摊手，说："不大清楚，似乎是母亲听信乡人的谣传，说金山一点也不好，光受欺负，就不来了。"一点辗转相传的村巷闲话，就教一位不识多少字的妇女裹足吗？兴许另有隐衷吧？而人间，类似的糊涂账多的是。

　　我一边记录，一边在电话问："说说母亲的功劳吧。"说出来便自知是废话，他的母亲并非马上得天下的英雄，不是叱咤风云的女强人，一生是"润物细无声"的春雨，无处不在，却难以捕捉。阿荣轻轻叹了口气，说："有什么好说的呢？哦，母亲抱大五个孙女。"

阿荣的五个女儿，最小的 10 岁，最大的 23 岁。多是母亲到了美国后才出生的。有了母亲这任劳任怨的全职保姆，阿荣的太太才能一直出外工作。名诗人余光中教授养了四个女儿，岳母和母亲没算上，便自封为"女生宿舍舍监"。阿荣的家，拥有七位女士，职权自当超过余光中。不过，阿荣夫妇忙于上班。"女生宿舍"的掌门人，是这位仁慈的祖母。因了前面生的是女娃，阿荣嫂不忍李家断了香烟，咬着牙，再接再厉地生。生过第五胎，倒是婆婆松了口，说一句："和命斗不过，算啦！"才煞了车。五个孙女，都是李太夫人拿奶瓶喂大的，要算她换下来的尿布，该能装好几个车皮了吧？里头的辛劳，太平凡太卑微，祖母自己从来不好意思提起。倒是长大成人的孙女们，都记得祖母的生日，每年都偷偷地买礼物，筹划庆祝。每一回，被孙女们宠着、爱着、搂着的老人，在生日蛋糕摇曳的烛光映照下，流下喜泪。

"说说千金们的名字——不要英文的。"我说。

"云霞、云珠、云翠、子义、子全，都是母亲起的。"阿荣说。从这些名字，也看得出祖母和送子娘娘的妥协，年幼的两位，干脆是男孩的名字，抗争与弥补的意义兼而有之。

阿荣的女儿，大的两个已从大学毕业，都有了不错的工作。别的也读上中学。他夫妇多年的辛勤，打下稳固的经济基础。买了好几栋房子，单靠租金，也活得相当滋润，何况都有合意的工作。至于旗下五千金，也使她们占上便宜。依洋风俗，出嫁女可不是"泼出的水"，恰恰相反，还带女婿进门。在美国，结婚的青年男子，和岳父母同住，比与父母同住的比例大得多。这一个普通的移民家庭，在异邦，终于立定了脚跟，无论是以美国的还是中国的标准，日子是富足的、安宁的、很少缺陷的。如果撇开李太夫人的奉献、全副心力的投入，有这样的局面吗？

幸福的家庭，未必没有矛盾。阿荣过去偶尔提起婆媳间的冲突，说这两个，谁也得罪不起，她们一开仗，他劝不动，只好开车上高速公路兜风，半夜才回来。这一招有时也奏效，两个女人都怕他出事，不敢放手大吵。我曾问他起因，他为难地说："有时是为了孩子的事，那好办。难办的是我成了靶子，比如，吃饭时母亲给我夹菜，我回敬母亲几筷子，老婆看了不高兴，借故发泄。有时，母亲看我对老婆好一些，又说我心里没有当妈的。老鼠进风箱，两头受气。"我半开玩笑道："所以嘛，我老说你小子硬是走运，这夹缝，可是'爱的夹缝'哟！"还好在婆媳全心所爱的男人是同一个，所爱的女娃是同一群，比起因了钱财、遗产、感情而争个你死我活的闹剧来，容易消解得多。雨过天晴，一家子更加亲密。自然，我对阿荣的妻子寄以更多的同情。不能说，李太夫人施与儿子的爱，全然没有病态，她以过分舍己和带强迫性的施与，来平衡自己的不幸姻缘，疗救爱情上的致命伤。儿媳妇在她的眼里，有时成了"抢去"儿子的仇敌，寡妇式的醋意，不是谁都吃得消的。我倒常常为好朋友担心：相依为命到了极端，万一母亲去了，那悲痛怕会把阿荣整个打垮。好在，他没有趴下，至少，从电话交谈中听得出来，他挺过来了。不过，这不是因了他个性如何坚强，而是因为母亲从病到去世，耗了五年。

李太夫人原先患糖尿病，但不重。使她一病不起的，是中风。据医生说，这病的罪魁祸首是尼古丁。她是资深烟民，家里人一直顺着她，从来没迫她戒掉。谁都明白，如果把烟瘾也剥夺的话，她怎么活下来？"云丝顿"即是她多年来唯一的享受，到晚年，更不好意思强她所难。倒是老人家自己不好意思，家里人回来，她便到后院去抽。她刚发病，住进"康复中心"学走路时，我随阿荣去探望过她。她蓬头垢面，一下子衰老了十岁，像小孩子一般嘤嘤而泣，恨恨地用健全的左手捶打僵硬的右手，喃喃自语："怎么办？做不了饭，洗不了衣服，废物！"阿荣像哄最小的女儿一样哄她，她才安静下来。

从此，李太夫人要么在医院的急救室，要么在疗养院，要么在家，来来回回地转换。她不肯离家，怕看不到儿孙。在疗养院待得好好的，她忽然撒泼，在床上打滚，逼得院方送她回家去。在家里，她无法自理，上厕所、洗澡，要两个人扶着。还得隔天送她到医院去做检查。家里人上工的上工、上学的上学，回到家来，轮班照料老人家。有一次，阿荣嫂在街上见到我，谈不到两句就哭，说："受不了，昨晚婆婆闹肚子，我一夜没合眼，半夜一个人搀她上厕所，力气不够，摔了跤，膝盖肿了，大清早又得上班去。再这么折腾，她不去，我先得完蛋！"阿荣每天奔走，当司机，找医生，抓药，探望，一口一口地给母亲喂饭，人子的责任，尽得到家。

李太夫人缠绵病榻，一家人精疲力竭。那些年，阿荣和人说话老是心不在焉。我却想着，母亲旷日持久的病，对阿荣来说，未必全是坏事，使他对最爱的人的辞世，有足够的心理准备。如果老人家害心肌梗塞，毫无预警而遽然撒手，那闪电式的袭击，倒容易彻底把人打垮。从阿荣的状态看来，我这结论站得住脚。

和阿荣通过电话，我在电脑屏幕上打上题目："李太夫人金英生平事略。"据常识，悼词宜扼要朴实，文学性的描写与抒情都不合宜，至少，叫丧礼主持人读来别扭。我写下六七百字，无论从文牍的角度，还是从艺术的角度看，都不够精彩动人。我抑制情感过了头，强作平淡，反而显出格格不能尽吐的狼狈。我用了许多空泛的词语，"富于传统美德""富于牺牲精神""富于爱心""克勤克俭"……但自认都持之有据，涵盖李太夫人的劳绩和心路。

写下最后一句："平凡而伟大的李太夫人，安息吧！"我伏在屏幕前饮泣。不但为一位好朋友的母亲，也为了中国侨乡万千同样遭际的女性，其中包括我的两位曾祖母，她们的夫婿都埋骨异邦；还包括我的外婆。

"李太夫人金英生平事略"，是一页没有完全翻过去的历史啊！

新"洗衣歌"

　　头一次阿贵炫耀地向我摊开双手，一双被洗衣粉多次腐蚀，被自来水泡白的手。他个子矮瘦，手指头顺理成章地又短又小；皮肤本来已够黝黑，那是在广东沿海乡村长年曝晒的成果，于是指头仿佛发出惨白的荧光，使得泡脱了皮的巴掌分外触目。我记起闻一多的新诗《洗衣歌》：

　　（一件，两件，三件）

　　洗衣要洗干净！

　　（四件，五件，六件）

　　熨衣要熨得平！

　　我洗得净悲哀的湿手帕，

　　我洗得净罪恶的黑汗衣，

　　贪心的油腻和欲火的灰，

　　……

　　那是很久以前的事了，我在旧金山下城一家意大利餐馆当侍者，阿贵和妻小刚从家乡移民到这里。他和我，在高中时同级不同班，上学期间仅是见面点点头那样的交情，何况在离校 30 年之后。不过，他予我的印象比一般同学要深刻得多，一来，在 20 世纪 60 年代，穷学生要么穿布鞋要么穿球鞋，贫苦的干脆打赤脚，他居然见天穿一双锃亮的黄色皮靴子，底部还加钉铁掌，在教学大楼的长廊里走起路来，霍霍有声，石破天惊。二来，他吹得一口好笛子，下了晚自修，大家进了宿舍，他倚窗吹一曲青海民歌《花儿与少年》，听得我入迷。不过，岁月山河，早已沧桑几度，彼此早失去联系。他来到旧金山，从另一位老同学那里得到我的号码，第一次给我打电话，舍故乡土话而操不咸不淡的广州话，大呼小叫，豪情不减当年。他告诉我，他现在在一家越南人开的餐馆当厨房杂工，收入不多，问我有没有门路，给他弄一份"半工"。正好我所在的餐馆需要半工练习生，我就把阿贵介绍进来。阿贵起初不敢来，怕英语不过关，我对他说不要紧，有我呢！从此他当我的下手，所干的无非是收拾盘碗的粗活。客人问他什么，他就慌慌张张地拉我衣角，由我出面应付。

在餐厅，要是客人没进来，我和阿贵照例聊天。他说起他的家境：妻子是下乡当知青的时候娶的，她家的成分是地主，运动一来岳父便给押上台挨斗或者陪斗，连累他受了许多苦。只有这回出国，是沾岳家的光。还说一儿一女，都在家乡出生长大，十多岁了。谈及儿女，他的脸便洋溢着兴奋的光彩，说到得意处，就伸出手来，谈他的"洗衣经"："我可从来不是大男人，老婆自从生了女儿、坐月子开始，全家四口的内外衣服，都由我包洗！"我说："慢着，这里的人家都有洗衣机干衣机，谁还手工操作！"他眯着眼，神秘地说："你又有所不知了，唐人街的公寓跟普通住家不同，这玩意是放在大厦的底层，供各住户共同使用的，但洗衣机上装了投币器，你不给它喂一把两毛五的硬币它硬是不动，洗衣和烘干这两项，算起来一个月要花二三十块。用手洗，花的只是自来水，水费是由业主支付的，花多少都不用心疼，老土有何不好？"我点点头，带点嘲弄地说："阁下既然把这当作业余爱好，就像雀迷眷恋麻将台，自然好极。"他却说："这就叫过瘾。"

说实在的，阿贵这双洗衣服洗出瘾来的手，果然了得，在餐厅收碗碟、铺桌布、在厨房给洗干净的杯分类、给客人倒咖啡，都极为胜任愉快。有这么一位无论背景还是语言都如此亲切的助手，我十分满意。有一回下了工，两人一起逛唐人街，他扯着我去造访他的家。他所租的公寓，位于唐人街入口处的市德顿隧道上方，相当破旧，所以租金不贵，一个月才五百多。我进了门，看到他的女儿，已是娉娉婷婷的少女，很害羞，见了生人说声"哈喽"，就溜进房去。阿贵盯着女儿的背影，眼神充满慈爱，轻轻摇摇头说："这妮子，上高中了，别看腼腆，脾性可倔呢！"阿贵拿起靠在餐桌旁的"水烟筒"，让我抽。我见了眼睛一亮，这可是家乡最流行的抽烟器具哪，这里却没见过。我说不抽，这玩意烟味太冲，呛得受不了。他高叫一声："强，点火！"一个愣小子从房里跑出来，先点上一根线香，再往"大碌竹"中端斜插的小竹管上端，放上小小一撮家乡土产的"生切烟丝"，用香点燃。阿贵不无骄傲地享受着儿子的侍候，顺便给我介绍："叫阿强，上初三了。"阿贵咕噜咕噜地抽起水烟来，很是荡气回肠。长长呼出辛辣的烟后，阿贵和儿子聊金庸的武侠小说《笑傲江湖》，为某位大侠的出路争了一阵。看得出来，阿贵是极疼爱儿女的。儿子在客人面前表现的孝顺，似乎令阿贵心绪奇佳，随即，他用威严而充满慈爱的嗓子吆喝："阿珍、阿强，马上把脏衣服换掉，拿到这里来！"

"又洗衣服啦？"我回过头问。

"珍她妈在餐馆当厨房工，放工回到家已是 12 点，指望她呀？"与其说是抱怨，不如说是自豪。

在厨房、饭厅、客厅三位一体的小间隔里，我坐在吱扭吱扭作响的破沙发，随意翻看他从唐人街书店租来的《鹿鼎记》。他怕太冷落了我，又不愿耽误活计，便把一大盆浸在水里的衣服搬到我的对面，坐在盛过葡萄酒瓶的木箱子上，挽起袖子，搓起衣服来。看得出来，他是行家，手势比一般柔弱女性有力而利落得多，而且不乏细腻。可惜才交四十岁，眼睛已老花，为了看清脏处，要把湿淋淋的衣服挪远，那模样因了小题大做的庄重而显得滑稽，我扑哧一声笑了。他却不在乎，一个劲地谈美国各种洗衣粉的优劣，他最推崇的是"多尔"牌——"好就好在去污彻底，我女儿的牛仔裤，死硬的布料，用手搓不动，用'多尔'泡半天，过水就行。"我嗯嗯应着，暗暗笑他的婆婆妈妈，不期然想起此前他第一次到我家造访的情景。那时我刚在唐人街买了一支"玉屏梆笛"，只因它和我在中学时代视为宝物的那一管酷似，那一管我曾藏在宿舍，却被人趁火打劫了。阿贵来到，因为笛子是当年我们的狂热爱好，聊得分外投机，我便拿出笛子，让他吹。他推辞了一阵，还是吹了，是早年烂熟的《花儿与少年》，疏荒太久，底气无法贯串，情绪飘摇在滑音的表面，比昔年差了大截。不必由我来表示遗憾，他苦笑着，叹口气放下笛子。我的思绪倒飞越了四分之一个世纪的生命断层，把从学生宿舍飘出的曼妙旋律，和眼前塑料盆里的雪白泡沫联结起来，它们是由同一双手制造的啊！

走出阿贵的家，一路上，又想起闻一多的《洗衣歌》：

白胰子白水耍不出花头来，

洗衣裳原比不上造兵舰。

我也说这有什么大出息

……

对阿贵来说，倒不是有没有"大出息"的问题，洗衣裳这一凡庸不过的家务，恰恰让这位土气盎然的中年人，最便当地表达对家庭、对儿女淋漓的爱意。而这，往往就是流寓异乡的新移民，心理上一个支撑点。有一回，阿贵受了一位同是收盘碗工的墨西哥人欺负，他因为英语不灵光，无法回骂，便恨恨地用中国话回敬："你光会向我逞威风，你要敢向我的儿女撒野，才算好汉！"又有一回，他女儿害重感冒，在家发高烧。本来也不是什么大不了的病，但阿贵牵挂着亲骨肉，上工时低声叹气，心不在焉的。不巧新来的洗碗老伯不知就里，和阿贵开玩笑，说："阿贵你别这么垂头丧气好不好？人家见了，还以为你女儿跟人私奔了呢！"言者无心，却挑起阿贵的心病，阿贵也不管这老伯伯好歹是同乡这情分上，动了真感情，伸长脖子，青筋怒张，像雨后偃卧在村头大路上的蚯蚓，骂老伯伯"狼心狗肺"，从此绝不理睬。

后来，阿贵因为餐馆里一个洋侍者克扣小费，气不过，和个子比他大上几乎一倍的洋人打了一架，辞工走了。那时，我也离开这家餐馆。从此我们很少来往，偶尔通通电话，知道他先是在好几家餐馆，仍旧当练习生，但已是轻车熟路的资深角色，不但应付裕如，而且敢于和上司顶牛，最后又是因莫名其妙的摩擦，他当老板的面甩掉制服，扬长而去。再往后，不在餐馆这行混，改在一家专门制造车库铁门的小厂当操作工。他夫妻俩这六七年的打拼，也有了成果——买上了房子。卑微的"新乡里"，如阿贵和我，在这块新大陆上，一步步地熬过来，如果不出岔子，小日子像"芝麻开花——节节高"，似乎也是理所当然的。

不料，前几个月，也就是距离他和我开始搭档在西餐馆干活十年之后，他给我来电话说："我离了！"虽然我早听阿贵说过，他夫妻俩有时吵得很凶，有一回还因为他瞒着妻子，一下子把千辛万苦才攒下的三千美元寄给乡下的哥哥建新房，给老婆揍了几下。但新移民忙于对付生存困境，又怕伤了儿女，再不和睦也凑合着过。"女儿也走了，这家——毁了！"阿贵带着哭腔道。老同学处于生命的谷底，不能隔岸观火啊！我便约他到唐人街茶楼叙旧。

几年不见，阿贵苍老了不少。不待我发问，他就滔滔不绝地讲起近年来的不幸，当然全是对方的错。"你知道，我对家庭怎么尽责吧？替全家人洗衣服，在老家洗到美国，二十多年，男子汉谁做得到？"我瞟瞟他的手，还是皱巴巴的，看来，离婚后他还是要过洗衣服的瘾。

"也亏得洗衣服，才揭穿了老婆的奸情。"他忽然得意起来，仿佛离婚也是千秋功业似的。"过去，老婆的衣服，不管内外，都是堆在浴室的篮子里，由我洗的。每月的经期，内裤弄脏了，不好意思由我代劳，就这例外。可是前年冬天起，有好几回，夜里她回来得特别晚不说，第二天，还偷偷地自己洗内裤，我知道那并不是她的经期。有一晚，我还听到她在自言自语，说'连大学生都有当妓女的，偷偷人算得什么?'老婆偷汉，男人的脸往哪儿搁，我就拉她上法庭，离了!"

我说："慢着，凭人家洗洗内裤，就定下偷汉的罪名? 太草率了吧? 何况，你也要检讨，你待老婆怎么样呢?"

"听你说的，我跟老婆同床共枕二十多年，不了解她还了解谁? 她就是与人有染! 我快刀砍乱麻，一了百了。"

"那么，女儿又怎么跟你过不去呢?"

"不服管教。她在高中毕业后，就反叛，每天夜里和人出街。你晓得我那个社区治安不好，夜里常常发生抢劫强奸，前年一位香港移民下了巴士，离家门才一百步，竟死于匪徒的枪下，想来怎不寒心? 我不准女儿出去，是为她的安全着想呀! 她就搬老婆那头的人，什么外婆舅父姨妈都来做救兵，和我作对。哼，我阿贵岂有屈服之理，教训她几次，她居然一去不返! 唉唉!"说着，他捂紧心口。我理解作为父亲，失去女儿的痛苦。他女儿带着仇恨离家出走，比之绑票，更为不堪，因为父亲失去的是女儿的心。

我问："你的所谓'教训'，可是打?"

"当然，不知道乡中谚语吗? '碓头出白米，棍尾出孝儿'。我的两个儿女，从小到大都受我的教训，他们知道我是真心爱他们的，从小到大一直替他们洗衣服，这样的父亲会不爱儿女的吗?"

"二十多岁的大姑娘，怎么还动手打呢! 女儿没告你一个虐待罪，让你尝尝铁窗风味，就该谢天谢地了！"我生气了。他沉默，我知道他并不服气。记得在十年前，在他告诉我，他"教训"儿子以后，儿子以"打吧，打吧，待我长大了你才……"回敬时，我就警告过他："爱他们，替他们洗衣服，并不能补偿你的拳头给他们造成的创伤，教育儿女，方式一定要讲究。"他一笑置之，还讥笑我是"洋奴"。

"那么，你现在怎么办？"

他说，正在找对象，半年前，在这里报纸上登了《征婚广告》，广州那边有一个在工厂当会计的姑娘通过在美亲友搭线，和他谈过，开始时热乎得不得了，他三天两头给对方拨国际长途，一聊就是两小时，一个月下来，电话账单三千六百块，后来却冷了下来。

"为什么呢？"尽管我对这种"隔山买牛"式的相亲没有好感，还是关心地问了问。

"天晓得，最后那回，在电话本来也聊得很投机，不料我一提到这么多年来我都用手洗衣服，还说将来我和她要有缘分生活在一起，我也给她洗衣服。她听罢哈哈笑了，问我是不是说着玩的，我正经地说不是，那头沉默了一会儿，就说拜拜了。"

我沉吟，也解不透：女方嫌他手洗衣服是"老土"，是穷酸；抑或是由这婆婆妈妈的事想及他缺少丈夫气概？

> 铜是那样臭，血是那样腥，
>
> 脏了的东西你不能不洗，
>
> 洗过了的东西还是得脏，
>
> 你忍耐的人们理它不理？
>
> 替他们洗，替他们洗！

我一边玩味着早成陈迹的《洗衣歌》，一边端详着坐在对面、低头喝闷茶的阿贵，瘦削的脸庞，笼罩着茫然的表情。他泛白的手，搁在桌面，脱去了结婚戒指的手指，空落落的，乍看似乎在搓着无形的物件，那该是泡在肥皂泡里头的一盆衣服吧？不，是像三十年前在校园的玉堂春下，他的手按着梆笛的孔眼，吹出来的，定是一支《洗衣歌》：新的旋律，那情怀依旧是"年来年去一滴思乡的泪，半夜三更一盏洗衣的灯"。

父亲和他的"生平知己"

八年前，父亲从家乡来到旧金山。他一走出机场的移民海关，我一家子和炳叔迎上去，父亲与炳叔紧紧握手，久久不放，一个劲儿地互问："没见面多少年头啦？ 31 年？ 32 年?"一起到了我家，两人又聊到深夜才分手。炳叔回去后，父亲解开几大袋移民行李，一边整理，一边得意地说："我早就晓得阿炳会来接机，'生平知己，唯汝一人'，交情还在，交情还在……""生平知己，唯汝一人"一语，典出自许多年前炳叔写给父亲的一封信，在乡时父亲时常念叨，在艰难中辗转的岁月，它是父亲的定心丸。

父亲与炳叔缔交于 40 多年前，两人那时才二十五六岁，都在家乡一个小镇上经商。炳叔从乃父手中继承了一间饼店、一间"苏杭铺"（丝绸店），雇了十来个伙计，算是镇上财大气粗的"资产阶级"；父亲呢，原先随祖父在另一个小镇开海味店，那阵子靠了刚从美国告老还乡的外祖父资助，在小镇最兴旺的十字街中点买了一块地皮，建了一间两层的铺子，开了"永益隆"文具纸料店。凭着父亲的锐气和精明，店子不消两三年，就在同行中脱颖而出，雄踞一方。两个春风得意的倜傥少年，惺惺相惜，成了莫逆之交。论起财力，父亲比炳叔差一截，他就憋着暗劲，一门心思要撑上去。我那时才四五岁，商业上的竞赛不晓得，单知道有一回，炳叔到省城去办货，捎带给二儿子买了一辆漂亮的木制玩具汽车，他的二公子与我的三弟都是才一岁多的调皮蛋，三弟见了小汽车，就撒泼，非要弄上一辆，不肯吃饭，但是在小镇哪买得到？父亲就挥凿运锯，忙了一个通宵，仿制了一辆，漆上彩色，大早就教三弟拿去给炳叔叔看。店铺打烊后，两人不时去喝酒。父亲倚仗酒量大，常和他打赌，有一晚炳叔灌了父亲四斤"永利威"威士忌，然后两人各自回家睡觉。到了下半夜，炳叔气急败坏地来到"永益隆"，重重地敲门，祖父下楼去开了门，炳叔说有急事要立刻见父亲，父亲睡眼惺忪地走出门来，炳叔却只说了一句："其实没事，就是要见见你，要不休想睡得着。"次日早上在茶楼，炳叔才向父亲说明原委：昨夜他带着惊叹向老婆说起父亲的海量，老婆却把他臭骂了一顿，说这样喝法酒精会把人烧死，他越想越怕，便起床来看父亲"倒了"没有，父亲当下笑得喘不过气来。

50年代中期，生意人短暂的黄金时代过去了，"土地改革"没告一段落，炳叔夫妻就带上儿女跑到香港去。他们走后不久，他的店铺和我家的"永益隆"一样，归了公家。父亲对这等巨变对自家造成的损害不但毫不在乎，还兴高采烈地当着工商联主任和人民代表，处处带头，在游行队伍前大呼口号，店前的鞭炮串也是全镇最有气派的。然后，父亲转到国营百货商店当个小小的副经理，不久又给下放到一个农场劳动锻炼去。数年后，父亲离开农场，在一家布店当售货员。

炳叔一家到了香港，日子并不顺遂。他先后开过成衣店、百货店、"士多铺"，摆过"大牌档"，都不大得意。直到三年经济困难时期，香港人纷纷向内地的亲人邮寄油糖大米衣服，炳叔才逮住机会，开了一个专办邮递包裹的行号，小小赚了一笔。可惜刚上轨道，国内经济好转，邮包生意式微，他又歇了业。正在彷徨中，炳叔的姨妹在美国为他全家申请移民，炳叔就到了彼岸，开始又一轮创业。

炳叔在香港的十年间，与父亲常有书信来往，交情依旧，可惜自顾不暇，没法给予父亲一点儿经济上的援助，只曾趁寄邮包之便，寄来几罐花生油，叫我家的锅台飘起过久违的油香。那些年间，父亲可说是艰辛备尝。我上有姐姐，下有两个弟弟两个妹妹，母亲在村里替人缝补衣裳，挣不了多少钱，生活的重担全落在父亲肩上，他的月薪才 48.5 元，我和二弟两个上中学，当寄宿生就要花了他 20 元，村里偏又年年缺粮，要到远地买粮食补充。日日面对捉襟见肘的家计，父亲指挥我们兄弟姐妹，齐心合力，打柴、养猪、编织草袋、竹帽、竹篮，一批批地卖给收购站。父亲到了休息日，在家和弟妹们一起干，除了吃饭睡觉，绝少停下手中活计，来了客人，他也是一边聊天一边做活，不是削竹子就是摇纺麻线的纺车。炳叔赴美时，正是"文革"的前夜，他思及有乡难归，与父亲后会难期，便写了一封告别信，末尾是"生平知己，唯汝一人"一语。那时我上了高中，父亲把我这个长子当朋友，父子俩常说说体己话，这封信他也喜滋滋地递给我看了。我正看信，父亲在旁边激动地踱步，仰起头，向着迷茫的远方道："好，好！阿炳当金山客啦，他这家伙，很快就会发的。"

炳叔一去多年，没有了音讯，父亲免不了抱怨他没良心。父亲没有了朋友，有话憋不住，至多是向我吐吐，因此他格外怀念远隔天涯的炳叔，不时对我说："阿炳不知混得怎样啦？"他偶尔见到炳叔的弟弟，却不好意思打听炳叔的近况，更不敢索取通信地址，生怕让人误解是要去信求取美援。父亲感慨地向我说："我已经够晦气了，还有脸打秋风？"

终于，炳叔来了信，信不长，只略述几年来的经历，信末说他如今开了个制面厂，生意不错。父亲高兴极了，一连几天和我谈论这封信。一天我随他进墟场买猪饲料，市集处处摆满了番薯、木薯、米糠的箩箩筐筐，在震耳欲聋的叫卖中，父亲一若战场上运筹帷幄的大将，转了一圈，逐项问了价钱，手挖进盛木薯的麻袋深处，过细地查验了成色，再略略做了心算，随即极迅速极准确地作出决策：买木薯干。我在旁饶有兴味地欣赏他如何物色对象、如何以进为退，再内行地列数木薯干质量上的缺陷，趁卖主尴尬时，猛地杀价卒大获全胜，种种精彩绝伦的表演，活现了他的商家本色，我觉得又好玩又新奇。末了父亲以最低的价钱买到最好成色的木薯干。两人把四大麻袋拴上单车后座，运送回家，一路上，父亲兴致勃勃地解释他舍鲜木薯而选上干货的理由，原来他已经算准了：连人工在内，干的比鲜的每斤便宜一分六厘，买两百斤嘛，就省下三块二毛。我由衷地赞叹，且惋惜父亲的怀才不遇，因之又聊起炳叔来，我问："如果你和他在生意场中比赛，谁是赢家呢？"

父亲一边轻松地蹬着单车，一边沉吟，半晌才作答："赢的该是阿炳，我的心肠没他那么弯曲。比方说，两人一块儿到省城去采购货物，同时看中了一件货，我呢，会直肠直肚地跟他明说，随便他或我一个人买好了，他却能耍点小手段，当着我的面把这东西说得一无是处，然后回过头，偷偷买下来。这叫无商不诈。但是，我的吃苦劲，就跟我的酒量一般，嘻嘻，他是不得不服输的。眼下我要是也在美国，他能赚20万，我好歹弄得来10多万。"他兴犹未尽，到了家，卸下麻袋，又拉上我去砌猪舍，顺便说说他开"永益隆"致富的窍门："就说墨汁一种吧，一般商户只懂得到县城的批发站去订货，我在省城翻电话号码簿，找到厂家的地址，上门去买下，搬上三轮车，运到花尾渡码头去，这么一来，零售价比别家的批发价还低得多，那些同行叫苦连天。"他哈哈笑着，我却一腔悲凉，父亲无穷的精力和机智，要么让国营布店那把老旧的剪子一寸寸剪掉，要么在家庭与贫困的多年相搏中耗去，这可是他的初志吗？

往后的十来年间，炳叔的来信总是很疏，但据他在乡的弟弟说，他在美国真的发了。20世纪80年代初，我移民到了美国，自然遵父命去拜访炳叔，住下来以后也不时到炳叔设在唐人街的面店去小坐，听他讲讲生意经，看他如何遥控位于市郊的制面厂，如何用电话向各地的杂货铺、超级市场、餐馆推销面条、馄饨皮、锅贴皮、签语饼。耳闻不如目见，我这才弄清，炳叔之"发"非同小可。他初到美国时，已是 40 岁开外，两手空空，与一般"新乡里"无异，头三年在一家面厂当雇工，他的生意人本色很快得到老板的青睐，不久就当上了经理。到他弄通了制面厂全盘业务以后，便辞了职，自家打天下，开的也是制面厂，才一部老式的面条机。他可不客气，以更优渥的价钱把原来所在面厂的客户全拉了过来。他就这般筚路蓝缕、过关斩将，不到 15 年工夫，便俨然成一巨头。他轻描淡写又抑不住得意地向我提起他的家业：规模居本地华人同业之首的现代化制面厂、唐人街上好几家位于"地王"的店铺、动辄是 50 个 100 个单位的公寓大厦群……按保守的估计，他的财产也在数千万美元以上。所谓"赚钱不费力，费力不赚钱"，他几年前因手头闲钱没有出路，便在市场街以南买下一块荒地，家人及地产界都说他失算了，谁料一个饮料大亨看上它，买下了，他不费吹灰之力就赚了 30 万美元。堪称奇迹的是，他不懂英文，在店里给人开支票，记不来那些英文数目字，就预先抄录下藏在抽屉里，依葫芦画瓢。我和炳叔聊着，凝视着他那双饱经沧桑、锐利非凡的小眼，思绪翩翩：父亲本来是有机会在 20 来岁到这里来的，在此地唐人街与人合股开豆腐店、苦熬了 30 年才积了点钱"返唐山"的外祖父，带给父亲的见面礼，是花 3000 多美元重价买下的假"出世纸"，要父亲凭它出洋去，承继他那磨豆浆泡豆芽的原始衣钵，父亲却放弃了这人人眼红的机会。他认定，与其在异国做牛马，一辈子中回国见妻儿的机会，不外是 10 年一次，不如在家乡发展。那年代，谁知道未来竟如此荆棘满途呢！其间休咎，绝非父亲那一辈人可左右，到他有幸来到陌生的国度，亲睹昔日知己这晚来的显赫时，当年竞技的宏图，孰胜孰负的计较，都成金门桥头缥缈的迷雾了。

　　父亲到了美国，一住又是好些年，开始时和炳叔来往颇密，不时游车河、上茶楼，到餐馆吃吃夜宵，最为谈得拢的话题，自然是逸兴遄飞的当年，但渐渐疏远了。父亲毕竟人情练达，即使是以"生平知己"相托的炳叔，他也注意保持距离。他明了，对已冷却了几十春秋的友情，不宜寄予厚望，更不可牵扯到钱财。果然，相处得愈久，歧见愈多，毕竟在心理上隔着一道鸿沟，相见太晚，来不及填平了。两人之间，维系的仅是并非取之不竭的回忆，而相异处甚多：炳叔仍顶着好几个董事长的头衔，在账目中打滚，父亲则已离开人生战场，作壁上观；炳叔每星期上班七天，偶尔放放假，也到内华达州的赌场去，他毕生的志趣集中于发财，最美好的消遣乃是聆听清点钞票的声音，父亲则含饴弄孙，优哉游哉；父亲和母亲一起，靠政府菲薄的福利金，日子虽紧巴却安定，炳叔聚敛了几辈子花不完的财富，但是栖栖煌煌。两人都已七十岁开外，结算总账，炳叔该是占有绝对优势的胜利者了。可是不尽然，对此，父亲向我发了一通议论："昨天阿炳向我诉苦哩，说快不中用了，要把家业传给儿子了，却不知道该让谁接班，老大、老二、老三没一个靠得住，放心不下，十几天来吃不下睡不着，怕摆不平，兄弟阋于墙哇！我说这个班不放心也得交，想想百年身后，哪有看不开的？他却一味苦着脸，说道理他懂，放不下就是放不下。他说宁愿像我，一无所有，无牵无挂！"说到这里，父亲长满老年斑的脸竟泛起孩子样顽皮的笑意。我是读懂他的潜台词的：别看你功成名就，活得不快乐，还不是竹篮打水一场空？

　　看来，他们的竞赛仍在进行着。父亲的自我慰藉，虽只是阿Q式的精神胜利法，但是每回我路过面店，看到炳叔已显龙钟的身影，转而欣赏父亲的豁达了。

"黄金梦"三部曲

第一部：买店

1982 年的除夕夜，在旧金山海滨毫不热烈的爆竹声中，张泉和王斌各自在家吃过并不是很团圆的"团年饭"，然后通电话，谈乡愁，谈来年的计划，都说：在美国吃过三回"团年饭"了，到了圆"黄金梦"的时候了，明年要开店！依老家旧俗，除夕晚上倘把脚板洗得干净，明年就会得到"脚头神"的恩宠，"来得早不如来得巧"，于是都郑重其事地洗脚。张泉那双，是在西餐馆当收盘碗工用来不停奔走的脚；王斌那双，是在市内旅游区"渔人码头"一家中餐馆厨房，当帮厨用来终日站立的脚，都个个用香皂精心洗过。都预期：这两双脚一跨进新春，就会步步莲花。

是的，天时、地利、人和，此其时矣。这两位早在出国前已因爱好文学写作而结交的朋友，曾合写过新诗，在省内某个大刊物上初露头角。放洋之后，忙于养家活口，搁下了笔，一门心思发财去。两三年下来，算是站稳了脚跟。年纪嘛，正合适：张泉 30 岁出头，王斌刚够 40 岁。银行存款折上的数字，也升到了五位，那可都是不吃六元一磅的"游水石斑"，而吃五毛钱一盒的"金门豆腐"；不参加"豪华游"而只带孩子逛逛离家不远的"金门公园"；那辆 3000 块买来的老爷车，能不开就不开，宁肯挤巴士，这样死抠出来的血汗钱。两个人的妻子都在车衣厂工作，工资虽是最低那一级，但万一下海亏了，也不愁交不出房租。孩子呢，都上了学，公立学校，连午饭都包了。既然没有了后顾之忧，便该告别收入少而受气多的打工生涯，联手一搏了

两人既然都干餐馆这一行，自然要开餐馆，以求"专业对口"。旧金山这地方，找个人谈文论诗难，找个把待售的餐馆却毫不费事。哪张报纸的分类广告栏里不有的是？张王二位驾着车到市内和近郊看了好几处，都没合意的。有一回，报上登了一个小广告，说郊外有一间外卖餐馆求售，要价才15000元。张泉打电话一问，对方的嗓音好耳熟。立即反应过来：那是自家远亲，三个月前店子新张时张泉还接到请柬，送了一盆万年青做贺礼，这么快就玩儿完了？张泉很尴尬，不敢亮出姓名，支吾几句，放下了电话。

说起美国百业，餐馆业实在是成功率相当低的一行。旧金山的英文大报《纪事报》早就披露过，旧金山这个人口70多万的旅游名城里头，大小食肆6000间，全城居民同一时间倾巢而出，吃馆子去，刚能坐满所有餐桌。所以餐馆开了不久就关门大吉的数不胜数。得益的是制作招牌的公司，总有生意可做。然而人们不信邪，前赴后继，每个人都以为自己与倒霉的前任不同，不是手艺好一些，就是运气胜一筹；或者干脆就是莫明其妙的冲动：下了海再说。于是餐馆倒灶之后决不愁没有替身。不过偶然也真有起死回生的妙手。张王二位呢，虽豪气干云，但未有资本傲视侪辈。张泉在西餐馆当的是侍应生的助手，连独立挣小费的资格也没有，更不用说经营整个餐馆的韬略了。王斌当了几年帮厨，台湾来的老板虽常常拍他的肩膀，说他勤快，却总不肯加薪，也不提升他做正式厨师。这两位酸气未除的半拉子文人，所倚仗的，无非一点胆量，也就是莫名其妙的一点"使命感"。他们到美国来，且不说自身抱负，家里人的期望就够沉重，他们必得

发财，以此验证自己的能力。而最迫切的，则是马上摆脱受侍应生或者头厨呵斥的卑贱地位，他们要连跨几级，当老板去！套句唐人街流行的广东俗语，这叫："莫看此时裤穿窿，终有一天龙穿凤。"

事有凑巧，他们着急之际，王斌的表哥带来消息：一位希腊佬有一家餐馆，要贱价卖出，对象只限中国人，因为中国人老实可靠云云。张王二位大喜过望。按照国内的思维模式，他们断定这也算一种"后门"。事因王斌的表哥专承揽预防地震的建筑工程，才和这位拥有两栋大楼的富有希腊佬成为朋友，希腊佬才向他透这个口风。张王二位连夜拉上表哥，去看了餐馆。

那餐馆地处一家六层高廉价客栈的地下，客栈的业主就是希腊佬。它位于下城最繁华的市场街附近，在准贫民窟"田德隆"区的边缘，离地铁站只有一个街区。它好就好在店面位于十字路口，一面大招牌，四面都看得到。旁边还有别的店面：杂货店、美容院、咖啡馆。希腊佬是年近五十岁的胖子，一口流利但不易听懂的英语，自称早年也是当厨子，开餐馆，当头厨，这么一步步地发起来的。此刻他是一副求贤若渴的模样，诚恳地说，这餐馆原先是租给两位南美萨尔瓦多人的，他们赌博输了大钱，悄悄溜回老家去了，欠了希腊佬半年的租金。希腊佬又极热切地说，你们两位中国人，一看就是做生意的人才，凭着你们民族的勤劳，开店保成功！给你们一个发财的机会，以后阔了，不要不认我比尔就行了。希腊佬开价 5 万，另月租 1500。一番讨价还价以后，价钱降到 45000。希腊佬肉痛得几乎跳了起来，不肯再减一个子儿。再费了许多口舌，租金才降到 1400。张泉凭着软磨功夫，争到一个好条件：租金在 7 年租期内，每年只按官方公布的"物价增长指数"调高，那顶多是百分之二三。逐项谈妥条件后，两人自觉"冷手执了个热煎堆"，很是踌躇满志。不久之后，他们就知道，当时装得一脸晦气的希腊佬，心下别提多兴奋了，因为他欠了市政府好几万元的房产税，正为筹款发愁。他这个谁开谁倒霉的餐馆，只求卖上个两三万；不料天真的中国人让他那现身说法式的"餐馆致富学"哄得服服帖帖，立马上了钩。希腊佬比尔为了表示感激，宣布：头一个月的租金免交。他还拍胸口承诺：凭他和市政厅税务局一位头头的交情，他代为说项，使新老板免缴营业税的押金，那通常是三四千元的，在用钱最凶的头个月，能省出这笔开销，教张王两位对希腊佬更加感激涕零。

为了稳妥，在与希腊佬正式签订合约之前，张王两人或一起或分别，邀请了若干亲友，前来作实地考察，从店内的设备到店外的环境，从附近餐馆的经营手段到自家的策略，都做了尽可能周全的讨论。结论是：这个边沿地带，虽然毒贩多，流浪汉多，但凭着租金便宜的优势，若经营得法，也可以将市场街众多写字楼的职员和逛街者吸引过来。王斌的姑妈也来看了，极为权威地放了话：这地头，能开店的话，就一地是钱！她的丈夫早年也曾在这一带开过小餐馆，赚了钱后买了一栋公寓，如今靠收租过着挺滋润的日子。她一直是王斌的策士，这么说便算一锤定音了。

下一步，自然是两方正式签约。为了节省费用，没有上律师楼，只到唐人街的地保官那里，花40元盖了认证图章。给文件签名时，王斌的一位堂兄弟赶来了，他一直做房地产生意，对租约的条文很内行，他细看过，说条文没什么漏洞，但他问："你们这样草率成交，没有查过餐馆的底细，连最基本的商业资料也不掌握，是不是儿戏了点？"这盆冷水要泼得早一点该多好！

自此，两位新科老板不能不背水一战了：存款搭上从几家亲戚借来的钱，一共3万块，给了希腊佬；所欠的15000，将以分期付款的形式每月偿还——这里暗藏着"玄机"，契约上载明，如果不按期还款，业主可将餐馆收回，原先所付的3万块就进了业主的腰包。业主又可以将餐馆卖出，另赚一笔乃至许多笔。张王两人手头还有 5000 元，他们在附近的"花旗银行"开了一个支票户口，装修和开张，全靠这笔款子了。

张泉向西餐馆的洋人老板辞了工，怕同事笑话，不敢直说，只说有家事要回国一趟。王斌历来对刻薄的中国老板有气，故意在拿 300 元花红之后才递上辞职书，气得老板直骂娘。

开张前的准备很琐碎，因"脚头神"处处关照，还算顺利。那位市卫生局的稽查员是白人，早就听人说，是没钱打点就休想过关的角色。但是他对他们格外开恩，不但连贿赂的暗示也没有，而且毫不留难，来过两回就签字批准开业了。换一个专供做中国菜用的煤气炉倒费工夫，要新装一套排气装置。一位白人管子工看在拿现款，不必上税的条件上，工价由 2000 减到 700。张泉在油漆店面时，一位流浪汉竟来帮忙，挪梯子，递油漆桶，而且坚决不收工钱，教张泉觉得附近瞎逛的蓬头垢面者，并不如想象的可怖。

洗刷，修补，改装，跑批发店买作料，订购厨具、肉食、蔬菜，印菜单，两位老板事必躬亲，忙碌得有滋味、有奔头，自然也有连自己也不敢细察的忧惧。从上世纪"淘金潮"后的"杂碎馆"到如今遍布美国城乡的堂皇中国食府，干这一行的同胞成千上万。张王两人置身于烟熏火燎的创业大军中，从事一次悲壮的赌博。

第二部：开店

招牌挂起来了："张王餐室"，旁边自然加上英文的音译。有机玻璃做的，挂上拐角的二楼，成 45°角，在十字街口十分醒目，无论在哪条街上走，老远就能看到。名字是二人推敲好久才定下了的，先取了个"醉琼阁"，嫌太文气，这里并非唐人街，洋人哪晓得什么"醉琼"

不"醉琼"？最后决定将两人的姓合而为一，"张王"，也寓有"猛张飞"的意思。在这龙蛇混杂的鬼地方，要从张泉的远祖那儿借点儿虎气，才镇得住。令他们喜出望外的，倒是制作这样的庞然大物，原以为非要千儿八百不可，不料"百事可乐"饮料公司广告部的经理上门来，说可免费代做，只要招牌上方留下三分之一的面积让他们登"七喜"汽水的广告就行。

为了庆祝"新张宏发"，少不了招待亲友。张王两家准备了丰盛的自助餐，客人来了一百多位，引来许多闲人围观。亲友送的花篮在门外摆了一长溜。两家的亲人更是热心，凑份子买下了电饭锅、微波炉、碗碟，好使他们省下一笔钱。几位写作方面的朋友尤其羡慕，背着手在店里店外看个遍，议论风生，说文曲星的"才"要化为"财"了！

当上老板，果然身价不同。那位专给餐馆送蔬菜的老陈，一进门就哈腰叫"波士"。推销汽水、肉食、调味品、厨具，乃至兜销自动售香烟机的，各色华洋捐客鱼贯而入，掏出名片，毕恭毕敬地谈生意，都摆出一副"暌违日久，倚彼殊殷"的媚态，教老板在稍嫌俗气之后很快生出一种前所未有的优越感来。

当然少不了上门找工作的同胞，那些刚移民来的"新乡里"尤其诚惶诚恐。但他们不敢雇人，怕开不出工资。早就商量好就两个人干，王斌的儿子17岁了，可来当帮手，工资嘛，先欠着。张泉的妻子在衣厂，下了班可以来洗洗涮涮。先这样凑合着，待上了轨道再说，这叫步步为营。

开张头一天，客人不少。两个街区以外的银行小职员、时装店的售货员、风景区里扮机器人的黑人，都来尝尝新鲜。王斌在厨房掌勺，忙出一身油汗。张泉在餐厅，连走带跑，又是上菜又是结账又是收拾碗碟，顾不过来，有的客人等得不耐烦，差点不付账就溜之大吉。一天下来，人散了架，打开收银机一数，拢共才350多。两人略感失望，但士气挺足。

除了现做现卖，供应那有消费能力的客人，他们还在"蒸汽台"上放上已经做好的菜式，一共十来种，让人买了带走的。这地方靠政府救济的穷人多，价钱要够便宜，才有吸引力。炒饭才卖 1.25 元一客，甜酸肉、烧排骨、锅贴、春卷，只要 2.99 元，便可吃到三种菜的"混合餐"。店子新，名声比赚钱要紧。他们不敢欺客，炒饭可不像邻近那家"金锅"一般，以酱油挂帅，可是正经地放了叉烧丝和青豆的；春卷和锅贴，也用上了上好的冬笋和碎猪肉。那些搜光口袋才凑足 5 毛钱的穷光蛋，啃着又香又脆的春卷，啧啧叫绝。

起头难，在他们的预料之中；但以后更难。一两个星期下来，商业区那边的客人吃腻了，转到别一家新开张的店家尝新鲜去了。不巧又碰上了报税的季节，靠工资支票过活的打工阶级要攒钱补欠税，手头紧巴，大多从家里拎饭盒上工，不再光顾餐馆。四近的餐馆也一片冷落。"张王餐馆"更是清淡。倒是贫民窟的人还看在"蒸汽台"上头货色便宜的份上，常来捧场。比如五六个走路扭扭捏捏，手拿坤包的男同性恋者，就天天断不了进门买一客锅贴，每人吃一只，吃过了便占上靠窗的大桌子打扑克。张泉过去干涉，他们娇滴滴地抛媚眼，教人哭笑不得。有一个在街上扮小丑乞钱的年轻白人，每晚总来，只买一块映钱的白米饭，另外讨一小块免费的牛油，这就是他的晚餐。天天和这种缺乏消费能力的人周旋，费口舌、上火气不说，经营也打不开局面。晚上打开收银机一盘算，两人就叫苦：每月房租，加上食物成本、煤气费、电费、水费、垃圾费、税金、保险，还有这个鬼地方必不可少的防盗警钟、防劫警铃，一天没有 400 块的进项，是断乎维持不下去的。

他们想出了促销的招数。一是仿照市场街"食物中心"快餐店的"出血大平卖"，而且更便宜。那边每客炒饭卖 0.89 元，"张王"就来个 0.69 元。这个破天荒的贱价被写成斗大的字，赫然贴在门口。二是印了好几百张传单，由张泉那个 9 岁大的儿子放学之后拿到四近散发，谁凭传单用餐，可得 9 折优待。

然而套路不大灵光，"0.69 元"一客的炒饭，主顾诚然多了，但他们贪图的就这点便宜，却不捎带买别的菜，便成了"赔上夫人又折兵"。那些优待券，满街都是，谁稀罕？店子没有回收到百分之一。

两位老板可不轻易退却，他们商定对策，要稳步建立知名度。他们把用料的质量再提高一个档次，做叉烧不用带一半肥肉的"梅头"，改用精瘦肉，蔬菜改用了较贵的青辣椒、梨笋、芹菜，少用红萝卜、大白菜那类大路货。花去血本也在所不惜，打响了牌子不愁钱赚不回来。

遗憾的是，生意老像华尔街的蓝筹指数一般，疲疲沓沓的，上不去就是上不去。餐馆业是长程投资，哪有"一朝醒来，名满天下"的神迹？有一天，张泉跟一位在市场街珠宝店当护卫员的客人聊天，客人诚恳地说："你们这店，菜又好又便宜，我是想常来的。但是你看，门口总站着不三不四的人，乞丐、疯子、流氓，要多煞风景有多煞风景，正派的人谁敢进门？"张王两位把这话哑摸了好久，隐隐找到症结了。

事有凑巧，次晨，还没开门，餐厅的天花板无端漏水，下雨一般，桌椅全湿了。楼上的客栈，以前只听说是市政府包下来，作为无家可归者的临时宿舍的，却不知底细。张泉便打电话给客栈的经理，经理还在家睡懒觉，只吩咐驻店的水管工去查一查。张泉怕开不了市，就随着水管工上楼去。才走进那个漏水的房间，他就倒抽一口冷气：房里黑洞洞的，连床也没有，一个青年白人男子蜷在地上打鼾。堵塞的是洗脸盆，水已漫到睡者身边，他浑然不觉。房内一无所有，上百个烟屁股像夏夜繁星般散在地板上。在号称富甲天下的国度，居然有这般破败的人和地方！张泉只差没失声惊叫，把水管工撂下，小跑了出来，在走廊上又撞上一堆一堆懒洋洋的邋遢男女，他们都大咧咧地拿他取笑。临出大门竟摔了一跤，原来地上横躺着一个烂醉的女人。这些人，都是无家可归，被市政府收容，再塞到这儿来的。堕落、愚昧、荒谬、贫困、不幸、放荡、淫荡、肮脏，密集于一处，比贫民窟更贫民窟。餐馆就在它的腹部，你如何去招徕客人？张泉这才发现，那位一脸胡子拉碴、从早到晚靠着餐馆的大门、高声嚷叫"我就是州长"的醉汉，就是这里的住客。还有一位 20 来岁的黑人，不时来买 0.69 元一客的炒饭，有一回手痒，把店内的窗子弄裂了，张泉要他赔钱，他狞笑了几声，说："我赔你钱，谅你也没胆量要！"原来他是旅馆内"黑桃帮"的头目。

　　这一晚，张王两人都失眠了。美国餐馆学的要义，头一条是位置，第二条第三条仍旧是位置、位置，他们并非一无所知，恨的是当初操之过急，看得不仔细。其实，所谓"位置"，并不是指"高尚住宅区"或"繁盛地区"那么简单，而是指餐馆的开设，适合当地居民的消费特点和能力。里面的学问可大了，你要开一个面对中间阶层的店，价格就不能太低，装潢、菜式、服务得与之匹配；而且，必须设法将只吃得起廉价餐的流浪汉们排拒于门外。可是，在这"孤岛"中，你管得了店里，却赶不走门外的皮条客、毒贩、小偷、野鸡和野鸭，他们是连警察也奈何不得的地头蛇。退而求其次吗？单单以"便宜"为宗旨，专卖低档菜，也不失为一条艰难然而可行的路径，但他们的致命伤恰在经营方针上，企图熊掌与鱼兼而得之，结果是两头不讨好。更何况，你必得有一笔储备金，以度过难以避免且长短无从预计的亏损期。比如说，要保证质量，就必须用料新鲜，卖不了的过时货要倒掉。而且要坚持不懈，一如"麦当劳"快餐连锁店一般，规定面包过了若干小时就得抛弃，那就非要资本雄厚不可。然而，他们连维持日常营运也捉襟见肘啊！"张王餐室"进入了可怕的恶性循环：生意愈不好，菜愈是差劲；菜愈是差劲，生意愈加糟糕。各种账单源源而来，都是拖欠不得的。两位老板原以为在贫困年间饿得肿了脚死不了，在"文革"的枪林弹雨中保得小命，算得饱经忧患，这才知道最大的危机正在眼前。王斌还一脑子天真，提议找希腊佬谈谈，看他能不能把餐馆收回去，把血本付还，放他们一条生路。两人向希腊佬一提起，他那团团脸就变了，冷冷地说："7 年的租约，是有美国法律做保障的，你们要违约，我的律师会控告你们。"张泉火了，说："我们没钱，没房产，宣告破产，看你能拿我们怎么办？"希腊佬哈哈大笑，说："求之不得哩，你们关了门，那 3 万元就归我了，我再把餐馆拿去卖。"他眨眨浅蓝色的眼，极有把握地说下去："说实话，你们不是头一个，也绝不会是最后一个。"于是不欢而散。

那晚打烊后，他们正在里头扫地、刷炉子，一个中年黑人闪进了门。他们以为是抢劫的，不料来人只是庄严地问："卖不掉的食物，你们是怎样处理的？"张泉心情早已坏得可以，便答："怎么处理关你屁事，滚出去！"黑人昂起头，悲壮地说："我知道你们是把剩下的食物倒掉的，我只要一点点充饥，这样的善事也不做，你们还是人吗？"说得倒在理，张泉脸红了，但转念一想：若天天有人来要施舍，不成救济院了，还做什么鸟生意？咬牙拒绝了。黑人愤恨地说："那好，今晚 10 点半我在门口等着！"放工时，张泉和王斌父子三人都在裤腰上别了刀子，黑人却没履约，看来只是虚张声势。

第三部：卖店

从新张到现在才三个月，王斌和张泉都愁得瘦了一圈，说多难熬有多难熬。一筹莫展之际，他们都想到了一处：卖店。趁人家不明底细，早早脱手，也许能把老本挣回来。

广东人有一句古老的刻薄话："生意佬屙屎狗不吃。"平心而论，张王两位原是老实人，编个小谎也会脸红；但是商场如战场，为了自保，为了老婆孩子，他们不得不抛却文学上至关紧要的真诚，骗人去了。你要坦白说生意不好，人家还敢买吗？谁个出卖餐馆，理由不外是"身体不好"啦，"因事回国"啦，"忽然染病"啦，"股东不和"啦，他们就选上"股东不和"这一条。餐馆刚开就闹拆伙，这也不是说不过去，知人知面不知心嘛！

首先，张泉抽空到唐人街，花了 20 多块，在销量最大的中文报纸的《分类广告栏》上登了一则"餐馆急售"："商业区赚钱餐馆，因股东不和廉让，另合伙亦可，价格面议。"所谓"另合伙"，只是缓兵之计，让人以为餐馆真的有可取之处，老板不愿全部放弃。登了报便专心等候电话。一时间铃声响得热闹，好些同胞来电打听地点、价钱、营业额，等等，可见想圆老板梦的遍地都是。一位中年广东人，在唐人街当了 10 多年厨工，老板加的薪水少得可怜，憋着一肚皮牢骚，一心要出人头地，读报后赶来，里外看了，十分中意。坐下来谈价钱时，张王两个装得气鼓鼓的，互不理睬，有话说时就冷言讥讽，来人信以为真，不但愿按原价加上装修费用，共 5 万元买下，还一个劲儿地劝他们别为了小小生意毁了多年交情。两人暗里高兴得差点跳了起来，但表面上仍旧愁眉苦脸，一副舍不得放弃"金饭碗"的表情。末了说定明天来交订金。

不料煮熟的鸭子也会飞走，广东人回到家，连夜把老婆孩子带来看店子，没进门就看到人行道上一大摊鲜血，原来他前脚出了门，后脚出了事：几个古巴难民和另一帮打群架，有人挨了一刀，给抬上救护车去了。几辆警车还亮着红绿灯，在街上搜集证据，一片恐怖气氛。广东人顿时魂飞魄散，落荒而逃，连电话也不敢回一个。

登广告不济事，张王两人便转向地产经纪求援。打电话给中国人开的地产公司，请其代找客户。经纪人大多对代卖餐馆不感兴趣，都声称餐馆难卖出，赚那百分之六的佣金，怕还不够付在报上登推销广告的账单。一位经纪倒是接下了，但只带一个新加坡商人来转了一圈，也没了下文。

他们一边苦苦撑持，一边托熟人、求朋友、找旧日的餐馆同事，看有没有买主。一个越南来的中国妇人倒是很认真地看了，颇有成交的意愿。她据多年研究堪舆的心得说："这大门朝北，北风一直往里灌，风水上属大开大阖之局，红运当头的人会大发；否则就不甚顺利。"看她志得意满的模样，大抵就是合该"大发"的一个。可惜来过几趟，吃过王斌精心烹制的免费菜肴后，又不明不白地消隐了。

渴盼、失望、沮丧，他们陷进前所未有的困境。进取的锐气已全然为悔恨所取代，幸亏他们还互相信任，晓得这时候更要和衷共济，否则吵成一团了。

有一天，一位机灵的小伙子登门，自称是不远处"食物中心"的伙计，那是专做穷光蛋生意的外卖店。他说他早已精于和各种下三烂打交道，知道怎样从他们干瘪的钱袋中赚取可观的利润。三人认真地核计了一番，小伙子提出了一整套改革计划，要点是在"蒸汽台"上大做文章，增加大量成本低、能饱肚的廉价菜，一靠便宜，二靠快速，打出"中国工快餐"的优势来，教张王二人怦然心动。但最后小伙子不好意思地说："眼下我没钱，可不可以让我先进来，以后再把股本还给你们？"这本不失为走出绝地的良策，无奈两人在心理上已一败涂地，无心恋战，一门心思就是"鞋底抹油——溜之大吉"，这一变革大业于是乎胎死腹中。生意则一天不如一天，每天的收入竟跌到一百来块。他们有空不是打电话找买主，就是在里间抽闷烟，等待奇迹。

奇迹终于让他们等来了，一位香港来的女士决定买下。她刚跟有钱的丈夫离了，敲下一大笔赔偿费。这女人生性极好强，又工于心计，前两年在郊区开过小餐馆，小小赚了一笔。她看上这一家，却是出于一种匪夷所思的报复心。因为那负心汉就在附近的一座写字楼当建筑师，她要在他的眼皮底"抖"起来、发起来，让他亲眼看到，好好泄泄心头的怨恨。她容貌秀雅，口齿伶俐不说，据说七言律绝也写得蛮像一回事。但是谈到价钱时，却露出了一点儿也不清高的商人本色，她只肯出35000，就是说，要王斌他们亏2万多。两人心疼得紧：我的妈，才几个月，白干不算，还要赔这么多！两人当然不肯。女士傲然笑道："别逞强了吧，你们的底儿我清楚，每天做不了两百块钱的生意，还能硬挺多久？"张泉一惊：糟！营业收入是每个店子的秘密，给谁偷去的呢？向王斌一问，原来是一位热心的文友无意中看了营业日志，又无意地在闲谈时漏给了有心的女士。把柄既在人手，也不可能另外有买家出更高的价，他们不得不接受了。否则，拖下去只会被希腊佬收回，那才叫竹篮打水。

不多久，餐馆成交了。张王两人和女士约上希腊佬，一起到地保官那儿，在买卖合约上签了字。希腊佬对风韵犹在的东方女士似乎格外喜欢，签名时十分爽快。

王斌和张泉两个难兄难弟收拾了家什，把钥匙交给了新老板，向曾寄以"黄金梦"的晦气所在告别。尽管在不到半年之内，每人除了起早摸黑地苦干却毫无报酬不算，还每人亏了至少一万元，却觉得十分侥幸，毕竟脱离苦海了。用国内流行的说法，叫作交了一笔学费。虽然无处报销，但男人那老是蠢蠢欲动，又无从着落的所谓"事业心"，倒平静下来了，一如出过一次"天花"，有了免疫力。

黄粱梦醒。这未必意味着他们的愚鲁或者背时。他们明白了，在中国大陆生活了这么多年，吃惯了大锅饭，先天地欠缺竞争意识。这是初战失利的重要原因。如果再迟几年，让国内那些改革开放后出现的"大款"、企业家出马，局面当会不同。

尾　声

香港来的女士买下餐馆后，关上门，装修了一个月。重新开张时，果然面貌一新。显然，她彻底地采取了"面向中产阶级"的经营方针。蒸汽台拆除了，桌子铺上了桌布，还在新搭的月牙门内，设了雅座，门口挂上了大红宫灯。菜单自然彻底改了，以带辣味的川菜为主，以她拿手的上海菜为辅，价钱中档偏上。女士一身而四任：大厨、餐厅经理、带位员、侍应生。手下两个厨子都广东乡下来的新移民，每人每月工资才 700 块。

女士的惨淡经营却不顶事，生意是"外甥打灯笼"，贫民窟的豪杰固然对其价格望而生畏，稍远一些的客人仍旧嫌地方太脏太乱，不愿涉足。女士支撑了几个月，灰头土脸之余，竟也和前任一般，向希腊佬求救，求他把餐馆买回去。希腊佬不谈正题，却眯着色眯眯的眼，说好说好说，还打算和女士合伙干。说到最后干脆露了底牌，说：你很适合做我的妻子，可否成百年之好？女士脸红红的，骂嘛得罪不起，只好躲开他那双多毛的手，远远坐着。多情的希腊郎以为得手，来个熊抱，对怀里发抖的女士建议：立刻就开始"试婚"如何？如果满意，他就把妻子休了，来做中国人的夫婿。女士自然以"容我慢慢考虑"推掉，罗曼史不了了之。

又过了一段日子，女士把餐馆出租给一位台湾来的女人，每月收租金 1500 元。台湾女人不愿签长约，她怕赔不起，留了随时开溜的后路。但还是交了 8000 元的押金。

香港女士暂时甩下了包袱，回家休养生息去了。到了下月初，她进店来收租，才大吃一惊：餐馆又告易手，新主人是越南人，她作为东主，全给蒙在鼓里！问那越南人，才晓得，台湾女人冒充老板，开价 3 万块，把店子盘给他。越南人呢，刚刚从内华达州的太浩湖赌场赢了 17 万元，正愁钱没出路，立刻用现款支付了。台湾女人拿了钱，连夜逃之夭夭。

香港女人气急败坏，要打官司，但是找不到被告的踪影。好在越南人看钱既来得太容易，何妨破财消灾，就补回 3 万元给她，算是"私了"。女士见自己的利益没受多大损害，就同越南人正式签了契约，把餐馆卖断。自此，越南人半死不活地维持了下来。

几个月后，张泉在街上邂逅希腊佬，谈起那家餐馆，希腊佬不无自嘲地道："那鬼店子，没有人能弄得好。十年前我买下客栈那阵，把拐角改成这餐馆，到今天老板少说也换了 30 个。先前一个白人，买了下来改开酒吧，生意好坏他全不在乎。后来给警察封了，原来这家伙在地下室装了一部带压模的机器，专门造假的 25 分面值的硬币，每天至少造一千来元。他给判了坐牢十年。以后一个墨西哥人买下了，他的儿女一大群，天天涌来几十个人白吃白喝，才三个月就垮了。你们中国人，别看能做，也对付不了。"说到这里，他潇洒地耸耸肥厚的肩膀，笑了："我不管，反正收了回来，又出卖，还是有得赚，哈哈！"

那阵子双方已没有利害关系，他说的该是老实话。

"土纸仔"金米

　　我在旧金山滨海的住宅区——日落区住了19年，房子靠近商铺密集的诺里呃嘎街，每天断不了出门，要么买报、蔬菜、杂货、咖啡之类，要么去茶楼或餐馆。必经过街口门牌为1600号的房子。它虽然和绝大多数房子一样，高两层，但位于两条道路的夹角，位置特别，无论屋内面积、院子大小、屋内布局，都可说是标新立异。前年起，原房东卖出，价格为92万美元。一年后，再次推上炙手可热的市场，才几天就被抢走，据好奇人士从房屋交易网站查出，成交价为112万美元。地产公司挂出"已售出"的牌子不久，房子开始翻修，除了外墙，里头都做了脱胎换骨的改造。每天路过，看到各类型专业工人在忙碌，在华人人口比例最高的旧金山，施工的竟没有同胞，叫我诧异。我对这栋房子，有的是好奇心，首先想知道，谁是新业主；其次新主人是装修后卖出，好赚一笔，还是住下来？

　　一年以后，新主人现身。是中国人，年约五十岁，偏胖，身高约170厘米，黧黑的圆脸，头发不算丰茂，但够长，扎了一条荡气回肠的马尾。他站在自己的新居前，跟前，是几位南美洲籍的水泥工在为车道铺水泥。他身后是车库，几位俄罗斯裔工人在里面油漆。他似乎下了决心，一次过地完成"初抵贵境"的公关，一站就是一个上午，和路过的邻居"套近乎"。

　　他看到我，疾步走来相迎，热情地握手，自我介绍："您好，我叫金米，它的新主人。"英语标准，一听就知道是土生土长的。时间还早，我是他最先问候的三数位邻居之一。

"我叫 ××，住在同一个部落的 ×××× 号。"我说。

"太好了！我是土纸仔，"他顽皮地笑着，流利无碍的英语，夹杂结结巴巴的广东话，"旧金山出生，一直住在钻石山下。"我知道，这自称含着自嘲。土纸，由"持本土出生纸"一语引申而来，也被别有用心者称作"土猪"，意谓"蠢"，或黄皮白心的"香蕉"。他们的母语是英语，中国话不灵光，和母国来的乡亲对话，因自信心缺乏而嗫嚅，一如我们说英语。我初来时和他们接触，为他们的单纯、憨厚和老实所感动。没有疑问，他们比我等新来者，心里干净得多，格外"好骗"是表征之一。

"搬进来了吗？"我问，怕他和前业主一样"炒房"。

"肯定，这回是最后一次搬家，搬烦了。"

"这社区好，靠近海边，购物又方便，上茶楼也容易。……装修花钱不少吧？"我看着工人们说。

"天！三十万付了，还不够！"他摇摇头，但这是自豪的意思。

过了三个月，金米正式入住。最后一项工程是沿着墙角造花圃，以红木加铁丝网建栅栏，里面栽上迎春花、三色堇、多肉植物，以及罗汉松。

有一天我路过，看到比金米年轻 10 多岁的女子，驾保时捷跑车来。金米向我介绍她："女朋友碧姬。"碧姬脸色苍白，似有心事，只例行公事地和我握手，没有说话。

从此，三天两头看到金米，他起得早，7 点前就在门外的花圃上忙碌，爱摘下手套，和路过的人闲谈，只要对方有停步，和他交流的意愿。女朋友不复看到，一位抽烟的白种女郎，常常和金米站在人行道，有时我也加入，三人从天气谈起，到市长大选，再到特朗普的言行。熟络之后，见面的第一句成了玩笑。"啧啧，怪不得园丁失业了！"我看到他埋头松土拔野草时送上一句。

有一天，我和他闲聊，他看到一位女子在追赶巴士，想起一个笑话，对我说："某人问业主，他要赶7点12分的巴士，能不能从他的院子穿过，而不必绕一个大圈子。你猜业主怎么回答：'好啊！如果刚好你碰上我的牛头犬，别说7点12分，6点50分那一班都赶得上。'"相对大笑。

一个星期天，他家的两道车房门都打开，他在门外得意扬扬地负手徘徊，貌似看天色，但我知道，他有所期待。我走进，瞄了瞄里头，"喔"地大叫一声！

他眉毛一扬，正中下怀，弯腰做了"请进"的姿势。他家的车库比起我所见的都不同。"街角屋"的院子小一些是通例，屋子本身呈曲尺形，地下的车库比外面的大四五倍。里面停着12辆车。

"我的天，你卖二手车吗？"

"没说对，我是收藏二手车的。"金米谦虚起来。

"你也没说对，你是古董车收藏家！"我给他戴一顶高帽子。

"哎呀呀，仅沾点边儿。"

我摸了摸近门口的一辆凯迪拉克敞篷车座位镀银的边，伪装内行地叫好。看得出来，他被搔着痒处了。

告诉你，我为什么买这栋房子，就是看中车房！才看一眼就出价，非抢到不可。看到了吗？我放进12台车。

他领我走进车房。在这个住宅区，每栋房子满打满算，车库停两排车，每排两辆，一前一后，已够费劲。这不是活生生的神迹吗？当然，这样停放，车子是无法移动的，靠东面墙壁的两排车，每一辆之间，前后左右的距离都不满一英尺。显然，这是"死停"，我问他怎么放进去，用吊车不成？他得意地说，一辆一辆地驶进去，小心调整距离。满意了，就把紧闭的车门上方的玻璃摇下来，从空隙爬出去。"我的天！换上我，可要命。"我惊呼。

"我是专业人士，一辈子吃这碗饭。"金米挺了挺胸，颈后的"马尾巴"甩了甩，我想起骏马扬蹄的雄姿。

他神采飞扬地数他的"家珍"，他起早，站在人行道旁边等待随便哪一位邻居，只要对他车库里头"有什么"表现出起码的好奇心，他就要痛痛快快地发泄乔迁以后还没机会发泄的成就感：

这是大众的甲壳虫，80 年的，不算经典，模样够笨，是不是（他轻抚方向盘，喃喃说，纯木的呢！握着的感觉就是不同）？

丰田 GTR32 型，不算太老，98 年的。你没见过？不可能。八缸，马力 184 匹。

"嗨，是野马，威风凛凛的家伙！"——我叫起来，美国车，我对野马认识最早，30 多年前，差点买了一辆二手的。

金米说，这辆是 69 年的，一发动引擎，听那嘶吼就晓得劲道！

94 年的林肯加长版，86 年的别克，77 年的雪佛兰，89 年的傲视无比……他不经意间亮出的专有名词，我一概是"八窍通其七——一窍不通"。但为了不扫他的兴，勉为其难地加提问题，如从 0 加速到 100 英里，需要多少秒？排气是单边双排还是双边双排？耗油量如何？

最后，我问，这些车子中，哪一辆是你的最爱？

都爱，你说，几个儿女中可以有"最疼的"吗？但这一辆特别些，他领我走到尽头，掀开包裹住车子的大布罩，是一辆颜色特别夺目的轿车。

"1967 年的雪佛兰 Bel Air，从 50 年代起，这车种就是引领全美国汽车设计新风潮的标杆，1955 年名列最佳古董车前十名，细看看，大面积镀铬，里里外外颜色都鲜艳无比，是它的特色。"

从金米口中，知道他一直是干这一行的，买下老爷车，自己修理，复原，再卖出。

"值多少钱？"我坐在一辆凯迪拉克的老式皮椅上，问。

"不卖，不管价钱。"他回答。我疑心他是敷衍我。他明明说过，他做古董车的交易。

这次聊天，我给他留下不错的印象，因为我是耐心的听众。三天后，我为这揣测找到证据。我发现他有一辆丰田牌皮卡。车库内停不下，只停在街旁。我惊喜地说，你有这个！太好了！我几乎是失口叫出来的。

他马上听出门道："要我载建筑材料什么的吗？尽管说，任何时间都乐意效劳。"

确实如此，我早打算在后院建一个凉棚，苦于找不到卡车，运长12英尺的木料和每块为8英尺乘4英尺的塑料板。我说，那就不客气了。

五天以后的星期天，我和金米通电话，说好我先去选好材料，付款，我给他电话，他来"家得宝"的停车场碰头。

他如约来到，熟练地把我放在购物车上的东西搬到皮卡，在木料后面系上后布。我们一边干活一边聊天。我要抓紧时间和新朋友熟悉起来。

将欲取之必先予之，我介绍自己的情况，从婚配到儿女、孙儿女。他说他今年53岁，有一个27岁的儿子。"小子早搬走，独立过日子，不要我管……"他摇头，马尾晃动，但语气不是抱怨而是骄傲。我私下认为，开保时捷的年轻太太不可能生下这个儿子。但贸然问人家的婚姻是无礼的。

我和金米各自开车，在家门口，他帮我卸下建筑材料。我没有忘记旁敲侧击，先说自己的家族，什么时候来美国，父亲何时去世。他突然冒出一句："我的第一个太太……怎么说呢？离是离了，但这么多年过去，心里有个结，对不起人家……"我的策略奏效了，我惊讶地说："啊，是这样，命运弄人，由不得你。""算了，故事太长……"

对所有"故事"的强烈好奇心，是我的第二本能，我说，来我家喝杯咖啡，聊聊天。我要拉他的手，他避开了，说，还有事要办，改天吧！

我说，在商言商，告诉我，付你多少钱，汽油费是起码的。

他说，下次请我去茶楼好了。

"好极了！我想听你的故事呢！""故事"一词似乎刺激了他，他的眉毛拧了一下。

接下来的三天，我每天给他发一条短信，邀他去三个街区外的广式茶楼一聚，第一次他回说要去岳母家修栅栏，第二次说太太的朋友要去野餐，第三次说上班。

他早就告诉我，他不上班了，从住进这里开始度"退休时光"。我怀疑，他上次失言，泄露了心中的秘密，事后反悔，怕我追问。

我再也不敢发出邀请。早上，依然常常见到他，他多半还是和那白人女子面对面聊天，看到我走近，就"砸"来一个半个失之粗鲁的玩笑。今天早上他这样说，昨天，我和一位朋友走进星巴克，她突然双手抓住椅子的扶手，我问她干吗，她说："不好意思，放了一个屁。""放屁要抓住椅子？"她说："不抓怕飘起来。"——她太瘦，和她差不多。金米指着面前的白人女子说，都笑弯了腰。

脱臼记

这一步

清早，我在宾馆上班。7点多钟，工间休息，我在员工专用通道的门口站着，并无目的，如果我是烟民，按规定须在通道外头过瘾，但我不是，非要找个理由，就说看天。"看天做人"，是中国农民最为简单也最管用的生存哲学。天被街道两旁的高楼夹着，窄窄的一条，铅一般阴冷而沉赘。这个滨海城市，最为居民称道的是"四季如春"，这样的天色一似男人脾气好过头成了腻人的娘娘腔。好在空气相当澄澈，不像天亮前我进来上班那阵，雾气无孔不入。不过，也许在下雨呢！雾化为雨，一如入屋盗窃撞上事主而演为杀人……我这么想着，为了看得仔细点，脚往前挪了一小步。脚下是一块三角体铁板，把它铺设在人行道和专供员工进出的门口之间，是因为二者的高度相差约一英尺，使用手推车的送货工非要用它不可。

这一步，改变了我。

唰的一声，我蒙了一秒钟。睁开眼时，人侧卧在倾斜的人行道上，脸无告地对着冷漠的天。哎呀，滑倒了！我却爬不起来，在地上挣扎，身体全然不听使唤。再看，压在头部下面的右胳膊，手肘以下的一截小臂，和肘关节的距离足有5英寸，孤零零地撂在远处，五只苍白得怪异的手指，吊儿郎当地蜷曲着，是我的吗？不会不是，旁边没有别人。那么，是断掉了？可怜的手啊！我要呼救，街上静悄悄的，没有行人，也没有车轮的响声，我试图摆动左手向裤袋掏手机，打 911 紧急救援电话，马上想到今天忘了带。终于，我踉跄站起，低头看右臂，差点闹了"独立"的小臂却神奇地归队，和平常没有二致。疼痛开始侵袭。我用左手提着右臂，高一步低一步地走回户内，门卫没表情地看了我一眼，知道我不是外来的陌生人，没发问。我走回更衣室，坐在衣物柜前发呆。忍着缓缓地从肘关节辐射出来的痛楚，以左手把右臂膀细细地捏了几遍，稍稍放下心来：手指能动弹，可见神经完好，按按关节，没有撕裂般的剧痛，可见骨头没伤着。于是，我断定，仅仅是脱臼，而且已经复位。干活是万万不可能的了。我以左手扶着右胳膊，坐在干活的地点，同事看我脸色不对，过来问，我说，摔伤了。一位同事跑到衣物柜，拿来一颗止痛片，说它效力特大。我马上服下。

下一步，不知道怎么办？同事说，上班时受伤，不能不向上报告呀！他给经理打了电话。经理要我马上去医院去检查。我犹豫着，不想去，一来存着侥幸，大概没事，不要兴师动众了吧？二来很是负疚，上班干不了活，还惹这么多麻烦，对不起老板呢！经理说，不能不去，公司最在乎这个，你去检查过，结果要存档，不然以后你索赔，谁也说不清责任归谁。

经理用电话招来保安员，按照规定，要由他们负责上报。保安员问，我答，由他填了一张事故报告。填完了要我签字，我说没法拿笔，他摇摇头。我便用左手来个鬼画符交差。随后，经理到柜台领了10 块钱，交给我，要我"打的"到附近的圣·法兰西斯医院的急诊室去。

我在宾馆门口叫了一辆计程车，一路上细细回想这场事故，是在被雨或者雾弄湿的铁板上栽的。这地方路陡，在潮湿人行道上走，我滑倒过好几次，一个屁股墩，站起来，骂声娘，拍拍湿了一片的衣服，仍旧往前走。按理说，我并不缺乏警惕，可是这天我来不及替自己设立警戒信号，便摔个仰八叉。老天爷的突然袭击，着实太狠了点。

只一步！郑愁予早年有诗《边界酒店》："只一步即成乡愁 / 美丽的乡愁，伸手可触及。"过去多次滑倒，如果都是"溜之大吉"，这次如果不算"溜之大凶"，也算"中凶"或"小凶"。说大凶，是摔坏脑袋，从此变成呆子；中凶，是非壮士而断臂不可；小凶，该是受伤……不过，乱猜而已，进急诊室，让医生诊断过才知道。

踏进"疾病王国"

从前有个智者，把人的居住地做了别致的分类——"健康王国"和"疾病王国"。街上匆匆忙忙走路的上班族，基本上是拿前者的护照。后者的入境途径众多，急诊室无疑是一种"海关"。

我走进医院，灯光没开，一片昏暗。在铺地毯的走廊里，没踩出声音来。因为是星期天，除了急诊室，哪里都关着门。我走进登记室，里面没病人。这倒好，"病魔"似乎也在今天放假。坐在登记台前的凳子上，接待员隔着窗子问我，我简单说了经过，脸色黝黑的菲律宾女人并不想听，只要求我亮出证件，她管的是收账，从前《华盛顿邮报》的幽默专栏作家说："我进医院看病，首先被具体而微地检查的，是我的钱包。"一点儿不差，她把我的工作证影印下来后，再一一询问工卡号码，工作单位，住址、电话。此后，要我等。

稍后，来了几个病人，一个走路如风的白人男子，衣着邋遢，看样子是看病不花钱的流浪人，我上下打量他，神清气爽，并无病象，要是由我来望闻问切，我怕要给他下"无聊症"的诊断。一位妙龄白人姑娘进来，娴静地坐在一角。我原先以为，但凡需要急诊急救，都是急如星火的，要么受伤要么突发病，抱着肚子或者心口哼哼唧唧的。看她不像犯病，就是脸色苍白点。再想，也许是妇科的问题。可是她的定力甚足，不声不响地，直到菲律宾女人叫，才慢腾腾地挪过去，填表，报出付账所需要的所有资料。再往后，兴冲冲地进来一家三口，看来是同胞，打开电视机看篮球赛，五大三粗的国字脸男子，大声作着评论。我可以断定，他们都不是病人，而是送病人来的，而这病人，也不会是病危；也许常跑急诊室，他们送惯了，不再在乎了。

菲律宾女人也许对我的痛楚抱着起码的同情，说了一句："护士快来看你了，刚刚用担架推了两个病人进来，她们要处理……"

至少又过了 40 分钟，一个庞然大物坐在我的对面，是白人护士，她量了我的血压，看了伤势，说还得等。这等法，让我想到了移民局外的长龙，想起了故国国门的海关，拿"疾病王国"的签证，一样需要耐性。

胖护士打开偏门，把我叫进去，那是一个摆满了显示器和各种仪器的观察室，三张病床，中间一张有病人，护士让我用靠边的第三张。她要我把外衣脱掉，换上在背后系带子的病号服，脱下来的衣服，塞进一个大塑料袋，放在床沿。护士说，医生会来看你。交代罢，把帷幕拉合，使我这一边和另外一张病床分隔开来。医生没来，"贴邻"我进来时看到了，体形奇小的中国老太太，戴着氧气罩，脸色蜡黄，呼哧呼哧的喘气声清晰得很。我想，这才像"疾病王国"呢！至于我，是居民还是观光客，还待下回分解。

一阵风把帷幕掠起，医生进来了，穿浅蓝制服的年轻白人，很从容的模样，让我想起火线前沿指挥若定的将军。他拿起我的胳膊，略作观察，要我握拳，活动各个手指，互相拿捏，看都活动自如，便说，看来骨头没事，但要做透视。

我无聊地躺下，等护士送我到透视室去。护士没来，刚才那位胖姑娘忙着对付贴邻，病人的呼吸障碍益发严重，却说不了英语，便把一个年长的瘦小护士叫来帮忙，这位穿蓝大褂的老太太，说广东话蛮灵光，一个劲儿地安慰病人，病人以更响亮的喘息来回应。

一阵骚动，是救伤车送来了新病人。听得出来是白人老头子。刚才拿捏过我的右胳膊的青年医生和他交谈，我听得很清楚。白人沙哑着声音辩解说，大便出血是他的老毛病，常犯，希望医生不要把他往加护病房送。医生问他惯常吃什么药，他一一回答。医生说不管有没有事，出血总得诊断清楚才行。病人不甘心卧床，长长地叹气，喃喃自语。我有滋有味地偷听。

一个秀气的护士进来，是中国人，对我一会儿说广东话，一会儿说英语。这种以比一般移民高级的"专业人士"自居的同胞，最喜欢趁替同胞服务的机会耍威风，好平衡自己在主流社会的低声下气。她要我马上让出床位，因为来了危急病人。我一手提着盛衣物的袋子，一手拿没系好带子的病号服掩住身体，站在走廊上。到此为止，我还在"疾病王国"的边境上徘徊着。

门外响过救护车的呼啸，一个担架推进来，危急病人把我腾出的床位占去。两个从救护车走下来的男人，全身披挂有如警察和国民警卫队的士官，经过我面前，一屁股坐在办公室外的椅子上，仰头灌可口可乐。护士看我孤苦无告的模样，没问什么，兴许见惯了。还是胖小姐有同情心，刚才在登记室看我的伤势，圆嘟嘟的手轻轻按着我的肘关节，就柔声说过："很疼，是不是？"这回又是她把我领到透视室去。透视室的操作员，身架子和胖护士在伯仲间，也是热心肠，生怕弄痛了我，小心地翻我的手，把我的手搁上大长桌时，心疼地说："我知道你难受，马上就好。"胖出气象来的大脸盘泛满了唯大姐姐才有的慈蔼之光。这辈子，有了今天，我从此对胖女人生出无限的好感。有容乃大，宽厚的胸怀果然能容纳更多的柔情和悲悯。咔嚓咔嚓拍了四张底片，都聚焦在肘关节。拍完了，要我稍等。看着她把底片一张张插入电脑，看到屏幕上陈列着自己的骨头，想起了将来的坟墓，却看不出名堂。操作员说，好了，我送你回去，透视底片发过去了，医生会作诊断的。

我回到急诊室，这回被送进第 8 室。在走廊经过，那位神完气足的"流浪汉"占了第 6 室，高声向谁说话，仿佛在庆祝终于获得"通行证"，一如从美国驻广州领事馆拿到商务签证的喜气洋洋的同胞。第 7 室里坐的是脸色苍白的白人小姐，我瞥见贴在门外的登记卡，她出生于 1977 年，但没看清病状记录。第 8 室里面挂着骨头和关节的示意图，堆着纱布一类外伤用品，看来是专为骨科病人设的。我想，难道要上绷带或者石膏板不成？

又是等。我想起 10 来年前，为了父母的移民签证，凌晨在移民局走廊上排队的情景。周围没有声响，病人的呻吟、护士和医生的话声、急救器材的响声都听不到，只频繁地听到电话铃。

幸亏带来王朔的随笔集《无知者无畏》，刚才走出宾馆，去"打的"之前，居然有闲心，记得往衣袋插上专用来"谋杀时间"的书，足见伤势没吓退求知欲。读着读着，很觉这书名可爱，在"疾病王国"的居民中，行将谢世的绝症患者，正给它说中了。书看完，医生没来，我走到门外去侦察。第 7 室的小姐依然文静地坐着，居然有心情对我嫣然一笑。我真想和她搭讪，以解彼此的无聊。

好在靠墙的小架子里还有两本杂志，都是关于流行音乐的，字太小，但我非看不可，不然如何打发等待的无聊？其中有一个专访，被访问的走红乐手说出道前他默默无闻，就靠长相像一个刚冒头的好莱坞末流男影星，他冒充影星上台当鼓手，招摇撞骗了几年，待到走红后，在一次巡回演唱会上，男影星的一个旧友去后台看他，见了面时，他居然毫无愧色地承认自己是盗版，然而并不以此为羞耻，只觉好玩。我读到这里，想，那是境外，即"健康王国"里的事情了，至于这个以白色为主调的所在，和竞争、进取，以及和竞争相关的阴谋阳谋都离得远远的，"疾病王国"的原则是退守，病人的基本任务是回复"生物性"的低水平，把血肉之躯维修好。

流行音乐杂志翻完，还到外头拿了一本，是有关赛车的，也翻完了。到门外踱了不下十次，每次都和脸色苍白的女郎打照面，她似乎并不急，很雅致地端详着柳条病号服下摆之下的玉趾。第 6 室的流浪汉已经离开，奶白的灯光下，是乱堆着的被子。刚才和我打过交道的年轻医生在离我不远处打电话，似乎还是说那位便血老人的病情。他搁下话筒时，注意到我满满地堆在脸上的不耐烦，走近，以公事公办但不失热诚的语调说："耽搁你这么久，真抱歉。透视的结果是骨头没事，稍等一会儿。""引起注意"的目的已达到，我回 8 号房去，脱掉病号服，穿回夹克。

一刻钟以后，那位因广东话说得太流畅而显得过分英明的女护士进来，说，你可以出院了。医生说骨头没碎没断，不用请病假。我马上道谢，匆匆出门。天依旧阴沉着。我没"打的"，走回宾馆去，在不潮湿的水泥人行道上如履薄冰。

我向经理报告了结果，便回家去。手排挡的老爷车，本来要两只手操控，我却能单用左手，平安地开上 7 英里。

后　续

接下来，就是流水账。在家休息，第二天开始，关节和韧带开始渗血，手臂发肿。施与香港出产的"黄立光跌打油"，还有父亲特地派妹夫带来的土制"跌打酒"。无聊时用左手在键盘上敲字。

宾馆人事部的一位秘书来电，要我到专作工伤检查和护理的诊所去。受伤后的第三天，我去了，又是等，又是看医生。洋医生因为我用了"错位"一词，怕描述不确切，找来一位能说"国语"的华裔医生，再三询问。

还要做一次透视。步行 15 分钟，到撒特街的透视室去，回来一个多小时。医生写了报告，结论是：骨头没伤，但上班要戴承托带，以保护右臂膀。

回到家，给宾馆的人事部打电话，秘书说，报告收到了，你不能上班是吧？我说当然不能。那好，下星期再去工伤诊所，看医生怎么说再决定。秘书最后说，因为我是工伤，保险公司会偿付缺勤所造成的经济损失。

于是，我每天待在家里，偶尔出门会友，偶尔打电话，平淡而安宁地度有薪假期。

这无伤大雅的事故所造成的结果，有痛楚，有"疾病王国"里必不可少的诸般手续，如等候、诊治、服药、填表、签名、敷药。在工伤诊所里检查伤势前，得劳烦医生为我脱上衣，这算是必不可少的旅游费吧？然而，和别的病人比，我的伤简直近乎"完美"。

摔跤是意外，意外却造成如此美好的伤和养伤的日子。我真要感激那天的雾气、溜滑的铁板。说到底，这次"疾病王国"之行，观光而已。

今夜，海不生明月

——9·11 后中秋日记

一、烧猪肉

前几天，看到妻子捧着月饼盒子进门，晓得中秋近了。可是，英文挂历上，没有汉字的干支、节气，更不必说什么"每日相煞""每日胎神""午命互禄"等指导每一天、每一时辰生命运作的字句了，害得我无从晓得"露从何夜白"。月亮倒是看见了，前天晚上，碰巧没有雾气，金山湾一片明澈，未满的一轮，在下城高楼的缝隙间悠然周游；远处的海水，浴着一片迷幻的灿烂。不承想，佳节被造物猛然一推，到了眼前。今天凌晨，我还在睡，妻子郑重地贴近耳边交代："买一条烧猪肉，记住，别切件。"我清晰无误地复述过这一命令，她才放心地上班去了。

午前，上街去。烧腊店离家才三个街区。这已是第二次出门，头一次是晨跑。那阵子老天出奇地混沌，惯常大而化之、一股脑儿罩着世界的雾气，身段放得出奇地低，盘绕着人行道旁边伶仃的夹竹桃和草丛里的紫罗兰。分明地看到，雾气一似兰花手般颤动，是在擦拭叶子上的露珠呢，还是在本已够迷蒙的车窗加上额外的朦胧？跑了一会儿，鞋子湿了。我去买报时，看杂货铺的烧猪肉已红彤彤地挂在玻璃柜台后，橙黄表皮上晃得人眼花的油光，穿透了雾气，吸引着行人。

我正要买，一摸口袋，却没带钱。并非忘性大，是杂货店违反常规，烧猪上市太早。往常，不到近午，烧猪还吊在电烤炉里头锻炼呢。再想，怪不得，这是应节的，特别早，也烤得特别多。

烧猪散发出八角花椒面酱大葱料酒混合起来的浓香，我狠狠地咽了几下口水，依依不舍地走出店门。老天爷变戏法似的，雾气全散了，天蓝晶晶的，阳光晃花了眼，风从太平洋吹来，软软的，夹带十分醒胃的微腥。悠悠然想起一个日子，哦，31 年前的今天，我在故土的乡村学校当教师，带学生到镇上中学的大操场，去参加庆祝集会。游行完毕，散队各自回家。我独个儿在村路上走，想到明天放假，心情格外美好。踢着路上的泥坷垃那阵，也许按了按口袋，刚发下的 25 块钱薪水稳妥地夹在钱包里，这意味着，假日的快乐尚待启封。稻浪翻卷的田垌在身边；人字的雁行，在榕树和青山上头。我敢说，这一段不到三里的步行，是平生最为晴朗的命途，连带地，这一天，成了为数极其有限的"黄金日子"中的一个，可以和洞房花烛小登科、儿女出生、出国、出书、出国后还乡等重要日子比美，而这，却不因为遇到什么，干了什么，仅仅由于心情——我如此凌厉地、完全地感受着体内、心内郁勃无比的元气，这"生命"的第一要素。南国的仲秋，风总是遒劲的，在田野鼓搅出无数墨绿色的涡旋，刮到身边时，却温驯得有如一匹卷毛的小狗，我的脖颈痒痒的，那是风在抚扫浓密的黑发。那时，我青春年少，秋阳展开的天边，天之外，梦在飞翔。挽起成片的田畴，天穹和我一起走着。

如今，脚步还存几许矫健？足矣，只要不失花好月圆。是的，无论天上是雾是晴，都是"天涯共此时"，都是"千里共婵娟"。于离人，今夜是"双照泪痕干"；于游子，举头之望与低头之思，凝集着千古乡愁。于历史，是"今夜曾照旧时月，明月何时照古人？"于老百姓，是"今夜月明人尽望，一样悲欢落谁家"。唐人街上，从香港、台湾和大陆运来的月饼，摆满了商店的货架，更在人行道排起长龙。排山倒海的单黄、双黄乃至三黄的莲蓉月、豆沙月、火腿月、杏仁月、枣泥月、松子月、核桃月、凤梨月，乃至椒盐月，对天上的一轮。此其时矣，苏东坡泛舟，颂明月之诗，歌窈窕之章。放到"大文化散文"的作者的笔下，自是华美的鸿篇，可是，我这个"住家男人"，所关注的是一条烧猪肉。买不到它，切近的危险，是老婆大人失望的眼神，一声埋怨。然后，是祭月的供桌上，小小的缺憾。

卖烧猪肉的店家有两个，一个叫"长兴"，另一个叫"龙昌"。前一家过去的烧猪，火候得宜，肉嫩而多汁，名闻遐迩。我常来买，买了忍不住馋，在车上趁热报销掉三分之一。可惜它后来生意太红火，自以为打得马虎眼，一松劲，质量降了，价却提了，客人渐渐稀落，正应了关于月的隐喻："满则缺。"后一家，烧猪虽没盛名，但胜在待客和气。乐天知命的胖老板娘，是不久前从香港移民来的，见了人总甜甜地打招呼，我成了常客。所以，今天我进的是"龙昌"。晨跑时见到的那只烧猪早已卖光。刚挂上铁钩的一头，冒着雾气般的油气。我像惯常一般，站在玻璃板前等候。档里的操刀师傅，听口音是同乡，被老板娘尊称为"老师"，那该是他移民前的职业，白净脸皮，好像粉笔灰。拿惯了粉笔的手，利落地挥舞着刀子，月辉般的寒光散在脆生生的烧猪皮上。正在购买的，是一位精明无比的中年女士，我敢肯定，她此来，是不买下全市最好的一份不班师回朝的。"师傅，不要胛骨，靠头那块也不好，嗯，劳驾，让我看看那一边，哎呀，怎么尽是肋骨……"害得师傅的刀举起来，停在空中。"对了，就那块——前槽，好，三磅就三磅，什么日子嘛！"紧跟着这位"吃烧猪专家"后面的，是一位中年男士，看他俩的热乎劲儿，该是联袂而来，行前对"买哪一部位"有过具体而微的磋商的。女士转头对他说："剩下的前槽，你要，不够的话，搭上一块'夹心'好了。"男士咽了一下口水，大概像我刚才那般，对美味充满着憧憬吧？他喜滋滋地回应："好的好的，幸亏来得早，整一只任挑。你买的那块，汁多，味道浓，最是理想。""你的也不赖，今晚该喝两杯茅台喽。"我默默地听，头一个心理反应是厌腻：哪有这么琐碎的？好好坏坏还不是在口里嚼？可是，再想，便生了景仰：谁不想买到好东西呢？在玉洁冰清的佳节……

　　这店子，我每天都来一趟，规矩不是不懂的。光顾烧腊档，不必排队，顾客有默契，先来先买就是。我付出比操刀师傅更多的耐心，待这两位买好了，便要发话。却瞥见柜台旁一条长队。天知道人们什么时候排起来的？一位大一学生模样的小姐，大眼睛盯着我，那可不是青睐，而是抗议。我乖乖地退下来，拐到队伍尽头去。看看前头十多号人，想，要是队里再夹上几位美食家，得花上个把小时呢，只好到并无好感的"长兴"去。

　　"长兴"在一个街区外。不出所料，这店的生意走下坡，从前的长龙不见了，好在今天特别些，不至于门可罗雀。我的前头，仅有一位老先生。美食家在今天似乎全出笼了，他又在挑肥拣瘦，业已切掉半边的烧猪，师傅旋过来转过去，让他挑选，他细加端详，按腮沉吟，耽搁好久。师傅不耐烦，一刀从后腿旁切入，斩下一块来，过了磅，扔进泡沫胶盒子。老汉急了，说："别给我这块，模样忒难看，怎么上供嘛！整整齐齐三条肋骨好了。"老先生还买了一只盐水鸡，声明一定要外观没破损的，好不好吃在其次。师傅过磅时，忘了搭上鸡肾和鸡肝。老先生提醒说，祭月必须是整鸡。我有滋有味地看着老先生不胜其庄严的模样，推想，他今晚在阳台拜祭，做三鞠躬时，将是何等的虔敬。我甚至假定，他焚香前，一定沐浴，三炷线香高举过头时，念念有词。今夜，明月有福了。

　　轮到我了，我指着师傅早已切下的长条肉，说："要这块。"如此神速，倒不是图省事，而是受了老先生的启发，用一块"好看的"做祭物。明知它是"老火肉"，味道好不到哪里去。出门时，才发现，这每况愈下的店子，竟也排着长队，和不远处的"龙昌"一起，合力鼓起佳节的热烈气氛来。

回家路上，盛着烧猪肉的塑料袋在手下晃荡，步履一似早年走在村路上。那一次，完整地拥有的青春教心里踏实；此刻，烧猪肉使我有了依靠。澄澈的文化乡愁，空明的东方泛神主义，桂树、吴刚、嫦娥、凄美的月之神话、既不曾被"阿波罗"号宇宙飞船撞破，也没有被20多天前恐怖分子的袭击所侵凌，在我，只因为这么一条切得整齐的、红彤彤的烧猪肉。

二、无月的祭祀

午后，换下在家必穿的休闲服，上工去。今天是晚班，临出门，隔着百叶窗看，后院洒满宁静的阳光，柠檬树的果子满满孕着金黄的汁液，想，今夜的月，一定有如"洵众要求，落力演出"的明星，而不可能发生因云的遮蔽而谢幕的扫兴事件。

开车上路，经过刚才买烧猪肉的店门，长龙早散了。另一家我几乎每天路过的超市，从门口到人行道，月饼盒似砖头般，砌起了一道半人高的墙，黄色的"月饼平卖"告示，在上面招摇。驶过华人聚居的日落区，却没有任何节日气氛。星条旗无处不见，那是为了对抗三个星期前9·11的恐怖分子袭击，显示美国人的团结的，有多少旗帜就有多少悲壮。要说旗帜和中秋节有关联，那便是月圆人缺的提示，是月华般铺展在新大陆大地上的悲怀。

我一边开车，一边竭力把思绪集拢到"月亮"上来。是的，今夜，我该做的是拜月，而不是上班。拜祭的前提，是拥有一轮月亮。按说，"清风明月不用一钱买"，并不难办，我却恶作剧地想起"万事达"信用卡频频播送的电视广告，也许广告的策划总监太为创意得意吧？情节不时变换，但中心意象不变：世界上，亲情、爱情不可买，童年的天真、团聚的快乐不可买，此外，什么都是"一卡搞定"。最近的一个广告是，调皮的小女孩，仰头把一碗"麦片加牛奶"往口里倒，牛奶涂满双颊，泻到地上，地板一塌糊涂。她得意扬扬地举起汤匙，豪迈顾盼。最后，盛麦片的大碗化为信用卡公司的招牌——两个实心圆。借这个意象，把次序颠倒，用到今天，可以是这样：切得十分方正的烧猪肉有了，月饼有了，线香和纸钱有了，阳台和供桌有了——一切都凭钱"搞定"了。剩下的，该是"不费一钱买"的，诸如乡愁、对月的诗意、围坐月光下的至爱亲朋，拖鼻涕的孩子们奶声奶气地唱粤讴"月光光，照地堂"，凉席上和小儿女嬉戏，祖父以保留"唐音八声"的乡音哼吟"不向长桥沽一醉，满天明月奈秋何"。不过，那都在往昔。至于今天，既无与二三知己漫步月下的雅举，因为都住得太远；一家子也不能在后院的月光下团圆，因为儿女压根儿没赏月的兴致；那么，退而求其次，自家赏月不算绝顶艰难吧？

当然，刚才说到钱所"搞定"的物事，漏掉一宗：上班。尽管洋鬼子不体恤民情，不给我放"赏月假"，我拨电话给公司的主管请病假未尝不可。问题是不上班拿不到工钱，天上明月，对我这并不免费。

满怀怅惘上班去，一路不放心地看车窗上头的老天，略无纤云，有若一面被妻子刚刚洗刷过、抛光过，敲一下亮脆地发响的钢精锅。虽然没工夫上网查今夜天气，但目测倒蛮有把握：下班时分，夜深人静，把车开到海滨去，金门公园防风林的梢头，高悬无懈可击的满月，我成为月光海深处的礁石。

上班时忙忙碌碌，把月亮忘掉了。下班正好在午夜。不料，走出公司的大门，一头栽进劈天盖地的雾。如此浓密，液体的颗粒扑到脸上，分明地感到它的浑圆。我裹紧夹克，快步向泊车的地方奔去。路过纳山开阔的山坡，金山湾整个被雾吞没，除了阿拉卡斯特斯岛上的导航灯外，所有的桅灯、路灯、窗口透出的灯光，无不遁形。我还心存侥幸，东方不亮西方亮，也许，我所住的日落区海滨，离这里10公里，雾气不来也说不定。

开车上路，到了日落区地界，绝望了。雾干脆成了雨，车行在紧靠金门公园的林肯大道，车顶噼噼啪啪，像人在跳踢踏舞。雨刷器忙碌起来，视角成了一个扇面。扇面也模糊不清，只好缓缓地行驶。到了家，灯全熄了，卧室传来教人放心的鼾息。妻子明天得起早上班。刚才，她独自完成祭月的仪式，责任尽到了。

我踱进餐厅，盛三牲的大盘子用保鲜纸盖着，整条烧猪肉安详地躺在全鸡的一侧，金黄的脆皮发出悦目的光晕，月饼高卧在"大三元"盒子里。我静静地对窗而坐，破例斟了小杯红葡萄酒，轻轻地吟起"举杯邀明月，对影成三人"。妻子听到响动，起来了，温柔地问我饿不饿，不等我答话，就拿出一盘芋头糕来："吃这个，爸妈刚才送来的。"

芋头糕是家乡的应节糕点，馅料是芋头、虾米、腊肉，制作并不复杂，粗砺中别含着浓郁的乡土风味，放进微波炉加热后，尤其可口。窗外是变本加厉的雾气。我忽然宽慰起来，为了这雾。它，使得我的一切遗憾变成庆幸。今夜月，哪怕你出10亿美元，也买不到了。我上班，我没赏月，我没为这个佳节做过任何特别的事情，除了排队买烧猪肉，原来都是理所当然的。连月亮也没露面！

涉彼忘川

　　因了极偶然的缘故，我和他相遇。我坐在旧金山纳山顶一个小公园的长椅上。他走近，向我问路，然后，说时间还早，先歇会儿，在旁边坐下来。这样美丽的海湾向晚，蓝的海，伸着懒腰的金门大桥，鸟叫，秋千架下孩子的喧哗……本来嘛，聊得极其热烈的，尽管素昧平生。他是从南卡罗来纳州出差到这里来的白人，四十多岁。一看就猜出，是离家很久的旅人，并非说他如何风尘仆仆，西装依然笔挺鲜亮；也不是说他的姿态，尽管蓝眼睛深处透出倦怠。是说他对一个陌生人的热乎，要不是孤身远行，寂寞得要命，他不会盯上我这样一个英语不地道的陌生异族人，敞开心胸谈天。

　　他告诉我，他是一家化学咨询公司的雇员，负责新药的推广，哪个制药公司出产了新品种，就雇请他在全国作巡回授课。他对这工作挺有自豪感，说他才是个硕士，但来听他的课的，都是药物专业的博士和内科医生。从严格意义上说来，这不是交谈，而是他在独白。他毫无机心，和盘托出，一一把生活告诉我，诸如聚少离多的婚姻，两只爱犬和他的太太一起睡觉。起初，他回到家，狗儿不认他，把他吠下床来。他说出差几个月后，会有整整一个月的闲暇，他便去当义工，到中学去给孩子补习化学。本来谈得挺好，千不该万不该，从他的工作，谈到电脑；从电脑，谈到 90 年代的国际网络、资讯高速公路、多媒体、电子邮件、DVD、"千年虫"，忽然，话锋转向 80 年代。

"且说说，那十年里头，有什么重要事件？"他开始时颇为胸有成竹地用手拍着膝盖上的笔记型电脑，追索起来，眉头皱得紧紧，间或以那蓝得有点忧郁的眼睛睒睒我，意思是：一起来回忆回忆吧！

沉默，我的眉头想必现出"川"纹。不远处的马路，警车呜呜开过，梧桐叶在身后悄悄落下来。脑筋出什么岔子啦？十年，忘得这么干净？《每月新闻报》刚报道过，美国邮政总局发动大众就"60年代大事"投票，好印制纪念邮票。结果选出了登陆月球、黑人民权领袖马丁·路德·金博士发表"我有一个梦"的著名演说，越南战争等，其中以登陆月球居首。60年代，我还在故土，求学不成，造反不成，学耕不成，且按下不说。比它近得多的80年代，何以在我的脑海里，反而一片空茫？

药剂学硕士比我还急，抱着头。我怕冷场太久，慌忙从记忆库里拣出点东西交差："1985年还是1986年的《纽约时报》，有一个分类广告，上头写着：'急需工商管理硕士，携带文凭即可上班，不须面试。'"他漫不经心地应和："对哩，那几年经济真够热络。"又是沉默，他叹口气："咳，还真不容易举出哪一宗，可以和90年代的电脑业匹敌的呢！"半晌，两人无话。他给触动了心事，哀哀地说："整整十年，说过去就过去，痕迹也没留，活着有多大意思？"他没有告辞，怏怏地提起电脑和大衣，走了。我却一点不为他的失态而生气，反而庆幸他把我当作老朋友。唯真交情，交别才这么干脆。何况，在怀旧方面，我们是同气相求的中年人。

我呆坐在老地方，他的背影缓缓消失在旧金山名满天下的雾气中。

某哲人谓："已逝的岁月并无藩篱，你尽可回去，采集你之所需，只要你有足够的记忆力。"记忆的藤蔓一经扯起，怎不刨根问底？不错，整个80年代，我待在美国。问题是，有多少记忆可以和药剂学硕士共享？才过去 8 年，如果不乞灵于编年史和日记，饶我搜索枯肠，能打捞出多少？卡特下台，里根上台。里根遇刺。披头士歌手列侬被杀。政坛的保守主义蒸蒸日上。减税。英国王子查里斯与戴安娜的世纪大婚。在洛杉矶举行的奥运，中国实现金牌零的突破。总统竞选，蒙岱尔和女议员搭档，向里根总统挑战落败。财政赤字飞涨。黑人歌星迈克尔·杰克逊蹿红。美国出兵格林尼达。股市崩盘。里根任满。布什出马，对付民主党的杜卡基。柏林墙的倒塌，是 80 年代的关门声……

　　十年，沧而桑、桑而沧的三千六百多页日历，以个人而论，比起得诸传媒与耳闻目睹的身外事来，当然丰富多了。我和妻子，抱着一岁多的女儿，牵着六岁的儿子，在旧金山利治文区一家"姻亲柏文"安下家，以此为开端，忧患的、吃苦的、年富力强的十载寒暑。"记忆恰如一个孩子在海滩徜徉，你永远不会晓得，它会拾起怎样不起眼的小桨，作为珍宝收藏起来。"（皮尔斯·哈里斯语）。而我们所记忆的，都不是一个个的"日子"，而是无数的"片刻"。幸而回忆依托着许许多多旧物，如果没有这些作过去与现在的联系，一走神，你就会怀疑，这是无据的梦痕呢，还是有凭证的往事？

　　初来，异国的天空，白天，无比深湛的蓝；夜晚，稀落落的星辰。头一份工作，中餐馆的厨房，水槽旁边，来自澳门的洗碗工李伯，他一边刷盘子一边得意而诡秘地分享经验。我的坐骨神经痛。在为新移民而设的英语学校，老是笑嘻嘻的高个儿洋鬼子老师。学子中，狂热地追求女老师的伊朗绅士。海上被雾吞吐的中秋月，唐人街的月饼和粽子，加利福尼亚大道上的梧桐树。柏克莱小巷中，黄熟果子落满水泥路面的枇杷树。郊外小溪里的西洋菜，春天果园里的草莓……不知不觉地，电视台的地方新闻，居然让我听懂了。乳酪吃起来津津有味了。女儿在上幼儿园的路上，惯会撒娇，非让我抱着出家门；上小学时反过来，不让抱，到下雨天，才发发天大慈悲，让我抱过水洼，而且在离校门不远处务必挣脱，自己走进校门去。哪一年的夏天，儿子和女儿在蛋糕前抬杠，一个说祝"爹地"生日快乐；一个纠正，说是"爸爸"，"爸爸不兴洋名字"。还有还乡，在去国八载之后，煤油灯、禾堂、碉楼、故人、宴会、湖畔的倒影、田埂上的独行，在一个肃杀而温暖的冬天。

那位因记忆出故障而颓唐离去的洋硕士，据我推算，80年代，他是二十啷当岁到而立前后。刚才他告诉我，他和妻子结婚17年，那么，婚礼是在那个年代举行的，把他如今拥有的小胡子、皱纹和久在旅途的冷漠去掉，他该是爽朗而爱讲笑话的青年才俊，从大学毕业不久，硕士学位没到手。两条把他驱逐出卧室的狗儿，还没出世。

一个怯生生的新移民，一个优越的土生白人，在那个年代，能找出多少相近之处呢？要勉强说有，也许就是和平年代，每个正常人都不难获致的平淡吧？饱暖、安宁、友谊、亲情、爱情，以及求学、工作方面的艰难、挫折、成功、进退之类。形态、背景、因果千差万别，其不惊心动魄，不可歌可泣、不血泪交迸则一。不提个人，单论国家大事，我和他不约而同地害上的遗忘，说明什么呢？

过去的时代，历史来记忆。叔本华说："历史所记录的全是战争与革命；和平年月不过是零落短暂的停顿或间歇而已。"所以，史书，如记载了侵略五十八次、讨伐二百一十三次的《左传》，又名"相斫书"，梁启超干脆说二十四史是"地球上空前绝后之大相斫书"。伟大人物的历史，传记来记忆。他们充满惊涛骇浪的履历，也可作为微型的史书看。从这里可以推论，80年代，因其和平（不是完全没有战争，至少有过英国与阿根廷在福克兰岛的战争，两伊的战争，阿富汗内战），能贡献给史书的一定不多。

那么，80年代的个人历史，如药剂学硕士和我的，既没有惊险情节，震慑人心的跌宕，没有和哪一位名人、阔人、猛人沾上边，也无缘目击任何突发的重大事件，即便可以自掏腰包成书出版，也没有读者。与承平年代的史书一般没多少看头。

那么，我和他，都在某种程度上患上"失忆症"，就毫不奇怪了。我在白人离开后，兀自呆坐在公园，直到雾气卷起，暝色落下。回忆是一种悖论，一如创造回忆，一如世间无不走向自己的反面的万事万物。既有了平淡，就不可能有回忆；又不愿为了创造回忆而去制造灾难。记忆与平淡，不可兼而有之。

何况，生命本身，与记忆也是逆向的。希腊神话里有忘川，人死后游过它，把所有记忆洗掉，重新做人。然而活着的日子，不也置身忘川吗？从我身下的长椅，到洋硕士飘然消逝的大衣后摆；从眼前有如乌桕树叶子半鲜活的 90 年代到模糊在远处的 80 年代，无一不是忘川上的波纹，我们都在其中泅游。

涉彼忘川。逝者如斯的忘川，上面流水、流年、流日月星辰。回忆是上面的光痕。逝者岂可追回？也不知药剂学硕士这位性情中人，坐礼宾车回到下榻的旅馆后，还苦思 80 年代不？

"二十六和五十二"

1974 年 5 月 26 日，我刚度过 26 岁生日。那时，我在故乡当月薪 25 元的民办教师，住在一个并不怎么人杰地灵的岭南乡村。深夜，我怀抱着出生才三个月零三天的儿子，坐在卧室里紧靠大床的书桌前。小号煤油灯的光晕，小而暖，洒在桌面一个空奶瓶上，奶瓶立在打开的《海涅诗选》旁边。蟋蟀在墙根儿叫着，蛙声起伏在门外。很静，静得连轰轰烈烈的蚊阵，仿佛也具有"鸟鸣山更幽"的意蕴。

儿子从县城的妇产院抱回来后，妻子的奶水一直不够，小子又善于制造舆论，肚子一饿就放声大哭，把全家人，上至祖父母下至姑姑，都紧急动员起来，生火煮米粉做的糊，热奶瓶，还得指派一名成员，把小子抱着、拍着、哄着。白天有家里人帮忙还好，到夜晚，我和妻子便相当地任重道远了。常常是，妻子搂着儿子，嘴里喃喃不断，在房里团团转。我在煤油炉旁手忙脚乱地当伙夫，一夜折腾好几次。今晚也一样，妻子连日操劳，熬不住，给儿子喂过奶糊，头一歪熟睡过去。我当仁不让地值班，把小子抱着，轻轻地拍。小子打一回酣畅的饱嗝，随他妈进梦乡去，我爱抚着他一头柔软的毛发，好气又好笑地摇摇头，想：小子要不是头颅长得特大，四角又出奇地方正，出生时就不必劳烦大夫用上产钳。看，用钳子拧着脖子硬拽出到世间来的小家伙，头部好几个地方给擦上红汞水，没呱呱坠地就挂彩，伤痕如今还在呢！我凝视着严严实实地裹在襁褓里的亲骨肉，"喂，你就是我的儿子吗？我就是你叫作'父亲'的男人吗？"我又惶恐又得意地问，儿子答我以轻细而停匀的呼吸。

潮润的风，从窗子吹进来，我把儿子搁在左臂，腾出有点酸麻的右手，在一张纸上飞快地写下一首诗，题目是《二十六和五十二》。那时我热衷于新诗，德国的海涅、歌德，俄国的普希金，是我的三大偶像，他们作品的汉译本，都被我给翻烂了。我的这一首，沿袭海涅惯用"绝句体"，四行一节，每两句押韵。

羞于示人的"少作"，如今还好好地保存着，可惜敝帚怎么也自珍不起来。洋洋洒洒十二节，凡 48 行，手法太板实，内容太松散，思想太幼稚。在无边的黑暗笼罩着的村夜，曳尾于泥涂的青年人，为何一下子跳出尿布、奶糊、粮食、钱和教案等迫在眉睫的事体，思绪"上穷碧落下黄泉"，飞跃到渺不可及的新世纪？只因了简单的数字：到 2000 年，我 52 岁，儿子则是我当下的岁数——26 岁，正好一半。在 26 岁的民办教师眼里，52 岁，老得不可救药，诗里称为"迟钝的暮年"。今天读起来，直骂"昨日之我"浑球儿，得罪了活到新世纪却不"依时"迟钝的"今日之我"。更成笑柄的，是诗里对"黄金世纪"的预测：

据说那时连贫瘠的深山 / 汽车也比跳蚤还多 / 自动化设备的合唱代替了汗水里的挣扎 / 人们整天穿着白衬衣，逍遥快活 //

孩子和青年跟小鸟一般自由 / 游罢春，家里有精美的晚餐等待 / 谁都随着喜欢，谈政治，上剧院 / 家家的彩色电视，节目真够精彩 //

在窒息的年代，自然憧憬着"自由"，为了自己，更为了后代：

现在，我们谈论着，渴望着一种珍宝 / 有的人在万顷狂涛中把它寻觅 / 有的人为了生活把它遗忘 / 在多难的土地上，它从来只是一个影子诗作完，鸡声隐隐地响起，天快亮了。妻醒来，一摸儿子不在身旁，骨碌坐起，正要呼喊，撩起蚊帐，看见儿子在我怀里，放心地揉揉眼睛，抱歉地笑笑，催我去睡。我小心翼翼地把儿子放到妻子怀里，站起来，伸伸懒腰，甩甩又酸又僵的臂膀。信步在房间的介砖地面走了几圈，大概自以为完成了一首得意之作，一如妻子在妇产院完成了产子大业，很有点踌躇满志吧？我走上二楼，打开通向阳台的门。30尺开外的大碉楼，黑沉沉的身影四周，镶上暧昧的光斑。脸朝东，视线越过竹林梢头，连山上透出熹微的晨光。

我没有再睡，黎明，用冷水洗洗脸，出门在田野中跑步，然后到学校上课去。26岁的为人父者，有的是元气和希望。

这首幼稚的诗，和我在故土所写的另外几百首芜杂而浅薄的抒情诗，我在出国之前，抄进一个本子里。数年后，慈祥的父亲托出国的乡亲，把这个封皮剥落，纸色发黄的本子带到旧金山。如今，在我的书房中，在占据一面墙壁的大书架里插着，和几千册中文书籍相伴。

人说"悔其少作"，我倒不吃无聊的后悔药。尽管这首诗的无足观，无足取，今天看来更为昭著。它的致命伤在于想象力。爱因斯坦曾云："想象力比知识更有力量。"我是两者都极度贫弱。六年后，32岁，携家小远走天涯，定居旧金山，这一个人生命史上的重大转折，诗中固然没预测到；诸如电脑，国际网络，资讯超级公路，奔腾微处理器第三代、千年虫，大哥大，科索沃战事等世纪末的大小事件，在黯淡的岁月里，梦境再豪放，更不会想及。未来世纪的美妙，无非"连贫瘠的深山，小汽车也比跳蚤还多"，加上"自动化设备的合唱代替了汗水里的挣扎"；虽然"人们整天穿着白衬衣，逍遥快活"一句不失滑稽之趣，今天看了还想笑。

成诗后，四分之一个世纪遽尔消逝。我依然像诗中所道的"厚着脸皮占有地球的一部分"。不但平平安安地度过被古人满怀侥幸地称为"纵使便死原非夭"的"知命"年，还乘胜追击，随着新世纪的君临，到达 52 岁。青春不再，诚是大憾，然而失就是得，倚老卖老的"老"，正如扑满里的钱币，是一天天一月月一年年地攒来的。我的儿子呢，水到渠成地，进入我从前写诗的年岁。

　　不同的是，我在 26 岁当了父亲，儿子到 26 岁连女朋友也没有，使我的含饴弄孙大计一路搁置。儿子的面貌，许多人都说是我的再版。我不在乎，有个"中人之貌"，足矣。我长久遗憾的，倒是儿子的腰杆不大直，有点妨碍观瞻，这轻微的驼背也是从小落下的。从他学走路那年起，我就没断过给他做"矫正手术"——让他仰躺在我的手臂上，我用力抖动小臂，使他的腰部往下弯曲。有时狠起心来，还把他俯放在床上，一手扳头，一手弯脚，把小子倒成一张弓。可惜效果甚微。妻子却说，她嫁我那阵，我的腰还不是一样驼？只是到老了才直了些。我对此存疑。好在父子俩的身高，在亚洲人中算中等偏上，儿子比我矮半寸，对此，矮个子的妻好几次表示歉意。儿子的骨架比我粗壮，头比我的大，儿时峥嵘的头角衍为宽广的头盖骨和前庭。大概而言，26 岁的儿子，在 52 岁的老子眼里，属于"中不溜儿""不过不失"，但这源于"儿子是自家的好"这一普遍心理也说不定。

　　我从 26 岁活到 52 岁，这经历和一般男人并没两样，一本长而乏味的流水账而已。我的儿子呢，从我作那首诗时长到 26 岁，说得好听是平平安安，稳稳当当；不好听呢，和我一样：平庸。当然，"平庸"的含义不尽相同。我的，是窝囊，此乃许多第一代中国移民命定的格局。他的，是顺遂，虽然不能十分光宗耀祖。不过，与其说是遗憾，不如说是幸运，不闻苏东坡诗："我愿生儿愚且鲁，无灾无病到公卿。"

　　稍具体点说，儿子的生活道路，被一纸移民签证截为迥然不同的两段。头一段，在乡间。第二段，在美国。儿子那一年六岁，他让背着他妹妹的妈妈紧拉着小手，走过深圳的罗湖桥头时，在前面傻乎乎地东张西望，我挑着一百多斤的行李，气喘吁吁地押后。就这般，一家四口，移民到了太平洋彼岸。然后，他在旧金山上公立学校，成绩中等偏上，操行却无大疵，"规矩"是老师们一贯的评语。在略有名气的"罗威尔中学"毕业后，上了四年大学。两年前，在洛杉矶加大毕业，随即被一家大型财务咨询公司聘用，几次升级后，在最新的名片上，头衔变成："财务分析员。"这样的履历，简单、明白、干净、安宁——从前中国人梦寐以求的人生道路，不就是如此吗？相比之下，我的26岁，却填满了恐惧、屈辱、劳累、饥饿、贫困、一拨接一拨的阶级斗争；当然，有爱情、婚姻和诗，还有出洋的谋划，诗中"在万顷狂涛中"寻觅"一种珍宝"，透露的就是这一悲壮的"理想"。

两代人——入了美国籍却还是地道中国人的老子，除了皮肤之外里头全白的"香蕉"儿子，在进入新世纪之际，还在一起居住。我不大了解他，虽然"知子莫若父"；他也不怎么了解我，一如他看不懂我以中文写的书。还好在，他每年给父母送生日贺卡，署名还是汉字：文钺，那是他来美前在乡村小学校上学前班时学到的，时隔20年，纯以英语思维的脑瓜竟没忘掉，算得上是小小奇迹。自然，父子间偶有冲突，比如穿衣。一来我属于蓝领阶层，二来以"不修边幅"自傲，平时还相安无事，每到合家出席乡亲的婚宴寿宴弥月宴什么的，两个男人便不免一番摩擦。事缘儿子在大公司上班，几乎和我那蹩脚的诗句"整天穿着白衬衣"不谋而合。而这位把脏衣服扔满卧室的邋遢汉，偏对穿衣服具有离奇的高品位，买的尽是名牌不说，衬衣每次洗过，还亲自用熨斗细细地熨，他妈这在服装行业泡了20多年的高手，只配当下手——负责给熨斗加水。白领的儿子，每回赴宴，都对我的穿着诸多指摘，看到我穿上早年在香港度身定做的那套西装，连说"无法忍受""羞于为伍"，非要我穿上他才购置的昂贵新装不能出门。对这一"父承子荫"之举，我虽不受用，也唯唯应命。不料到入了席，他坐在我旁边，不关注著下的佳肴，却全神贯注于我的动作——生怕放浪形骸惯了的老子，玷污了他的宝贝行头。我呢，忽然变成顽皮小子，故意把一滴菜汁洒在西装上，让他气红了脸。

对照眼前这个在家里爱躺沙发、爱在早上洗澡、爱运动——从骑单车、滑雪、打篮球到高尔夫，爱看报、爱旅行的 26 岁男人，我不期然想起，在诗里，对怀抱中的婴儿，那两个深情的发问。一是到了2000 年，"你会不会像忧劳的父亲 / 在夜里悄悄埋葬了狂热的梦幻？"如今我可以代庖作答：儿子不必蹈我的覆辙，半辈子尽做不喜欢却不得不做的事。梦，他放心寻找，最近的例子是，他正忙于见工，应付面试，打算在 2000 年转到最有前途的电脑网络行业去。我过去一直私下里给儿子下"平庸"的断语，似乎不全对，也许他终于奋发了，这叫"新世纪，新姿态"吧？二是"你是不是气宇轩昂 / 在夏日草坪上，用活泼的手风琴 / 诉说心灵的秘密和伟大的抱负 / 向热恋中的情人或者投契的友人？"据老子看来，他没那么倜傥，手风琴都不会；如前所言，也没有和哪位异性恋爱。同性朋友倒有一帮，或者啸聚于卧室，边喝啤酒边看足球赛，或者结伙滑雪、骑单车，最近的逸事是一帮子人打篮球时，儿子的鼻梁被伙伴碰塌了，得上医院看急诊。回来他妈看到他鼻子裹着纱布，心疼得哇哇叫，不一会儿却眉开眼笑，悄悄地和儿子讨论，是不是趁修理鼻梁骨的机会，把鼻子中间凹陷的一段垫高弄直，好省下几千块钱整容费？如果这一"阴谋"得逞，妻便了却一桩心事：她一直认为儿子的鼻子不及老子好看，是她这一"优质产品"的缺陷之一。可是，儿子对此并不热心。

诗的结尾是这样的：

二十六和五十二，这是一个巧合，

我和你组成生命的连环。

我的儿子，当新世纪的钟声悠悠响起，

愿我和你及亲人们，正欢乐地在圆桌边聊天。

读至此，我得意起来：26 是浮躁的年岁，抒情诗作得"气吞山河""会当击水三千"，在所难免。可是，你看，我的青春期许，如此谦卑稳重。可见就当时而言，塞翁失马，想象的羽翼被现实剪断，所许的愿，因之而毫不伟大，却换来容易实行的好处。如果我在诗里，夸下父子档在 2000 年当大官、发大财、出大名的海口，今天还好意思写迎新的文字吗？如今，在世纪的门槛前，正好检验这个"十分务实"的预测能否兑现？按理说来，除了众人之脸，包括我这 52 岁的多皱之脸，是不是"准时"呈现应景的笑容，没有十分把握外，余皆现成——圆桌，家有一张，半新不旧，用到下世纪应无问题。钟声呢，附近教堂有的是大钟，平日报时兢兢业业，即使它们不应景，电视台播报纽约时报广场的迎新实况时，随着倒数计时完毕，远处的钟声也会毫不犹豫地响起的。而我当年对千载一逢的千禧元旦，囿于想象力，没预期开香槟、跳热舞、放烟花、喝茅台或者"路易十三"干邑，仅仅希望来一次不花一个子儿的"聊天"，还能不十拿九稳吗？不过，我就此征询 26 岁儿子的高见时，他说："开玩笑！我不去大酒店的舞会狂欢通宵，待在家和你们聊天！"随后，西装革履的财务咨询专家，发动"雅歌"座驾，上班去。

他的弥留

他知道，自己的大限已近。

刚才，重症室的医生下了通知，让护士把他推到楼下的透析室去，这是常规操作，近两年来，他每星期三次，到医院去做血液透析。每次，都教他筋疲力尽，回到家要休息半天，才有力气到电脑前坐下写作。这一年哮喘发作更加频繁，透析时要在旁边加设氧气机，帮助呼吸。不做透析，血液里的毒素无法排除，便引起致命的尿毒症。这些常识，他岂能不明白，可是，他明确表示：不做。尽管声音很小，但态度十分坚决。他进一步要求，把身上所插的管子全部拿走。护士获得医生的批准后，熟练地操作，满足了他的全部要求。

终于，他脱开所有束缚，自由了。他在病床上闭目养神。家人围绕着他。他患病前身子壮实，如今萎缩了，体重不到 40 斤。他睁开了眼睛，精神是少见的饱满。他的嘴唇张开，要交代后事。这该是最后的福气，多少人临终时痛苦万状，在谵妄状态失语；猝然撒手者更是来不及。他却神志清明，脸相一片祥和。

三天前，他在太太的陪同下，去医院做血液透析。回到家以后，下了车，他对太太说："我累得不得了。"太太说，那就别上楼，把他搀进书房，让他在床上躺下。他睡了一觉，体力似乎恢复了一点，在太太的帮助下，登楼梯到二楼去，20 多级楼梯，今天难似登天，最后一级，爬不上就是爬不上，太太连抱带拖才完成了。这天，他什么也不想吃，早早就寝。第二天早上，太太问他想吃什么。他说吃麦片。麦片煮好了，但他说不想起来。太太说，那就躺着喝点。他叹口气，说算了。这时，他对太太说了真实感觉：下半身完全麻木，不再属于我。太太马上给女儿打电话。女儿说，打911救援电话。救护车在三分钟以后开到，把他送到圣玛丽医院。

在急救室，医生抽出五包腹水，鼓胀的肚皮瘪下去了。但接下来的诊断是：肝癌晚期。要不要做手术？他果断地决定：放弃治疗。与其浪费资源，拖累家人，不如爽快地了结。

即将远行的人，逐个逐个地和亲人告别。太太梁坚坐在床边，握着他的手，爱抚着裸露的青筋。"这辈子，和你一起，吃遍甜酸苦辣，我没有遗憾了。"他无限深情地说。太太连连点头，泣不成声："我也、也很满足。"

是呀，没有遗憾！且一同回望，超过半个世纪的姻缘路，风云卷舒。他和她是同乡，少年时期在家乡广东斗门的小村已认识。他16岁那年远渡重洋，到了美国。她随后也来到旧金山投靠父母。两人过了20多岁，青梅竹马变为花前月下，自然顺理成章。但她的父亲反对女儿嫁给他。可是，她就是喜欢他的特立独行、有担当、有激情。结婚以后，两口子当侍应生、花农、开小餐馆，受尽底层的苦辛。虽然百般节省，可是，工资到手很快就不见了。原来，他把所有资金拿去办报，这是他卓尔不群的美国梦。1972年，他凭着一台花200美元买来的旧打字机、创办中英文周刊《时代报》，集记者、编辑，排字员、印刷工、推销员、送报人于一身。创刊号的头条是尼克松总统访华。纽约的《美洲华侨日报》面临迫迁，危在旦夕，向全美的朋友求援，他把夫妻从牙缝里抠出来的全部积蓄——3000美元全部捐出。她看着只剩几角钱余额的存折，苦笑着，认了命。几年过去，她咬紧牙关，瞒着他，好不容易才攒到3000元，下决心买房子。看中了日落区的一栋，他也很喜欢，因为楼下有书房。付了订金，头款加过户手续费，共要 4000 元，告贷无门，好在业主发了慈悲，借出 1000 元，才成交了。一辈子就买这一栋，但在办报最艰难的时期，他走投无路，还要拿它做抵押物，向银行借钱。好在，计划没来得及实行，他所创办的《时代报》关了门。晚一步，夫妻难免流浪街头。20 世纪 80 年代，有一年，他凭着翻译官方文件，拿到 4 万美元酬劳，他以这笔相当于半栋房子的钱，购买了一台印刷机，从此印报不仰赖别人。然而，也是他，素来以慷慨著名，经他担保，资助来美留学的年轻人，数以十计，从来不求回报。由于他这个"经济担保人"名字出现得太频繁，引起领事馆签证部的注意，有关官员找他，问他为什么一次次地冒风险。他说，让尽可能多的中国人来美深造，是中美两国双赢的好事，只要美国不改变政策，他就不会停下来。她一直默默无闻地支持他冒险，闯荡。从办《时代报》到办《美华文学》杂志，都是最勤快的打字员和编辑。

没有遗憾，就在两个月前的 10 月 13 日，在旧金山的中华文化中心，他获得"回馈社区终生成就奖"的崇高荣誉。和他一起上台，接受"奉献社会终生成就奖"的联邦参议院范士丹，当场赠送一幅 1984 年访华时拍的合照给他，那一次，范士丹以旧金山市长的身份首次到中国，他作为首席记者随行。

没有遗憾，他平生至为看重的写作规划：完成记载在美华人百年命运的长篇小说系列《异乡三部曲》。其中的第一部《奔流》和第二部《狂潮》早已出版，最后一部——20 多万字的《巨浪》在 2011 年 5 月终于脱稿。那已是靠洗肾维持的风烛残年，他"趁病魔打盹儿"，每天支撑病体，坚持下来。和这部以华人精英通过竞选昂然进入美国政坛为尾声的气势恢宏之作同时问世的，是由宗鹰先生主编的黄运基作品评论总集《有话要说》。"该做的都做了。"他在给到他家庆祝新书首发的美华文协同人们送出签名本时，欣慰地宣告。

"小坚啊，知道我这辈子最爱的是谁吗？"他的眼睛此刻如此明亮。母女都不由自主地靠近他。"是你妈。"

"那我呢？"小坚假装"吃醋"。

"你有老公……"

三个亲人都笑了。最凝重的气氛中，这是唯一的轻松时刻。

80岁的梁坚没有语言。有这句话，满足了！携手的一生，就一个字：爱。

"还有什么事，没做完的，我替你做。"她说。她知道，他在写完三部曲以后，把从死神那里赢得的时间，用到赶写另外一部长篇《情锁金门》，每写完一章，他就打印下来，让太太提意见。

他勉力摇摇头，但神情并没有痛苦。"故事和人物都在我脑子里，陪伴我好多年了，算了，留点缺陷……"

然后，他要和独女谈。接下来，和两个外孙谈。在美国出生，小时在外公教导下，能背许多首唐诗的少年，知道这是最敬爱的外公最后的叮咛。外公低声说流利而简洁的英语，少年一个劲儿点头，泪水叭叭滴在地板上。

该交代的都交代了。他要亲人离开房间。梁坚说："我留下来陪你好不好？""不要，我太累，你在这里，我又得说话，你也要休息。"

他闭上眼睛。次日早上7时，他停止了呼吸。这时，晨曦照进雪白的病房，一片宁静。

他，就是我们敬爱的黄运基先生，这位为中美友谊、移民权益奋斗一生的报人，为海外华文文学奉献一生的著名作家，《美华文学》杂志社创办人和名誉社长，美国华文文艺界协会名誉会长，于2012年12月21日病逝于旧金山，得年80岁。

第 3 辑
乡音未改

悄立市桥

2018 年深秋一个早晨，才交 7 时，我站在家乡街头。号称"中国第一侨乡"的县城，我青少年时期住了十多年，然而对所在方位全然陌生，靠本地朋友启蒙，才大致晓得，这里是城北新区，所有楼宇、街道，都是改革开放以来所建。此刻，为了等候把我送往湖畔一家餐馆的车子，须站在这一带。

昨夜乘出租车回下榻的乡亲家，也是在这里下车。台风过境，大风突然刮起，对街的水果档，供摊主坐的塑料扶手椅滚到对面，一个好心的路人把椅子捡起，放回去。身后的凉亭旁边，一个餐馆的帐篷啪啪作响，里头的四五个食客往里头缩。今天已放晴，新楼盘顶端被旭日染成金色。

秋风动襟，想起黄景仁的诗句："悄立市桥人不识。"游子的"市桥"，除了三数位朋友，不识任何人，也没有谁认得一个七十岁老翁。40 年前在国内上班时，改革开放蹒跚起步，我随局长骑自行车到建于这一带的陶瓷厂、农机厂调研，帮助厂房建立"岗位责任制"。路上，秋风吹在前额，掠得起波浪一般的卷发，而今，稀疏的白发谦卑地伏着，昨夜劲风也没能吹起来。

车久久没来，不敢逛稍远处的菜市，只好想入非非。"人不识"是宿命，贺知章的"儿童相见不相识，笑问客从何处来"，道的就是归人的尴尬。好在，和我一般"立"的有好几位，都是摊贩。

　　离我最近的是卖鸡蛋的女子，30 多岁，身板单薄，脸色发青。她跟前有四篮子富于蛋白质的土黄色农产品，你如果问产地，她可能亮出"家养"的旗号；但我疑心是养鸡场批发的。一老太太走近，问价钱。摊主说，三块五。回价三块。卖方摇头，老太太挑出五只，摊主放在电子秤上。老太太小心地拿着盛鸡蛋的塑料袋，离开了。忽然想起一个古老的笑话：一市人，贫甚，朝不谋夕。偶一日，拾得一鸡卵，喜而告其妻曰：我有家当矣。妻问安在？持卵示之，曰：此是，然须十年，家当乃就。因与妻计曰：我持此卵，借邻人伏鸡乳之，待彼雏成，就中取一雌者，归而生卵，一月可得十五鸡。两年之内，鸡又生鸡，可得鸡三百，堪易十金。我以十金易五牸（母牛），牸复生牸，三年可得二十五牛。牸所生者，又复生牸，三年可得百五十牛，堪易三百金矣。吾持此金以举债，三年间，半千金可得也。

　　我的家乡 160 年来，虽因战乱或政治因素而偶陷低谷但不会断流的移民潮中，百姓手里的护照、绿卡，是不是心理上的"鸡蛋"？有的鸡蛋在另外一方水土孵化、繁殖；彼岸不流行一夜暴富，从一无所有到"发了"，须时多半要十年。有的"鸡蛋"耐不住颠簸，碎了，诗人写喝酒碰杯，每一声都是"梦碎的声音"。鸡蛋不会碎得那么壮烈，清理了碎壳，蛋黄和蛋白能抢救多少就多少，将就着做一个荷包蛋，那是贫乏的儿时，逢上生日母亲才额外送的恩典。

　　卖鸡蛋的女子完成六宗交易以后，一辆"台锐"牌三轮车突突开来，停在我旁边，车上跳下一对父子，儿子七八岁，穿蓝白相间的校服，父亲四十岁上下，一家三口合力把四篓鸡蛋搬上车，可能要转移，这叫"打一枪换一个地方"。离开前，男子从妻子手里拿过一叠钞票，沾沾口水，数起来。我看他当仁不让的主人架势，又想起鸡蛋的寓意，他的发家路线图，显然已从借邻居的母鸡孵出第一只小鸡绘到建立小养鸡场，从指尖经过的钞票所激发的激情，与我定居的彼岸旧金山唐人街上的"老金山"比，有哪些异同？我还没想清楚，背后石桌四周围坐的村妇们，发出比母鸡下蛋后飞出鸡窝的咯咯声尖锐的争论，一色台城方言，话题是：最近远嫁纽约的邻村年轻女子阿花，被薄幸男子抛弃，又拿不到绿卡，进退两难。一个骂从纽约回乡娶亲的厨师不是人，另一个为他辩护，因为阿花肚子里的孩子早产得离谱，丈夫不认账情有可原。最老的一位顿着拐杖，说："是命！都不要怪别人。"我知道这个故事的梗概：一乡亲的"第一只鸡蛋"摔在纽约布禄仑区的旧公寓外面，地上是沙土，没法抢救。我没想完，"台锐"已远去。

接着，多情的"市桥"送来另一位叫我发思古之幽情的站立者，年过六旬的摊贩，地上的旧布上，只放着几束芹菜和芫荽。他的量具是小秤，秤杆油亮，作为刻度的铜点已黯淡，难以辨认。就是这器具把我回忆的藤蔓扯起，那根须牵系的是 50 年前。那时候，摊贩用秤堪称出神入化，卖肉的，边言笑边用小指压杆尾，揩顾客的油于先；在拴肉水草的开叉处，额外放一块肉或骨头于后，申明是送给"熟客仔"的，皆大欢喜。我被芹菜旁的一块根状物吸引了，问摊主是什么，摊主吐一口痰，再回答"粉葛"。我差点追问，为什么缺了一个头，忍住了——一段沤烂了，所以切掉，一目可见。

离持小秤的老翁一米处，站着一个菜贩，摊子设在平板车后部，流动性之高是没得说的，她在专心致志地给有点蔫的白菜和芥菜洒水。阳光被台风云筛过一次，不算亮丽，但绿叶眼看着都舒展了，光闪在雪白的梗上。主人有一张耐看的脸，是家乡女人才有的，和媸妍关系很小，温婉里的粗野，认命中的强悍，简单中的城府，堆在五官的间隙。这样的脸，我在旧金山看多了，从眼前一位浇水时神态想到，闯荡天涯的家乡女子，源头在此。

闪着淋漓光影的菜终于吸引了一位男子，50 多岁，矮小的身躯披太大的夹克，加一顶鸭舌帽，更绝的是烟斗，洞里插的不是烟丝，而是整块烟叶卷成的"筒"。以整块烟叶卷成雪茄，是道行高深的技术活，在美国的老派富豪圈，少不了若干位从卡斯特罗的古巴偷渡来的卷雪咖老师傅，不料这位来历不明的绅士轻而易举地做成了。他问了菜价，没有买，转身离开。看不到烟斗冒袅袅的烟篆，徒具姿态而已，侨乡的土洋糅合之风，可从它窥见一斑。

面对着大街，车子呼啸而过。电动车居多，那是上班者用来代步的；还有被一些城市禁驶的摩托车，那是无牌照的载客工具，司机都绷着脸。收购废品的平板车频繁经过，女司机身后堆着早晨第一批斩获，有纸板、海绵体、散了架的空调、从建筑工地弄到的铁枝。在卖鸡蛋小贩刚才站立的地面，新添一个盛午餐盒的塑料袋，那是某位滴滴车司机，趁等人的空档，匆匆把肠粉和艇仔粥解决掉，然后，打开车门，潇洒地抛弃。据他的理论，此举乃是"让清洁工有活干，不致失业"。

以为早晨就这般平平淡淡地过去，不料压轴戏在半个小时以后开场。不知哪里冒出来的，五六个早餐档占了我所在的一侧，档上盘旋的热气，来自制作肠粉的蜂窝煤炉子。一排排盛热豆浆的纸杯，都放在塑料袋里，袋子上方都有小圈，那是供顾客提的，雪白的馒头在屉子里。每一摊，连只卖熟番薯和芋头的老太太在内，都摆出二维码，只要拿起手机对着它，"滴"一声便成交。这脆响，怎么听也不像任何一类寓言式"鸡蛋"摔碎的声音。

手机响了，朋友告诉我，车子即将开到。犹豫着，要不要买一杯滚热的豆浆？终于没买，因为手机里没设置带支付宝的微信，不想被家乡的人讥为"土老帽"。

独饮茶

在广东人的日常词语中，"饮茶"并非指单一的"喝茶"，而是一种涵盖地点，茶的品种、喝法、同座者、点心、谈话内容的生活方式。按时间分，有"早茶""午茶""夜茶"。英语语言学家鉴于直译"Drinking tea"远不能达意，新版《牛津英语词典》收入这个中国词，只取广东话音译——"Yum Cha"，一如英语中"甜品""面包""小吃""零嘴"一类单词，哪一个都无法囊括广式茶楼的"点心"，除了音译"DimSum"。

深秋，我回到家乡的县城。已不知是第几十次"归去来兮"，不好意思渲染被廉价越洋机票折旧的老式乡愁。早晨，从乡亲家的客房醒来，才5点多，忽然起了冲动——饮茶去。

饮茶须有良伴，但此属即兴，邀请朋友绝非易事。太早，不能扰人清梦，便发短信，请最投契机的文友来电。他已起床，回电称已约了人，也是上茶楼。直到7点，假设全体已成老人的朋友均奉行《治家格言》的"黎明即起，洒扫庭除"，便陆续打电话，可要么没人接听要么在外地。

只好独自前往。幸亏昨晚睡前请居停主人讲解了方位，晓得此地处于城北，一公里多以外，是40年前的汽车总站（20世纪90年代被拆平，建造了大酒店）。从前以车站为界，往北是农田、村庄，杂以树林和池塘，现在满目高楼。我要去的茶楼很近。

7 点一刻，乘电扶梯上了二楼。茶楼开门不久，茶客不少，但有的是空位。我在靠近门口处选一张厢座，脸对大门，表明我没死心，妄想从进门的茶客中逮到熟脸孔。若然，就"拉夫"一般把他按在我的座位对面。

服务员凑近，问喝什么茶。我问有哪些品种。"普通的有寿眉、水仙、铁观音、古兜山红茶，每位 6 元；高级一点的有菊普，每位 12 元。"我要了普通普洱。

服务员把茶包送来，我打开桌上的水龙头，给铁壶灌水，打开开关。水开，泡了一小壶，发现桌面空荡荡的。正要向服务员指出这一疏忽，看到邻桌的男子低头打开桌下方的小柜，原来茶具和餐具都在里面。这就是广式茶楼的"新猷"——自己拿。鉴于茶客出于对茶楼洗碗机的不信任，让你自己洗，用过的热水倒在小盆。

独饮茶，援用国人无往而不胜的"吃"法——在景点靠窗处用餐，叫"吃风景"；在高雅餐厅就烛光喝葡萄酒，喝法式洋葱汤，叫"吃气氛"；菜上桌，众人站起，拍照，迅即晒在微信朋友圈，叫"让手机先吃"；20 世纪广州的高级茶楼，"楼面"弃肩搭抹桌布的店小二而起用年轻貌美的女子，叫"吃女招待"——此刻，可名之为"吃孤独"。

随手打开菜单，点了几种从来没尝试过的点心，包括多年来没吃的粥品——小米南瓜粥。喝劣质普洱茶，忆起网上有文揭发，有的茶楼老板为降低成本，从市场购买从茶渣"翻新"的玩意，对装包的茶有所怀疑，但一如对三聚氰胺、地沟油、转基因的恐惧被"随大流"所消减一样，照喝如仪。

回忆是"孤独"最好的伙伴。家乡的茶楼，无疑附丽着众多沧桑。我少年时住在小镇，家是位于丁字街中心的铺子，旁边是供销社经营的茶楼，我家阳台的北侧有一个窗户，是茶楼开的，为的是通风。我闲来无事，爱趴在窗台看茶楼。那是物资极端短缺的 20 世纪 60 年代初期，冒热气的包子、春卷、馒头，都要凭粮票，让人看了更加饥肠辘辘。茶客中极少突破"一盅两件"（一壶茶，两碟点心）这一古典开销额度的豪客，除了穿花衬衫的"香港客"。

回溯茶楼，余生也晚，抗战胜利后，侨乡因恢复通汇，茶楼兴旺无比，"金山少"们（爸爸或爷爷在美国的青年人）戴毡帽，穿雪白府绸衣、三接头皮鞋，持镀金"市的"（手杖），气宇轩昂地进茶楼，盘踞雅座，点伶人递来的粤曲曲目，吃遍水陆八珍，这等盛况来不及见到。但从这个隐秘的窗子，见识过一个农民从中兴到末路的全程。

那是70年代初，我已回乡当知青，住在我家铺子的，只有70岁才从供销社退休的祖父。祖母辞世后，我常来看望老人家。听朋友说及，最近茶楼每到墟期（隔5天一次），都有一位"手面巨阔"的乡巴佬，坐镇楼梯口。我问他干什么，对方卖个关子，只说"做你万万想不到的事"，你自己留意。

我按他的指引，一个中午，从窗口看。因角度太偏，我下蹲，眼睛竭力靠左，才勉强看到楼梯口。午后一点过去，是趁墟的四乡百姓回家的时候。突然，凳子不约而同地动起来，茶客们听到一声"他到了！"匆忙站起，拎起随身带的竹篮、包袱，往楼梯涌去。服务员慌忙在收款台前排成一行，高叫，不要离开，先向阿本哥问好！于是，散漫无比的一众农民，乖乖地排成一行。我目击着队伍移动，可见"问好"的程序简单利落。听到一声声极亲热、谦卑的"阿本叔""本哥"，和雷本"呵呵"的干笑和"好好好"的回答。一个多小时过去，茶客们陆续离开，谁叫一声"阿本叔"，赞一句"你真是大好人"，就可"免单"。剩下雷本，在村里后生的协助下，清点餐厅的点心碟子，算出总数。最后，雷本把横挎胸前的包袱解下来，乌黑的手指蘸上口水，点钞票，付账。我从窗口无法看清雷本的脸容，背影却刻在脑海里——粗阔，右肩因常年被扁担压迫，明显歪斜。衣服倒是全新的，皱褶鲜明，可惜软和的"的确良"衣料和他"有仇"似的，和身体合不到一块儿。

茶楼歇市后，我连忙找给我报信的朋友，问雷本为何暴富。原来，此人住在 10 多里外的大牛山脚下。他父亲在美国当厨师，从前一年总寄回一两百美元，被乡人视为有"南风窗"的殷实人家。10年前，定居洛杉矶的父亲忽然没了音讯，托在美的乡亲寻找，回话说他父亲因欠下赌债，藏匿于边远地区，怕遭放高利贷的黑社会派人追杀，不敢和任何亲人联系，当然无法，也无余力寄钱回来。雷本卖光家具后沦为赤贫，妻子带儿子回娘家长住，他成了没人看得起的"寡佬"。去年，他收到一封英文信，拿到镇上邮局，找懂英文的局长翻译出来，知道父亲已故，律师清理遗产，发现老厨师先前买下，但已忘却的两种股票，升值数百倍，而唯一继承人是雷本。办妥公证手续以后，律师汇来 3.9 万美元，按当时汇率折合为 10 万元多。那年月，工人的月工资为三四十元。农民一年赚大寨式工分，折为现金，不过一二十元，很多穷队竟是负数。这笔钱相当于新世纪的上千万元。他去银行，拿到美元兑的人民币，欢喜过头，竟晕倒在地，被乡亲抬回家。他醒来，一个劲儿地对着家里的祖宗牌位磕头，直到额头渗血。

半年以后，架不住同村人的怂恿，雷本嫌我家隔壁的茶楼土气，每天率领一大帮茶友到 10 公里外的县城，在豪华的"燕喜"，占几张大圆桌海吃。每天晚上在村里还要大开宴席。不到三年，把钱踢蹬得完毕，跌回原来境地。单车铃声不断、宾客盈门的盛况不再。他最后一次在我家隔壁的茶楼露脸，我没看到，听说无人理睬，他只吃了一个叉烧包，灰溜溜地走了。

点心端上，独食无味，勉为其难，喝了一小碗粥。油炸南瓜饼味道不错，但想到过度使用的食油会产生致癌的物质，胃口剧减。

茶客从门口进来，以老年人为主，这是第二拨、第三拨。最早光顾的一群开始离开。不远处起了骚动，抬头看，距我两行桌子、靠窗处一张大圆桌，七八个男子站起来，在争论什么。那是中国人情学的精髓之一——抢买单。侨乡多是从"外面回来的"，近如港澳，远如美加。论"衣锦还乡"这一人生事功的标志性事件，莫如茶楼内豪爽地"睇数"。我从眼前又温馨又搞笑的"抢"，想起知青时代听到的故事：

某日午间，正逢墟期，三个从花旗国回来的男子在镇上邂逅，亲热无比地拍肩膀，一致决定，上茶楼聊个痛快。在水汽氤氲中消磨了两小时，茶市阑珊，该买单了。他们都早已悄悄自我检查过，自知囊空如洗。个中原因各别，如回乡已久，钱挥霍光了；刚才买菜或馈赠亲友用罄；忘记带钱包。怎么办？堂堂金山客，连"叹茶"的小钱也没有，传出去岂不要跳楼？如何化解？只有造个借口溜出去找熟人救急。不过，英雄所见略同，三人落座前都暗抱侥幸：我没带钱，眼前两位衣冠楚楚，从来出手大方，怎么会也不带？然而，买单前，面子所系的"抢"是务必充分表演的。

于是，堂倌报出数额的同时，三位体面的绅士在通往收款台的过道上，推推搡搡，一个说："你们是大佬，这次务必让小弟表表心意！""上次你请了，这次不行！""喂，我是地主，怎么轮到你们……"越吵声音越大，都脸发红，颈上青筋如蚯蚓。如此煞有介事，教茶客以为是黑帮"开片"（械斗）。最后，一起向柜台发起冲锋，都说："我来！谁也别争！"然后，各自一只手插进口袋，久久没有拔出。一片死寂，伸手接钱的掌柜眼睛发直。这一秒，谁都指望别人从口袋掏出白花花的银圆，若然，其他两位将无奈何地摇头，小声骂："算你手快。""下不为例。"好戏就此完美落幕。然而，这一次演砸了，三人脸如死灰，苦哈哈地搬出冠冕的理由，然后派人去外面搬救兵。

放在从前，我听完这故事，是会和榕树头的村人一样，无情地嘲弄民谣里称为"掉转船头摆百算百"的"金山客"的，但此刻我有类似身份，笑不出来，不是出于还乡者概莫能外的"衣锦"情结，而是为了无从开"抢"。多么渴望知青年代的伙伴走过来，把服务员递来的账单拿走，我在后面摇头，甜蜜地苦笑。而此刻，一个中年人拿起手机，在柜台前贴近一个二维码，嘀一声。大家笑嘻嘻地走出，从我旁边经过，掠起一阵烟味。

举起茶杯。不谙茶道的孤独者，无从仿效张宗子和他笔下的"金陵闵老子"。这两位绝世高士品茶之时，机锋四出，喝得出是"罗岕茶"还是"阆苑茶"，这算不了什么，竟喝得出水不是"惠泉水"。自然，我拿"品孤独"来搪塞不是不可以。

孤独中人有什么？奥地利大作家茨威格说："恰恰是流离失所的人才会获得一种新的意义上的自由。我成了时代的编年史上最大胜利的见证人。"相对于群体，形单影只不是流离失所吗？我凭借短暂的自由，该做什么？

首先，我想到"体谅"。最久远的一桩，是 5 岁那年，上小镇的茶楼找爸爸，跑上三楼的木楼梯时，没看清老堂倌正托着一盘"蛋挞"往下走，我一撞，"蛋挞"散落在梯级上。堂倌说，哼，我要你爸爸赔。我哭起来。他在后面喊道，说："不要跑！"我以为他追上来抓我，要我赔钱，原来是怕我再摔一跤。泉下的三叔，谢谢你常常给我的小手里塞一个叉烧包！

我体谅先暴富再回到赤贫的雷本，他是好心人。哄他，骗他，教他快速破产的村人居心也不坏。他们都没有对付过"有钱"，只能以庄稼人原始的笨拙，让苦哈哈的乡亲们再来一次史无前例的"吃大户"。

我也体谅抢单的三位金山客，他们栽在"面子"上，纯属偶然。

一拨人闹哄哄地进来，走近一张圆桌。一位提前来"霸位"的老者站起来欢迎。和一位来者热烈握手，称对方为"仓下佬"。"仓下佬"得意地说："这是我们的地头，你小心点。"两人拊掌大笑。我记起来，此处不就是仓下乡吗？50年前我在这里上初中，周末走路回家，必经此地。它所以出名，是因了一个四乡流传已久的笑话：一位仓下人，家里极穷，一年到头难得沾荤腥，但他在"餸篮"里总存着一块肥猪肉，绝对不吃掉，每天饭后，拿肥猪肉往唇上仔细擦一遍，然后出门，让村人看到他油光光的嘴巴。侨乡人在家乡"面子第一"，凄凉之中有可爱、可悯，世事一切诚可体谅。而况，论作假，"唇上擦油"哪里比得上出门必含一根牙签？可见，家乡人是老实的。

严冬的乡村小店

我下乡当知青的 1969 年，村里有一个由公社级供销社开的小卖部，乡人称它"鬼仔店"，语气半是无奈，仅此一家，商业行为谁也不准染指；半带着抗议，独家生意，想怎么宰都行。不过，它做买卖中规中矩，并非《水浒传》里头孙二娘开的馒头店。

小卖部位于村庄南端的侧面，对面是稻田。它连招牌也没有。哪里用得着？不知道它的就不是本地人。原先是小农舍。乡村房屋，传统上分两大类，一是中间为大厅加天井，两翼为卧室加厨房的大屋，二是面积不及大屋三分之一的"小户"。小卖部占了两栋相连的小户，靠西一栋为仓库、职工宿舍和厨房，靠东一栋为门市部。

门市部有一柜台，货物散放于货架，挂于墙壁，置于地面。要问卖什么？农家有的不卖，如蔬菜；其他如烟、酒、醋、糖、火柴、香烟、针头线脑、手电筒、电池、作业簿、各种笔、点水烟筒专用的"大香"……但凡日常生活必需，差不多有。凭票的猪肉、腊肉、肥皂之类，有时候也能买到。

售货员是两名中年男性，一个叫黄攀，另一个叫李寻，我认识他们比绝大多数村民早。1957 年以前，我家在小镇开文具纸料店，公私合营高潮中，小商和小贩一锅烩，都进供销系统属下的合作社当店员。黄攀从前是挑货郎担穿村过巷叫卖的，李寻也是流动小贩，但名气之大，黄攀压根儿不能比。全公社三四万男女老幼，很少人不晓得

"卤味寻"，他每天在镇里头挑着热气腾腾的担子转悠，卖他的牛膜、萝卜和猪头肉。1957年起，李寻和我祖父、祖母一起，成为镇供销社的同事。小镇原来有上百家商铺，"改造"之后，同类合并，减少了十分之七八，富余人员便分拨到远近乡村的小卖部去。

事隔近50年，这个名不见经传的"鬼仔店"如今早已被人淡忘，我每到冬天却常常想起它。彼时乡村，没有哪个所在，比它更有烟火气了。社会最底层的全部风情，都被它"关"在里头。

冬天的乡村，除了异想天开的公社书记鼓捣"农闲不闲"的玩意，如在肥沃的田垌中掘一条"排洪河"，使得每一次大雨后下游的村子与稻田被淹没的速度加快三倍之外，农活有限。当然，他们要是无所事事，直接的危险就是吃、穿都没有着落，除了那些不靠"死工分"而有外汇可接的侨眷。白天，女的莳弄自留地上的白菜和豌豆，男的上山打柴。到了夜晚，户外北风呼吼，飘着细雨。串门的女人，爱在灶旁边的稻草堆蜷着，旁边刚刚煮完猪食的土灶散发余温，而身下的稻草，和身体接触久了，也成了暖窝。其实，无论大人小孩，此刻最向往的，就是灶膛上有一瓦煲"腊味饭"，然而谁有富余的米和肉票？每天白天两顿掺上大量豆角叶的稀粥加番薯之外，此刻只好耐心听肠子的辘辘声。嫌待在家无聊的男人们，把手伸进带破洞的棉衣的袖筒，嘴里哈出热气，鼻子下滴着清涕，从各条巷子踱出，风口处低下头，陆陆续续往南头走去。

小卖部的门须用劲推。里面，一盏汽灯给不大的屋子投下黄里带白的强光。谁进来都大叹一声："喔，有点热呢！"其实这里没有任何取暖设备。汽灯诚然供应些许热量，但主要是人体的温度。人太多了！柜台以外，挤满靠墙的两张长凳不说，靠墙站的，靠柜台站的，坐地的，还有坐货架乃至盛咸菜的瓦缸的边沿。清一色的男人，烟气和经年不洗的棉衣的汗酸气，熏得人差点睁不开眼，但久了就惯了，离不开了。

人声嗡嗡，一色地道的乡音，其中，"卤味寻"的嗓子最容易辨认，它以尖利和悠长驰名四乡，早在"单干"的年代，他全靠这嗓子干营生。我小时候，从午间起到夜晚 10 点前，"最好吃、最够味卤味……来……咧……"，尾音如长蛇，当"卤味寻"把炉火熊熊的担子放在"步月桥"畔的空场之际，夭矫地抖动，一伸一缩地溜过河对岸的街道，哪怕旁边就是敲锣打鼓的卖艺档，撕破喉咙叫卖"陈泰山跌打丸"，也盖不住它。随即，人不约而同地走向寻记的档口。

"卤味!"有人进门，要卖一盒一角五分的"鹿"牌烟丝，正在讲"伦文叙三戏柳先开"的李寻停下来，拿烟，收钱。买了烟的村人并不离开，在密匝匝的大腿中间用力推挤，占到一个位置，等了片刻，轮到抽水烟筒。用右手掌肉厚处压住烟筒的边旋一圈，此举含"把上一个抽水烟筒者人的口水抹掉"的意味，但是徒劳。李寻继续讲古，这一回是"卖油郎独占花魁"。讲完，并没有冷场，有人向李寻求证："寻叔，你村的人说你小时候叫厚德，为何改名?"

李寻对这类刨根问底并不反感，清清嗓门，有点得意地解释："不错，寻记是我卖卤味时改的，食品好吃，客人'食过翻寻味'，就这个意思。"我当场为他作证：寻记当年的卤萝卜，大如小孩子的拳头，一块才一分钱，蘸上黄澄澄的芥辣，塞进嘴里，辣气沿鼻腔钻上眉心，那个过瘾! 如果有五分钱，能买到一块卤猪肝，和萝卜穿在竹枝上，教一起上学的伙伴眼红得要死。我没说完，有人抗议："哎呀，饿成这样，还逗馋虫出来!"几个人夸张地咽口水。

"卤味，听说你老婆让人喝过尿?"有人还要寻李寻的开心。我知道李寻的底线，取笑他老婆他不介意，但不能牵扯到他的两个儿女，一男一女，都二十岁上下了。都是领养的。因为李寻"不行"，老婆至今是处女。

李寻凑近汽灯，打开烟盒，卷了一支"小喇叭"，点着，吧吧抽了两口，说："那是活该，哈哈！是有这么一回事，两个恩平佬，趁水步墟期来摆摊卖粽叶，骑单车来到我家，天没亮。他们在我家煮早饭。我家的尿缸和水缸是并排的，过去一直是尿缸在左水缸在右，那一次，老婆将两个缸调换了位置，他们不知道，往饭锅里舀了尿，待到粥做好，才闻到异味，倒掉了，我家的猪崽吃个饱。"大家轰地笑起来。

李寻的搭档黄攀，平日负责去镇上供销社的仓库提货，推着平板车，一天跑一两趟，一共才走十里八里路，但自恃劳苦功高，夜里不是回家就是躲进宿舍睡觉。所以，夜晚由李寻包揽，但李寻每月有四天假，回家看孩子和以糊涂著名的老婆，这些日子，黄攀得值夜班。黄攀不善言谈，坐在柜台后的竹椅上，眼巴巴地看窗子外的疏星，少人发声，水烟筒的咚咚声格外响亮。

李寻不在，村里三位元老级人物成为中心：50多岁的阿全，60岁上下的阿盛，65岁的阿西。阿全和阿盛是兄弟。如按族谱，男性取字的序列，为"学维希孔孟，道德永家崇"。他们的"字"均带孟——孟琼和孟进，与我父亲同辈；阿西的字带孔，叫孔为，和我祖父同辈。但除了记分员能够清楚地写下他们的名讳，村人对阿全、阿盛兄弟只呼花名：阿全是"滑围"（因他的牙齿差不多掉光，说话一多就口水横流，一如从堤上漫流的洪水），阿盛叫"眼仔"（因他的眼睛奇小，只有两条缝）。阿西的花名不好当面叫，不是因为他德高望重，而是怕他耍手段整人——"剃头刀"（他爱说所有人的坏话，一如理发匠那把剃人无数的刀子）。

那天是冬至，夜晚最长，遗憾的是大多数村人没吃到传统上非吃不可的糯米汤圆，只能凑合着吃"木薯圆子"，原料是木薯干磨成的粉，它比米粉粗粝，嚼起来有渣，肉自然很少，好在萝卜是从自留地拔的，不花钱。吃过木薯圆子的男人们，装模作样地咬着一根杈充牙签的火柴棒，聚在小卖部。李寻回家去了，他是能够吃到正宗汤圆的，人家有工资领，而肉，是从小卖部"买"的。黄攀坐镇小卖部。

"滑围"是主讲者，但故事是和他家对门的青年半开玩笑地迫他说的：为什么他五十好几还添了个儿子。他三个儿女都 10 多岁以上，20 多岁的长女早已出嫁。按乡村的不成文规矩，这么老还有"那回事儿"是天大的"不正经"。

"滑围"抽足了自家栽的烟叶做的"生切"，又青涩又浓烈的烟味把从部队退伍不久的阿罩熏得逃到门外暂避。在水烟筒咚咚的微响中，"滑围"老实地交代：

今年快过年那阵，家里的米缸有了 20 斤新米，是老婆从阳江弄来的。半夜我实在太饿，翻来翻去睡不着。（为了报复他吸的烟，阿罩问："你的衣服是不是被口水湿了？""滑围"不答）。我就偷偷爬起来，揭开米缸盖子，舀了一升米，溜到厨房，轻轻关上房门，生火做饭。没有菜，好在有盐。做好饭，老婆推门出来。我给吓得不轻，她却没骂我。打个呵欠，盯着冒热气的白米饭。我给她筷子，两个人头碰头地吃同一个饭钵。米饭一下子吃完，锅巴又太香！泡上开水，还是和她吃。吃完了，她居然让我……哎呀，没办这事少说 10 年。就那一回，有了，还是小子，嘻嘻……

年轻人想追出更多的细节，但对"剃头刀"有所顾忌，不敢乱来。在场者不失厚道，没有揭"滑围"家的疮疤。这对夫妻的纠葛并不简单，老婆比他小 12 岁，去年夫妻拆了伙，老婆没办离婚手续，嫁往阳江去，半年以后手上多了一块亮晃晃的上海牌手表，回到村里。村人称她此举是"放白鸽"，纯粹骗钱。这事见不得人，大家当然不提。

猛然，门开了。冬天，称霸的是北风，不会吹开面南的门。刺骨的寒气猝然袭来，鼎沸的人声被浇上冷水，有人大叫："快点关门！"

来者如果是邻村的，会为这一屋子黑压压的人影惊奇。进来的是大名鼎鼎的孔眉公，这位比我祖父小一岁的同宗前辈，68岁。新中国成立前教私塾，是方圆十里内最饱学的"知识分子"。孔眉公从离我的村子两百公尺的莲塘村走来，大家抢着和他打招呼："这么冷也出门？酒瘾发了吗？"大伙知道，这是孔眉公的嗜好。果然，他要打半斤散装"三蒸米酒"。黄攀说："四毛八。"孔眉公低头，从三重棉袄的下摆，缓慢地掏出钱包，付了钱。他拿起盛酒的瓶子，吸了吸鼻子，缓缓地吟一句："对酒当歌，人生几何？譬如朝露，去日苦多。"他看见我靠柜台站着，对我说："大侄，他们不懂，你教教。"我摇头。"眼仔"早知道他爱掉书袋，逗他再露两手："孔眉公，不要净说我们不懂的。"孔眉公不理他，吃定我，说："大侄，和你赌一斤酒如何？"随即念了一句："昔者庄周梦为蝴蝶，栩栩然蝴蝶也，自喻适志与！不知周也。俄然觉，则蘧蘧然周也。不知周之梦为蝴蝶与，蝴蝶之梦为周与？周与蝴蝶，则必有分矣。此之谓物化。"他向黄攀借来圆珠笔，从柜台上拿起一张纸，说："你把这一句写下来，要是没错字，算你赢。"我脸红了，庄周梦蝶的典故我不是没读过，但"蘧蘧"这两个字写不出。我说，怎敢班门弄斧？怕他穷追，不敢久留，推说家里有事，开溜了。走出门口，听到"剃头刀"的议论："别以为高中生了不起！"

"剃头刀"作为每天晚间必到场的重镇，损人从来不面对面，但不放过任何一个，我领教不止一次。他骂捉鱼的阿强是"有娘生，没爹教"。指生产队的会计群伯"连加法也不会"。没来由地指控寡妇二婶偷他家的菜。他对我和几位同村的年轻人一起谈文学也甚表不满，说是"读坏诗书穿烂鞋"。这些贬损人的话，都是在小卖部公开说的，迟早有人转告当事人，引起无穷纠纷。每当遇到质问，他总是装傻，说："我这样说过吗？怎么可能！"这么一来，他往往成为屋内的众矢之的，大家和他开恶毒的玩笑，戏弄他，李寻不忍心，张大太监嗓子替他打圆场。也幸亏有这个活宝，小卖部"讲坛"才不会冷场。

"鬼仔店"的夜晚聚会，最先离开的，是第二天要上 20 里外的大牛山打柴的一群。这是公社社员唯一的活路，最苦最累，我去过，头一趟，回来骨头散了，走路一拐一拐的。村里的伙伴身经百战，不当一回事儿。但第二天鸡叫头遍就得上路，不早睡不行。

如今回忆小卖部，鲜明地记起一个场景：1969 年春天，9 岁的幺妹奉母亲之命，拿着一毛钱去南头打散装酱油，酱油瓶带了去。那是细雨纷纷的夜晚。那晚上，我没有出去，在家读《离骚》，因买不到煤油，只好点松明烛。烛光摇曳不定，看书一时辰鼻腔积满灰垢。户外静悄悄的，犬吠从眉公所在的村子传过来。忽然，不远处响起乒乓的声响。我感到出了什么事，不一会，幺妹哭哭啼啼地回到家，手上有血，衣服上湿了一遍。原来，她急着从小卖部跑回家，在青石板路的凸起处摔倒，酱油瓶碎了。这是一个关于命运的隐喻，可怜的妹妹，2007 年，父亲辞世不久，就中风成了植物人，缠绵病榻 10 年，于 2017 年撒手尘寰。

去国之后，我每一次回村，都不由自主地看看小卖部的旧址，在冬天最具吸引力的取暖处，早已被拆。

乡愁的终端

一

初冬一个午后，我站在故乡岭头。风细，云淡，并非平芜，因久
没下雨的缘故，没有春夏不时呈现的清新。还乡早已不是大事。坐越
洋航班，一程 14 小时，过去视为"乡愁的炼狱"；退休这些年，一年
飞两趟，练出来了。不曾幻想，回一趟乡下，像割溪边的万京子叶一
般，轻而易举地收获若干篇散文的素材。"乡愁"云云，早已如网络
上描写多年夫妻彼此的感觉——左手握着右手，直到来到这个村庄。

龙塘村是妻子的娘家。今天，也是从旧金山归来的内兄夫妇，要
在祖屋和祖坟两处拜祭。妻子和我参加，自是义不容辞。上午，车
子从小型公路拐进小路，在村口的大榕树旁边停下，老妻说："到了！
不论去哪里，这里都是终点。"那阵是午前。站在池塘边，目光越过
密匝匝的榕树叶，扫过漂着垃圾和浮萍的绿水，落在灰褐色的屋顶
上。我心里响起印度诗人的诗句："此刻，一条条白色烟柱像摇篮 / 缓
缓地晃动家家户户"，嘟囔了一句："炊烟呢？"

是的，远远近近，屋脊有如庄稼人的脊梁骨，呈南北走向排了十
多排，烟囱列列，它们的上空却没动静。不是所有村庄都因住户搬迁
而变为"空心村"，而是住户都用不冒烟的煤气，即使电饭锅有"汽"
冒出，也不通过与烟囱连接的老式灶台。

随着老妻走进一条熟悉的巷子。这里有她的祖屋。亲戚们先后到达，初次见面，少不了大呼小叫，巷子里乡音鼎沸。打开老屋的门，在八仙桌上摆开食物和酒杯，在神龛上插上线香。人去楼空多年的老屋，上个月台风来袭，洪水漫溢，屋内也遭水淹，水退后介砖铺的地板上积了一层泥浆，内兄夫妇和村里乡亲一起清洗了三天，如今，介砖去掉暗绿青苔，显出橙红的原色，阁楼上的神台是新买的。一片新气象，对得起万里归人。

我为了避静，信步走到村口。田垌在眼前，谷子已熟，远处公路旁边黄灿灿的一片就是稻田。50 年前，从这里看开去，景色单调得多，无雨的日子，天空是掺和土黄色的蓝，远方是如黛的连山，近有村落，田垌上有兀然拔起的碉楼，大路上有丁零零作响的单车、吱扭的鸡公车，成群结队，懒洋洋地地出勤，赚"大寨式工分"的农民。如今，多了两个怪物，一是 20 世纪 70 年代中期给田垌开腔破肚、只给下游制造洪涝的"排洪河"；二是 21 世纪初造的、侵占大片稻田的沥青公路。离脚下最近的稻田，有点异样——一体碧绿，且比水稻矮。问了村人，才晓得是茡荠。

不管时间如何推移，世道怎样沧桑，"家"的终极性意义，从来如此：家族定居之处，人的出生和长大之地。妻子出嫁前的 22 年，除了进县城念中学，都在这里生活。这村庄作为我的"岳家"，按"婿半子"的古训，说它是我的"半个家"不算牵强。而况我当知青那些年，当民办教师，学生来自这村庄的不少，我为了家访、宣传和支援农忙，来过无数次。刚才遇到的阿芳，40 多年前是我的学生，她家在巷口。她母亲早逝，她、父亲以及骂人极凶狠的祖母一起生活，那时才十二三岁，矮个儿，圆脸，笑起来特别纯真，如今刚过 60 岁，三个孙儿女的祖母，她是专为和我的妻子一行见面才回娘家的。

我从村口的榕树头走出，在一条水泥路上来回散步。这宽度可供两辆对开的汽车交会的村路，有一教人诟病之处，那就是没有理由地弯曲。本来，路横跨村庄和公路之间的稻田，修得笔直，既省钱和人力，又少占田地。我上次来已和妻子讨论过，没有答案。此刻，我这般对自己解释：距离拉长，好让"少小离家老大回"的游子在"近乡情更怯"中多逗留，使感情平缓下来。

二

祭祖之后，还得去村旁的山坡。那里有一行墓碑，属于妻子娘家的列祖列宗，包括她的祖父母、祖父的兄弟及配偶。20 多年前我也参加过类似的扫墓，坟墓散布在另一面山坡上。近年，附近两个山头上建起了中学。一个个瓮子被挖出，迁到这里。新址离村近，村里的乡亲都来凑热闹，坟墓旁边的凉亭上，聚集了四五十位男女老少。

在亭子的人堆里，一个高个子中年人高声叫着"老师"，跑来和我握手，他是阿湛。阿湛是我 40 多年前的学生，算来也交六十岁了。凑巧的是，25 年前，也是在这一带，也是妻子家上坟的场合，和他相遇，师生有过一次热切的聊天。那一年，他和新婚妻子，刚刚去广州的美国领事馆领了签证，即将赴纽约定居。他告诉我，纽约有岳父母、姨妹和小舅子等，"不愁没地方落脚"。他还详细问了我，在美国怎样过日子，从租房到找工作。我一一做了解答。看得出来，他虽不无因陌生而生的恐惧，但情绪是昂扬、热烈的。以后的漫长岁月，我去了多次纽约，都因时间不对和他见不上面，但电话通过好多次。知道他在犹太人开的小型建筑公司打工，早已升为领班。我问他近况，他告诉我，还是替那老板干活，负责派工，施工。从言谈知道，他在异国，是好丈夫、好雇员，还做着秘密的文学梦，前年，以微信给我发来一篇短文，题目是《期待相逢》，让我批改。"要在朋友圈秀给老同学，不能让他们笑话。"他郑重吩咐。

趁着主事者焚香，摆供品的空隙，他拉着我的手不放，像有一个要紧的问题，非和昔日的老师探讨清楚不可似的。原来，他所关注的，不是自由女神像站立的大西洋之滨，虽然在那里买了房子，安下永久的家，孩子上了大学，而是村庄——他的出生地、出发地。他眯着被午后的阳光映花的眼，指着泥砖造的小屋子，说，呵呵，看，老样子呢！原来，他出国前，这小屋是村里三个年轻人开的单车修理站和碾米厂，到了晚间，村里男女青年爱来这里聊天。昔年的三个"老板"，有两个在场。"老师，不怕你见笑，我在纽约，常常梦见这小屋子，还有，山下的那些小溪，酷暑天下去捉鱼。我在纽约住了 19 年，才和妻子一起凑足假期，回来一次。那些日子，想家想疯了！"他的眼神变得迷茫，仿佛在讲述一个很久以前做的梦。

"回来，感觉怎么样？"我问。阿湛没回答。这当儿，妻子唤我去给墓碑鞠躬，上香，敬酒。乡亲们在抽烟，说笑。祭祀仪式完成，在亭子里把烧猪肉、松糕、咸鸭蛋一一摆开，请大家来吃。

阿湛拿起一块乌黑的猪肝，放在嘴里。看到我，说："老师，你刚才问的问题，很难回答。"说罢，挥手驱赶落在食物上的苍蝇。

我以过来人的口吻问："是不是'不过如此'？"

"有时候是，有时候又不是……"他说着，要搔头上黑白参半的发，忽然记起拿过食物的手尽是油腻，举起，又放下。有趣的是，我和他，全部谈话都没有"乡愁"这个字眼，心照不宣的理由，是它太文绉绉，还是不合时宜？我没想出答案。

我被苍蝇吓怕了，不敢多沾摆在地面的食物，尽管有点饿。纵目山坡上下，密密麻麻地排列着坟墓。从前祖坟各自独立，偶有相连，那是兄弟或者夫妻。如今为了节省土地，官家对先人骸骨厉行军事化管理，一排排的，十分整饬。可惜，茅草太盛，墓碑被稍嫌衰飒的绿色淹没了。难怪，眼下是 11 月，而扫墓，须在清明和重九，那时节来，墓群一定露出清晰的轮廓，碑石列列可读，因为事先铲了草，且在坟头压上白色纸钱。其他季节来的，只有彼岸的归人，他们的慎终追远，因掣肘太多，难以按季节行事。

我想继续和我的学生阿湛讨论乡愁，从"狐死正首丘"破题，19 世纪中叶，随着美国加州淘金热而起的移民潮涌至，漂泊异国的乡亲，死也不愿在美国置业，养老，最后的愿望必然是还乡。然而，太平洋阔度为一万公里，150 年前从旧金山开往香港的蒸汽轮船，统舱票 50 美元，相当于在唐人街中餐馆厨师一个月的工资。"天涯岂是无归意，争奈归期未可期。"有两种"还乡"，一种是幸运儿，是活生生的，穿着插满金条的特制马甲，携带不止一口的"金山箱"。他们所展现的"衣锦还乡"，乃一代代侨乡人最高级、最辉煌的事功；另一种是倒霉蛋，客死之后，骸骨敛于棺木，被蒸汽轮船运回，葬于家山。

但是，阿湛已走远，对他来说，探究近于玄虚的乡愁，不如和昔日抵足而眠的村中兄弟碰杯，痛痛快快地诉说往事，从爬大牛山打柴，到禾堂里打排球。

三

秋风动襟，日头西斜。拜山完毕，大家下山去了。我独自坐在亭子外的大石上，非要把"乡愁"琢磨出个结论不肯离开。早年读王鼎钧散文《世缘茫茫天苍苍》，被激情迸射的片段打个正着：

"万古千秋，凡是失去家园的人，都要通过时间的刑求，时间像处决死囚一样剐我，像苹果去皮一样削我，我再生肌长肉。新肌，你的名字叫异乡！异乡一寸一寸改变我，一层一层淘洗我，故乡后撤，故乡缩小，故乡在脏腑间无处藏身。直到一天，'故乡'必须弃收，'故乡'濒临悬崖，必须纵身一跳，跳进深不见底的潜意识，我成了真正的异乡人。"

我问自己，离乡 38 年，故乡与异乡的牵扯，可曾如此伤筋动骨过？回答是没有，除了抵达旧金山第一天，在暂住之处，打开岳父给的邮简，给父母写家书报平安的一刻，泪水的咸度也许近似。从根子上说，王鼎钧的断言，适用于遭逢战乱，家乡一别即成永诀的一代。

至于我们，则因人而异，即如我和学生阿湛，他因长久不归而思乡，与我在晚年频繁归来，心境岂能一概而论。这里用得上一个来自《世说新语》的典故：

晋明帝幼时，一日，坐在元帝膝上玩。有人自长安来，元帝问洛下消息，潜然流涕。明帝问父亲何故哭泣，元帝将被迫东渡的屈辱告知。于是问明帝："你觉得长安和太阳相比，哪个远？"明帝答曰："日远，不闻人从日边来。"翌日，元帝招众人宴饮，又一同一问题问明帝。不料明帝答曰："日近。"元帝愕然失色："为什么和昨天说的不一样？"明帝答曰："举目见日，不见长安。"长安自是长安，非关远近，乃思乡人别有怀抱耳。

日近日远都是家乡，距离只系乎思乡者的情感取向。而乡愁的表皮，完完全全地附着于"来处"，你认定你是哪里来的，哪里就潜伏着乡愁的终结，你抵达之日，就是它行动之时。然而，乡愁是"洋葱"，剥了一层还有许多层，各有各的"怀抱"，或指向童年，祖母陪你去摘果子的番石榴树；或指向初恋，那片印下并肩的影子的月光；或指向祖屋阁楼上被蠹鱼啃出最流畅线条的书籍；或指向某一个神秘所在，只因它如裹您的梦。

而还乡，也不只有坐船或坐飞机一途。20 世纪 80 年代，我效郑愁予"拉纤回去"的诗意，写了一首《挑担还乡》，那扁担，是花旗参削的。而以汉语书写文学作品的国人，自有便捷、稳妥的归去，那就是写作本身；至不济，也可以埋首于书籍，那就是余光中所称的"蓝墨水的上游"，尽情寄付你的文化乡愁。

想出头绪以后，我步行下坡。老妻他们已乘车去小镇访问故旧，我沿着公路缓行。铺上水泥的路，我出国前，叫"牛车路"，因它比阡陌阔，可走两轮牛车，但阔度和平坦度达不到"公路"的标准。它在我异国的乡梦中，出现的次数太多了！我效喝冷水疗法，每天清晨喝一公升井水，然后跑得全身被汗水湿透；从家门出来，掏出一张卡片，边疾走边读宋词，如柳永的《雨霖铃》、辛稼轩的《水龙吟》，直到背得出；我和家小出国，从这里回望村中碉楼，黑魆魆的矩形嵌在暗蓝的天幕。然而，此刻，它给我看到的，却是故乡最丑陋的一面——路旁弃置着死人的遗物。是哪个朝代传下的习俗呢？我从小熟悉，哪个人家死了人，逝者的衣物、用具、书籍之类，统统搬到路边，点一把火，烧当然是烧不透的，任风吹雨打，一年年下来，路旁成了垃圾场，却无人清理。这就是原汁原味的故乡！

于是，在到达小镇的文化广场之前，我基本完成对乡愁的评估。这与我纠缠大半生的情感，在我征服"古来稀"的关隘之后，在我至少30次还乡之后，处于"一对一"的局面：两种乡愁势均力敌。在家乡想异国，在异国思故园。换个说法，就是零和。

可以说，我在乡愁的终端，终于了结"这一边"的乡愁。

江流石不转

一

颓然而立，面对一阁楼的旧物。四下寂然。恍惚间进入荒凉的河滩，流水早已干涸，乱石遍地，连苔藓也像最后一层老皮般蜕脱。云天低垂，没有活物，没有时间。一块巨大岸石，削立如壁，对光阴的流逝似不在意，又似傲慢——你能把我怎么样？所谓"石"，其实是纸皮箱子，一共九个，叠成三层。阁楼低矮，箱子顶部快要触及杉木梁子。这些年，我每年都回国一次。这一年回去两次，每次都回村去。在老屋勾留之际，免不了上阁楼看看。过去并不在意堆在一块儿的纸箱子，然而这一回结结实实地震惊半晌，太不可思议了！

自从弟弟一家在 20 世纪末出国以后，老屋就空置，逢上年节，托远在广州的姊姊回去，拿上足足一斤重的各式钥匙，打开锈结的大门，在厅堂上供。祀神祭祖之外，也打开所有门窗，连同阳台的铁闸，让霉气扑鼻的屋子透进田野的风，哪怕一阵子。"人去楼空"，指的该是搬家式的"清空"；连根拔起的移民，带走数量有限的行李，塞满屋子的记忆却原封不动。家当能送人都送了，剩下的坛子、瓮子、碓子、酸枝做的椅子和炕床，因太笨重，只好留在每年免不了遭一两回洪水浸泡的地下厅堂。其余的，搬到阁楼上去。只是，阁楼也避不了风吹雨打。如今，阁楼上的两个窗户，木窗都脱落了。一任春天的烟雨、夏天的豪雨、秋初的台风雨侵入。只要稍具想象力，就晓得阁楼诸物遭多少摧残。可是，我小心抹去面上的厚尘，打开顶部的一个箱子时，里面的书居然完好无损。割开扎书的绳子，拔出一本，翻了翻，和新出版的差不多。我把书按在发烫的脸颊，眼眶一热。

被弃置于乡村一隅，竟获此殊遇。上千本书，一放就是10多年，不但避过年复一年的霜露和风雨，也从未受蠹鱼的啃啮。蠹鱼从古到今就是书海里最活泼的小生灵。小时候，我从祖父的五斗橱翻出来的线装书，《古文观止》《唐诗三百首》《岭南即事》《韩昌黎全集》《说岳全传》，哪一本不被这一族类读得沟壑纵横，一抖就飞起碎片？而况，连老鼠也没咬破箱子，不曾在里头做窝，打开时没窜出矫健的小鼠来。怎么解释？难道要夸张为神明的庇护，让书藏匿于时间之外、气候之外、环境之外，自成圆满具足的天下。且看别的，窗台下堆的十来面嵌玻璃的框子，先前是挂在厅堂的墙上的都是照片，从前是黑白，20世纪80年代起，我和家小出国寄回的全是彩色，父母亲每次收到，都郑而重之地贴出，在所有当眼处举办展览。获得赴美签证的弟弟，临行前怕照片发潮，全搬到阁楼上。然而，高高在上也避不了灾厄。前几年回来，我还能把粘在玻璃上的全县知青代表大会合照、下乡前穿旧军装的"影楼照"抢救出来，今天揭开层层叠着的框子看，照片全部霉坏，难以辨认。另一角落的小茶几，藏着出国前存放的笔记本，被窗口灌入的暴雨一次次泡过，圆珠笔迹漫洇开来，字消失了。木柜里的旧衣服、藤篮上的婴儿帽和尿布、断柄的伞、散了骨的扇、被撕去半本的《鬼才伦文叙》、缺了封面的备课簿、搪瓷面盆和樟木枕该是妻子的嫁妆，灰不溜秋地躲在角落尽头。唯独书箱子，崖岸自高，相安无事。

二

箱子里的东西，绝对地不石破天惊，是我的诗集，共四种，最早的一本是 20 世纪 80 年代参加国内"处女诗集大奖赛"后作为奖励出版的，编辑的潦草，装潢的简陋，害得我羞于拿来送人。到 90 年代前期，陆续自掏腰包出版了三本。

阁楼上这九箱书，就是出版社按照合同，给作者寄来的。我远在天涯，只能委托家人代收。亲人原封不动地堆在阁楼，等候我回来处理。我一次次回国，一次次上阁楼，抚摸箱子上的封皮，两手沾着香灰似的厚尘，摇摇头，退避了。

严格说来，在海外写的诗，以及在"发表欲"驱使下出版的诗集，是 40 年前知青年代开始的书写的延伸。没有以握过锄头柴镰、排着硬茧的手制造的少作，就没有彼岸面对明月的抒情。仍将阁楼喻为荒凉的河滩，乱石丛里，稍中看的，无非"诗的鹅卵石"，这些生命的片段，分行排列，押韵或不押韵，在心里成形；然后，年复一年地以激情浸泡，以苦吟打磨。它们先在缺少星星的北美洲，然后在日渐衰颓的故园，被时间加工为拒绝破损的顽固物体。

熠熠生辉的记忆，都和阁楼有关。梭罗的《湖滨散记》写到，他在瓦尔登湖边的森林蛰居之初，为了造一栖身处，找上一个在菲茨堡铁路上工作的爱尔兰人，要买下他的棚屋，好拿木板当材料。梭罗到那棚屋去，女主人这样介绍货色："头顶上，四周围，都是好木板，还有一扇好窗户。"我家阁楼，从地板到梁檩，都是上等杉木。楼下的巷子，不但和棚屋一般，有"群鸡乱飞"，而且窗户多了一扇，还有一门口，通向揽住广袤田垌的阳台。乡居时，阁楼上置单人木板床，旁边，一条榫口折裂的八仙桌，一盏灯花晶莹的煤油灯。离它50 尺处的井台旁边，广播喇叭从早到晚响着公社广播站男播音员破

锣似的叫嚣。禾堂上传来生产队长"出勤啰"的吆喝。至于对我一生
文学道路产生关键性影响的启蒙老师，这位在我下乡次年从省城回乡
的前小学教师、诗人，正在兢兢业业地担任生产队的记工员，以带省
城腔、很不熟练的土话给出工的社员点名。此时我在阁楼上，枕着祖
父辈传下的檀木枕头，读《海涅诗选》，沉醉在哀伤至绝望的《罗蕾
莱之歌》里。

当了一年知青，体验"日出而作，日落而息"，进小学当上月薪
25 元的民办教师。暑假的日午，人在蝉鸣中沉浮，屋旁小池塘边的
牵牛花被烈日晒蔫。口粮不足，午饭是木薯粉搓的汤圆。我捧着一海
碗，坐在阁楼上，边吃边读普希金的长诗《叶甫盖尼·奥涅金》，至
纯至美的诗氛围包裹着我，灵魂随着在奥涅金离开后徘徊于爱人住处
的达吉亚娜出窍远遁。高尔基曾道及年轻时读迷人的书，不解其何以
迷人，把书拿到阳光下反复地照。我品咂普希金的长诗，则服膺于专
家这样的说法：其所向披靡的艺术征服力，出自"散文因素"与"诗
因素"二者的交替，在最优雅最纯粹的诗性陈述中蓦地插入尘世的幽
默和又俗气又笨拙的细节。我敲着空碗，高声朗诵，要将喇叭的声音
压下去。有一年冬天，我写了一首诗，送给后来成为妻子的女友。她
拿着我的诗掉头就走，颊间带着桃花般的红晕。我在阳台上目送，她
骑自行车的背影消失在村头，低头看手里的书，翻开的一页，正是何
其芳的《脚步》："你是怎样悄悄地扶上曲折的栏杆 / 这样轻捷地跑来，
楼上一灯守着夜寒 / 带着幼稚的欢欣给我一张稿纸，/ 喊着你的新词，/
那一夜你知道我写诗！"

成了家，有了第一个孩子。阁楼的单人床上，小小书山旁边，多
了才一岁的儿子，拿手的游戏就是把爸爸的宝贝书一本本地扔，开头
扔到床下，力气大了，便往楼梯和阳台抛，成功了，拍手哈哈笑。我
所景仰的大师一个个吃足无知者的苦头。我把儿子放在桌子上，一手

扶住他，一手写诗，他用铅笔在我的诗句旁边画线打圈。这些野蛮事件，儿子长大后连一星半点也记不得，我却把和诗的纠葛牢牢印在心头。对诗的痴迷，移民后维持了近 20 年，后来搁笔，是因为厌恶自己到老也脱不了的顽疾——滥写。然而，诗的浸润，对散文写作，对整个生命的影响，主要是正面的。诗思在阁楼孕育，诗集在阁楼集合，也算是有始有终。

三

我在阁楼摩挲，翻检。厅堂里一片喧闹，妻子忙于招待进门的妯娌，弟弟给叔伯们递烟，拉家常。祭祀的烟篆从神龛的上端袅娜而入，夹着烧纸钱的焦味。妻子在大声唤我，要我下去给祖宗叩头敬酒，我长长地应声："就来！"

这阵子，我忽然明白，为什么阁楼里没有老鼠横行的痕迹？缘由恰在没有烟火气。这屋子长久不住人，没可吃的，早已被鼠辈列入"不宜居"名单。巷子对面，原来的池塘已被填平，建了砖房，住了人，聪明的老鼠岂会不搬过去吃香喝辣？不过，蠹鱼不吃诗集仍旧是疑团，要么食古不化，不屑于品尝句子不整齐、没有韵脚的新体；要么也移民了。这么说来，我的诗集完好如新，并非岁月有情，而是并无形而上意义的意外。好在，我早已不存以诗名世的野心，自甘默默无闻，是因为晓得自己的限度。王鼎钧先生说文学写作上"没有中产阶级"，写诗尤其危险，没有诗才，瞎折腾而已。

然而，当年在阁楼，流连于大师的华章巨构，耽溺于和现实政治相悖的另一种人生，也不曾存有借此混饭吃乃至进入仕途的妄想，不是不渴望改变倒八辈子霉的现状，而是正视残酷的现实——靠读和写完全背时乃至反动的诗去获取当道者的青睐，绝对是缘木求鱼。

　　阁楼予我的启示倒是极有价值的，那就是：把诗重新放回内心，让它滋养灵魂、提升品格，而不是靠它来赚取世间浮名和实利。过去是不能，如今是不愿。

　　江流石不转。在时间无坚不摧的流水中，诗是较为恒久的礁石。让我的诗集们安分地守着空洞的老屋吧！

落　叶

一、倒行

头顶上，整整齐齐的两排落羽杉，有若白金汉宫前的卫兵，笔直，傲岸，自信地护卫着逶迤到城市高楼群落纵深处的河涌。脚下，是落羽杉的叶子。眼下是 2 月，农历正月初八。大年初一春风便来了，它和岁暮的寒风的区别，脸颊马上感受到——潮润，别小看往轻度雾霾里注入的水分，靠它，群树所蕴藏的春意一激灵便醒过来。遗憾的是，万物的复苏才开始，落羽杉纷披的碎叶便谢幕。整体凋零，落羽杉一年似乎就这一次。

怪不得"落羽"落得如此盛大。昨天来了寒潮，风声凶猛，在窗外吼了一夜。今天，河旁的红砖小道和斜成 45 度角的花岗石河堤，密密地铺上了落叶，黑色的、褐色的、带小半暗绿的、黄的。这天傍晚，河面几乎没有落叶，胜任愉快地充当镜子，落羽杉光秃秃的枝干和忽然变蓝的天空，排在水下。

河边小道上的落叶，清洁工没来得及搬走，风夭矫的尾巴，乘机制造一条别致的"叶路"。堆得有厚有薄，一高一低，踏上去，松松的，软软的。簌簌之声次第响起，台湾一位诗人把落叶称为"曾经有过的歌唱"，此刻，脚下可是春雨的微吟？我"哟"地叫了一声，把脚缩了回去。踩痛了吗，叶子们？为何这般舒坦、这般溜滑，又这般坎坷？马上想起王鼎钧乡愁散文中的名句："还乡，我在梦中做过一千次，我在金黄色的麦浪上滑行而归，不折断一根芒尖。"落叶和麦浪是近似的，我的步履虽然不能不折断落叶的脉和梗，却一样是梦幻里的"滑行"。在纽约法拉盛区栖迟数十年，从来没有回过故乡的游子，和在故土一个古城落羽杉林子下低回的归人，共同的行程是：回家。这个家，不复具有空间和时间的意义，它在记忆，在童年，在终极，成为形而上学，成为宗教。

大地承托落叶，落叶承托我的梦。在落叶上行走，必须和平日所采用的方式相反——倒行。倒行之必要，一如布谷声里的农民插秧，以不断的后缩创造春天；惯于前进的脚，需要以反向移动激活偏废的器官，补救单一运动所造成的偏差，阻遏贪婪的攫取，抵消膨胀的欲望。唯反进为退，才能实现平衡。进一步说，只有逆向，才能回到往昔。

何等美妙！我起步在关节僵硬的晚年，往下，是负重而腿脚强健的中年，是倔强而伤痕累累的青春。脚下，是深山的一个谷底吗？我变为一无所有的知青了，第一次上山打柴去，挑着两个柴捆子，呼哧呼哧的，从百米深的谷底上登，坡真陡，鞋底一滑，摔倒在茅草堆，它也这般松软温柔，我不愿爬起来，它要是床，多好！我变为山岗上的少年了，谁是我的伙伴？两个人，个个扯了一根自认是"最强韧"的狗尾巴草，和对手的草交缠，起劲往自己方向拉，看谁的先折断，胜利者叉腰看着，失败者在草地打十个滚。我愿意次次败北啊，只因为春雨过后的草地，酥软一似落叶，且散发着山稔子花的清芬。嘶嘶嘶，轰隆隆，路旁响起爆炸声，三个不大不小的孩子在放烟花，这是他们整个春节唯一的冒险与奢侈，火花在落羽杉上飞溅，在落叶上空交叉画弧，我被惊醒了，但马上回到梦里——记忆的录影带，已"回放"到村里老屋带趄桄的大门前，一堆堆可和落叶比美的鞭炮纸屑，红彤彤的，我的太阔大且裤筒卷了三截的士林布裤子，袋兜里盛着许多封红包，里面的角币和分币可以换鞭炮、公仔纸以及炸豆腐角，前路在背后，但不必回头看，因为太熟悉的缘故。这刹那，落叶成为代表最高礼节的红地毯，我踏着它，又庄严、又伤感地进入生命的始发站，那里，喇叭花缠着篱竹，小蚱蜢关在火柴盒。这时，风愈加凌厉，低头，一些狡黠的叶子，在叶堆边缘滚动，涌向我的身后，也就是我的前方，它们是为了承载我的脚步而紧急集合啊，我的感激无以复加！

二、归宿

毕竟不是白雪覆盖的北地，南国的严冬依然以绿为主调，色略为暗哑，是雾霾使然。绝大多数树木，生机倒是维持着的。落叶却是问题，难怪，"摇落"是冬天的主旋律，一如萌发是春天的专业。河涌边的水泥路面，虽然三天两头由清洁工的扫帚监管着，落叶依然不断，下罚单的人管不了风。我抬头，紫荆树、小叶榕、木棉、凤凰、棕榈、苦楝，都约齐了，不紧不慢地下疏疏的枯黄色雨。叶子回归泥土，树继续生长。以人为喻，落叶似乎和剪掉的毛发、指甲，以及肩上的头皮屑相类。不过，落叶最近似的，还是人的记忆——它从过去来，生命虽然终结，但留下痕迹。

一个 3 岁的男孩，从自行车跳下来，在落叶成堆处蹦跶，把叶子踢起来，伸手去抓，哈哈笑着。跟在后面的，是年轻的爸爸。生怕宝贝被叶子绊倒，小跑着过来抱，男孩不让，蹦得更欢。男孩的童年是富足和安全的，看从头到脚的装束就晓得，小自行车的后轮有 3 个，一大两小，确保不会翻车。人在小小年纪，还没有多少"落叶"，连"不识愁滋味"的自觉，也要 10 多年后才有。冬天这一场景，却可能成为这位父亲最美丽的一片"落叶"，连同无一丝云絮的瓦蓝瓦蓝的天，以及河里载着落叶的水。这么说来，孩子戏弄的，只能是别人的

"落叶"了。不过，我作为旁观者，不会成为这对父子的"落叶"上一丝纤维——他们不可能注意到一个不相干的老人。

　　就在孩子大呼小叫的时候，白烟在别墅区的铁栅栏内冒起，夹着呛人的辣味。我跑过去看究竟，我的天，有人在"纵火"！火起自一堆落叶。落叶堆在小楼外的菜园旁边。在多层住宅密布的城市，被两米多高、画戟般的铁枝所圈的区域内，是彼此间距离够阔，带前后花园的许多栋三层高小楼，教一般百姓眼红的高级住宅区。本来，不可能有人在里面"躬耕陇亩"的，然而，一个老妇人，在菜垄周围忙碌着，扫拢地上的落叶和枯枝，扔进火堆。枯叶噼噼啪啪地爆响。借着频频添加的燃料，通红的火舌离横过的电线不到几尺。不远处的木瓜树，一定被烤得生疼。然而，老太太镇定自若，原来，火堆旁边排着三个水桶，平日拿来储存浇园的雨水，此刻成为消防设备。老太太是谁？不会是用人，该是房屋主人的母亲或岳母，她从乡下来，照顾孙儿女和做饭之余，以种菜代替城里人流行的搓麻将，自得其乐。而把落叶枯枝付之一炬，则是种田人沿袭千百年的方式。按说是十分之合理的，垃圾不必外运而就地变成有机肥料。不过，在城里却犯忌，一来，一旦失控就成为危害公共安全的罪犯；二来，造成空气污染。她不懂，也不管这么多。眼下是星期二的午后，亲人要么上班要么上学，她是菜地上至高无上的女皇。

　　我在烟气中微笑着，看她麻利地奔忙，把一把把落叶撒进火里，生怕接续不上。她戴着长长的塑料手套，怪不得在草丛里扒拉如此勇猛，懂得保护粗砺了大半辈子的手，是她唯一的"城市化"吧。

　　我想，被焚烧，转化为比腐殖质更肥沃更环保的养分，该是落叶最好的归宿。不甘成泥的部分，则化为烟。怪不得一位韩国诗人说，落叶的故乡是天空。

旺角拂晓

昨天喝了太多的咖啡，特别是傍晚近 6 时，逛完太子道、亚皆老街、金鱼街和新世纪广场，走进先达广场附近一家专卖粉面的小食肆，不好拂逆服务生促销的好意，加 5 元得到一杯咖啡。它的味道，叫我兴"蓬蒿中藏天姿国色"般的惊奇。但为它付出在床上翻烙饼的代价。半睡半醒中，5 点，闹钟响了，音量奇弱，万分抱歉似的。

起床。从 5 层楼的客厅窗口下望，夜色并没有退位，街灯形影相吊。片刻后，人声渐起。第一班小巴开始接载客人。街角的人群蠕动特别缓慢，好像都没睡醒。不知什么发生纠纷，街角有争吵声，都操地道港话，但听不清内容。火气随气温上升，男人开始推搡，女人在背后助威。对垒的男人被己方女人推往后方，女人成为主角，手指满天飞舞。男人再次上阵，差点挥拳，但被己方一资深女士拖走。然后，大家钻进一辆小巴，巴士开出。街上恢复寂静。

旺角的黎明以这一不大曼妙的序曲迎接我。我一点儿也不恼，反而为窥见它彻底世俗化的本相而欣慰。我靠着窗台，久久不动。旺角一带的楼距太窄，视野有限，除了刚才的小巴站，顶多看到一些楼宇和雨篷的边沿。还可以从门外的栏杆往外望，目力所及，是无秩序的众多小阳台，高高低低的附加在建筑上面，塑料屋顶落满陈年垃圾。板车的轮子辚辚响起，该是小贩的早餐车。

叫我感到亲切的，就是这独特的时间。我静静地理顺思想的乱丝，终于明白，记忆经过漫长的跋涉才抵达此处。

与眼前重叠的是旺角另外一个黎明，距离今天 28 载。那时，1989 年元旦刚刚过去，我和妻子移民旧金山 8 年多以后，终于具备了结最大心愿的条件：不但攒够了钱，还把两个年幼的孩子交给业已来美的父母。还乡此其时矣。

还乡的第一站是香港。1980 年酷热的夏天，我和家小在旺角逗留了十多天，那一次是路过，在旺角西洋菜街的亲戚家暂住，再乘机往下半生的栖息处——美国旧金山。此前，香港是家乡青年人冒死偷渡的目的地，要么爬边界铁丝网，要么泅渡大海，要么攀登梧桐山。没有胆量一搏的，只能偷听香港的电台。有一次，我和三个伙伴骑单车去往大山深处的人家，只因为听说那里架天线能收看香港电视台的连续剧，结果扑空。

终于到达梦中的神奇之地，惊喜一拨又一拨地袭来。我爱抱着一岁多的女儿，在冷气弥漫的书店看从前想也想不到的书。我们寄住的亲戚家，含客厅、卧室、厨房、浴室各一，共住四口人，家具虽老旧，但地方颇算宽敞。可是，我半夜起床上厕所，路上一个不小心，踩到一个人头，惹来咕噜咕噜的抱怨。原来，亲戚当的是二房东，以低廉租金出租非正式床位，不下五位新从大陆来的打工仔，分别睡在楼梯底、衣柜边、过道尽头。但主人为了面子，对此讳莫如深。

住在这里，我的"老土"本色——暴露，首先是极易迷路。旺角无处不是招牌的迷宫，明明认出居处二楼窗户前的招贴，就是找不到入口，只好打电话请主人下楼带路。其次是不会买东西，太多的选择叫我手足无措。前面是宽阔的太平洋，是比太平洋更宽阔的崭新人生，我和妻子为将来的小日子置办用具，逛女人街，哪怕买的"象牙筷子"是塑料做的，也叫我充满独立的骄傲。

1989 年从旧金山飞香港那次，还得停在檀香山加油。我和妻子没有急于回家乡，先在香港小住，妻子为的是在购物天堂买手信。我呢，一来，为释放汹涌乡愁找个缓冲地；二来，好好见识香港。上一次，行将远适异国，心绪激动，难以体察东方之珠的风情，需要补课。

客机飞临香港之前，整夜窝在经济舱位难以入眠。41 岁的游子，三万五千英尺高空上的诗情。我在笔记本上潦草地写下断想：八年光阴，给折叠成机票，夹在护照里面。风犁白云，千遍万痕，航线上一个来回，在脸上犁满皱纹。好在，头发染黑，不会过分怯于匆迫流年……

飞机在檀香山再次起飞，其时是深夜，机翼在槟榔树和剑麻上掠过，白云上下，星斗晶莹，繁密，叫我想起母亲揭开的、饭香四溢的锅盖。抵达启德机场，是寒冷的清早。曙光初露，景物玲珑剔透。机场位于九龙半岛的闹市。从空中看下去时，我问香港：你将以什么迎我？可有久违的霜花，在小贩的叫卖声中轻轻碎裂？众多故人之脸，混沌往事，在另度空间飞行，浓缩在着陆时耳膜的锐痛中。

可是，我和妻子在姐姐和姐夫的陪同下，走出启德机场，所遇到的香港，以一字名之，曰冷：的士司机傲岸地走来，打开行李舱，不发一语。坐车，一街的脸飞来，扑打视野，均以冷漠的神情。凉茶铺前，堂倌把蔗汁和冷脸一起端来。女人街，骂粗口的大姐，做了二百块钱生意后，"哼"一声把钞票揣进腰间硕大的钱包。"中侨"商场内，双层电车上，赚了钱的，输了马的，都不笑。只有电视机店众多屏幕上，主持人的注册脸孔带扑克的笑。弥敦道的竞选标语，连火气也是冷的。于是，我疑心，节俭成性的港人，是把笑脸攒起来，和养儿防老、积谷防饥一般，到急需时才连本带利拿出。

28 年以后反思，我彼时的看法是偏颇的。港人的普遍神情并非冷漠，而是见惯世面的淡然。而我的误读，是因为乡思满得要溢，过度的期许碰上波澜不惊，遂成情感上的"热脸凑上冷屁股"，后者成了"近乡情更怯，不敢问来人"这一不朽"还乡图"中的"来人"——

我的乡愁的替罪羊。

提着沉重的行李箱，走进姐姐和姐夫的新家，它位于旺角颇偏僻街道一座四层"唐楼"的顶部，本来是天台，但加盖了简易的第五层。墙壁和屋顶，以杉木条为骨干，墙面和屋顶是薄塑料板。面积共约20平方米的房间，违章建筑居然能装上抽水马桶和淋浴间。主要家具是一张大床和一张双人沙发。他夫妻俩和姐夫的母亲合住，夫妻睡大床，老人家睡沙发。大床有第二层，平日用来放衣物和被盖。四面都缺少隔离层，夏天的热和冬天的冷可以想象。可是，较之过去，已进了一大步。从前，姐姐还和儿女在乡下，姐夫和母亲住在深水埗，租来的小得可怜的单房，连电视机也没正经地方放。这天台小屋，是从一位移民加拿大的乡亲那里买的，"转手费"3万港币，算是因陋就简地实现了居者有其屋。我们夫妻，睡在大床的顶层。5个大人挤在一起，并无压迫感。

因为时差，第一个晚上我没怎么睡，早早醒来，不向任何人打招呼，摸黑穿上厚夹克，在拐角5瓦灯泡的微光里，下楼，走进我向往已久的黎明。

一家大排档在公共厕所门外不远处，煤气炉刚刚生火，在灰色墙壁上映出一片耀眼的红色。朦胧中，看到摊档的收银台上搁着黑色瓦钵，钵子里供养的水仙微微裂开，所孕的春天再也忍不住，是啊，再过一个月就是春节。一辆手推车擦身而过，那是送报人。各种声音次第响起——车铃灵动，刀砧豪迈，吐痰声悠长，小巴引擎调皮，在心头搅合为一股教人醺醺然的暖流。啊，多少年没置身这般美好的氛围了！

我悄悄背诵唐刘皂的绝句："客舍并州已十霜，归心日夜忆咸阳。无端更渡桑干水，却望并州是故乡。"自问：可是为了过分迫切的乡思？答案是不，这是比简单意义上的"乡愁"繁复得多的情感，香港于遗落在故土的青春，是烟波之外的神秘之地。于我的游子心，是一瓮久而弥香的醇酒，八年前浅尝即止，今天再度品咂。

我漫无目的地游走，浏览晨曦未开之际影影绰绰的树和楼宇，铁栅栏上的繁体字与英文，直到密密层层的招牌的间隙漏下的阳光，把报纸档上的头条标题照亮。我买了一份沉甸甸的报纸，往回走。人行道上的上班族在吃鱼片粥，唼唼有声，碗里，奶白色上葱花鲜绿，我吞了一下口水。

时光飞逝，从那一次到如今，我去香港无数次，新鲜感早已被折旧完毕。但今天，黎明的印象被激活了。为了赶早班的飞机，5时多拖着行李箱出门。路过刚才差点酿成打斗的小巴站，早已一团和气。姐姐和姐夫带路，穿过西洋菜街，花园街，走上弥敦道，沿路不见大排档，是怀旧者的大遗憾，然而，必须承认是城市管理的进步，一如在山坡地再也没有木屋区。站在大街旁边等候开往机场的大巴。大小店铺都没开门。

我站在巴士候车站。街道空阔、干净，人行道上零散的纸片触目。天已亮透，拂晓前的暧昧所引发的奇妙感觉没有了，只能面对明明白白的现实。站牌上列明到站时间，间隔从5分钟到25分钟、45分钟，旁边印上查询班次二维码，但二维码被一张被称为"都市牛皮癣"的小广告覆盖了部分，小广告被撕去，剩下盲人瞳仁一般的空白。对面的大店铺是周大福金行，一幅面积吓人的广告："肌肤几时都唔Dry，锁住角质水分，启动肌肤自我滋润，维他命 B_3 精华。"地道的港式风格，中文用繁体，广告语舍"干燥"而取英文词，是幸存的优越感，本土风还是自外于内地文化的倔强？1989年之后，越八年，香港回归祖国，这是惊天动地的巨变。相形之下，我循自然规律由中年变为老年，微不足道。

机场巴士抵达，我们把行李推上车，叠好。旺角在身后，我无所感。

雨落星湖

一

　　我对团体旅游早有微词，认为这一消遣实在是自甘奴役。旅行社发的徽章，戴在胸前已经教人尴尬，什么"名人旅游"，仿佛在冒充明星或者市长。总是在机场车站进进出出，匆匆赶路，总是在景点上蜻蜓点水，总是被赶进旅游商店当冤大头。导游呢，资深的一类在旅游巴士上说套话，加几个生硬的笑话；资浅的畏畏缩缩，管得死死，老怕半路遗漏了冒失的团友。时间一到，三角旗子急急地挥起来，在游人麇集的景点啸聚乌合之众。那阵子，你要么抱怨时间不够，要么恨不得早早独自开溜。

　　这回，倒是全无上述弊端的。游伴是在故国生活的一对夫妇，才五十岁上下，但已退休，有的是空闲；男的叫木，是我从童年起结交至今的知己，最是相得，不愁路上没话说；目的地肇庆市，那里的七星岩和湖，是举世闻名的名胜。而况，我和木曾经游过，已是 30 年前。少年的游踪，覆上中年的履痕，每一步，都能引发无穷的兴味。还有，木的一位老朋友是肇庆市人，充任"私家地陪"，自然比旅行社派来的亲切得多。

　　一行四人：我夫妻和木夫妻，在暖洋洋的残冬出门去。女人的提包里都披着雨具：男用的黑伞、女用的花伞。昨夜的电视台预报今天有雨，女人们都爱惜身上的呢绒大衣，有点犹豫，想改期。我却是巴不得，没雨还不想去呢！旅游，先得有好伴，然后就得讲求境界。湖上风景，有道是"水光潋滟晴方好，山色空蒙雨亦奇"，我呢，宁愿挨雨。

　　为什么？为了酸腐文人的一点儿求雅之心。如今的旅游区，愈是名气大愈受商业污染，自然的清韵尽失。阳光越好，做作的成分越是昭彰。只好退而求其次——趁雨出游，雨过滤不了十丈红尘，好歹也在丑陋的表面抹上奶白的水汽。"无边丝雨细如愁"，我要重新捡拾的，无非一点凄迷、一点绰约、一点年华老去的轻喟。"细雨骑驴入剑门"的陆游，不是为了往诗囊放进蕴藉的绝句吗？唯雨丝，才能编织出青春的旧梦啊！

二

　　我在街心，摊开手掌，没有一滴雨。被空气里的水分黏合起来的尘土，在水泥公路上飞不起来，贴地滚动，仿佛海潮悄悄漫上岸边。天色一片蒙蒙，却不是雨的征兆。雨前的天色，虽也阴暗，但里头藏着干净和清晰，鲜味是嗅得出来的。不过也难说，城市的人气太盛了，"俟河之清，人生寿何？"岂止黄河而已。

　　从出发地江门，乘巴士到肇庆，不过一百来公里。到车站去问，却说到下午才发一班车。四个人正在讨论：该不该雇一辆出租车？车站前密密麻麻的闲杂人中，蹿出一个矮小的中年汉子，他一把拦住我们，竭尽殷勤地问："大巴坐不坐？"我问："多少钱？""30块。"

　　木向我点点头，意思是这价钱合适。"好，车呢？"我问。

　　矮个子的眼睛一亮，那是小生意人看到"有利可图"时自然涌上的欢欣，单凭这一神情，我就断定他干不了大的坏事。他踮踮脚，挥了挥手，说："跟我来！"领我们到马路旁，极其利落地截下一部"的士"，先向我们声明：车费他包。把我们塞进车里，又向"的士"司机交代：他坐摩托车带路。"的士"矫健地在赶办年货的人流中间穿行，汉子所坐的摩托车在前面做向导。妻子没见过这样的场面，担心地问："怕不怕给拐了呀？"木说："光天化日，谁有这胆量？"

出租车开离闹市，矮个子的摩托车在前后穿梭，他倒不怕的士跟不上趟，车费他还没付呢。到城外，下了车。一群人在站牌旁边站着。矮个子用手机通了几次电话，然后很有把握地对我们说："车快到了。"远近是赶过年的人潮，熙熙攘攘的，却透着彼此不相干的冷漠。

车开到，是大巴，车上坐满了。矮个子敏捷地抢上前，大力挥手，大巴没停，只减慢了速度。矮个子抓着杠子跳上去，和售票员叽咕了几句，被五大三粗的售票员推下车。矮个子百折不挠，又纵身跳上，第二次交涉有了结果，他马上招手，我们快步走近，他下来把一行人逐个儿推上车。售票员白了我们一眼，没好气地骂人："妈的这个价，你开车好了！"矮个子挤过过道上的乘客，伸手向我们收钱。他拿走120块，只给售票员90块，把30块掖进裤袋，志得意满地跳下车，那阵子，车已开出一里多。

我这才看清楚，矮个子的专业是代巴士拉客。抽头多少，全看他向大巴敲诈的本领。我们这一摊，开头他抽得太凶，所以遭售票员拒绝，后来双方让步，才成交了。一天下来，如果还能逮到几只像我们这样的"肥羊"，50块到100块就到手了。比起外来工在工厂累死累活一个月，才挣那500块、600块，优越性不是"秃子头上的虱子"吗？

我们坐在最后一排。靠边坐的是从茂名到江门打工的小妹子，不到20岁，死样活气地假寐着，看样子是晕车。木从提包掏出几块陈皮梅，递过去，她摇摇头，连答谢的力气也没有。从蒙着黄尘的车窗望出去，依旧是蒙蒙的，触目的是玻璃上食物残渣的痕迹，该是这妹子刚才吐的吧？我看看她苍白如纸的脸，不忍责备。只想，活生生的人寰，离空灵的诗境还真远呢。雨还是没下。

三

大巴把我们撂在肇庆城外，掉头往湛江方向开去。脚踏下地面，都是坑坑洼洼，扫视四周，没有新的大建筑物，也没有绿树和草坪，这城市开门见山地给你两个坏印象：残破和漫不经心。洼地里的积水，白得贼亮，我心中暗喜：雨还是下过了。四个人站在街旁，木拨了手机，和老朋友叶联系上了。木欢喜地向大家说："真巧，叶今天休班，可以陪我们一整天。"

坐出租车到了一条十字街，叶小跑着来迎接。木和他原来同在柴油机厂当铸工，那厂子我曾经去过好多次，30 年前，我也许和他打过照面。一个台风夜，我在宿舍留宿，大帮人在摆龙门阵，里头该有他年轻而腼腆的脸孔，怪不得有点面熟。

城中心还是不脱破旧，恹恹的行人和小贩，空气格外滞重。叶非要领我们到他家转个圈不可，意思似乎不在炫耀，但我不好意思动问。在七弯八拐的巷子里走，这是小城最具民俗风情的所在，中国人的本分与安静，从车铃和小贩的叫卖声中透出来，玉兰树的黄叶闲闲地散在墙头瓦上。字体无法教人恭维的招贴，随意地粘在缺了大半的围墙上。院子里的紫荆花还在倔强地开，零乱的花瓣浮在墙头下的水洼上。

我们随叶上了楼。他打开门，一阵足以把人熏倒的霉味扑来，这是不善家务的单身人家才有的气味。果不其然，叶说他的太太进省城，帮助儿子做服装生意，他长年在这里独居。

两个平素最着力在"清洁"上的女人，站在客厅，不肯往木沙发上落座。叶一个劲儿地说："吃了饭再走"，我们坚决不肯。好一阵拉锯战，木差点松口答应，回眼看看恨不得立刻鞋底抹油的女人，才硬下心拒绝了。叶很不舍地看了厨房一眼，勉强同意和我们一起去吃肇庆驰名的星湖莲藕和鲤鱼。

我路过厨房，到洗手间去。煤气炉上，钢精锅下亮着小火。水槽里横七竖八地放着小白菜，带着水珠的绿色，在带霉气的昏暗中格外触目。一条剖开的大鳙鱼，浸在大盆里。可见主人在出门去迎接我们前，正在张罗一顿又隆重又艰巨的饭菜。

叶关门时，慎重地看看走廊外的天色，拿起一把旧伞。喃喃地说，似乎是一句诗："最难风雨故人来……"

后来，木向我谈起叶，原来两人的交情非同一般。叶和老婆长年分居，关系不会好到哪里去，他心情落寞时，便到江门去，在木家一待就是几天。这回老朋友来了，东道主想好好款待一下，好吐一肚子苦水。可是因了我这陌生人在旁，哥儿俩什么也没谈成，所以叶很失望。

我又怪起不知趣的雨来。在叶家那阵，如果雨及时下来，我们也许留下，而不管两个女人的眉头皱得多紧。风雨来了故人不来，故人来了风雨不来，故人和风雨两皆不来，都是人生大憾。

四

雨终于来了，原来在星湖上等着我们呢！走上凤凰树缠夹的小路，从枝丫间看到，白里泛青的湖水，急忙打起细细密密的圆圈。我抢先一步，到售票亭去，付上 250 元人民币。叶在旁边不好意思地搓搓手，嘟囔了一句，是在埋怨不让他尽"地主之谊"吧？只是，这"谊"

太昂贵，下岗工人的补助金，一个月也没那么多。我怎么好忍心让他勒裤带？

扛着伞走。湖水在两旁，冷艳地映着面目模糊的亭子、老树和小不点儿的拱桥。听不到伞面上的敲打乐，原来雨下得极其吝啬。好在，小雨自有佳处，在岸上下出一片参差的白，仿佛书本的毛边。左侧的湖，水面足够宽广，叫人舒心。右边是湖面，边缘落下大片陈旧而模样恶俗的楼房的倒影，风景给煞去大半。忽然记起，30 年前和木来，也是在冬天末尾。怪不得一种久已风干的情怀，也给细雨浇上似的，徐徐地冒出带点苦涩的甜蜜来。

"买路钱"付了，却没人理会我们，也见不到游客。每人 50 块，"买"的原来是整个星湖。难怪呢，什么时候了，外地人赶回老家过年，本地人在赶买年货，又不是星期天。空落落的路上，五个人在漫步，分男女两拨，三前两后，偶尔要避到边上堤石去，把不宽的路让给咣啷而过的自行车，那是管理处的工人。

前面的路牌，一指左，一指右。向导也搞不清方向，看来这本地人也绝少来。昂贵的门票谁舍得？"往左"，叶做了决定，走了一段，却撞上一道栅栏，是一个什么"度假山庄"的专用路，闲人进不得。掉头，看到一个出口，却有人在卖门票。这是说：出去就回不来，50块门票得泡汤去。折回原路，转右，走对了，进入中心景区。

一路，并没有什么夺目的花，鸡蛋花、含笑、玉兰、散尾葵和桂花都不在这个季节开。沿路几个摊贩租用的亭子：卖瓷相的，卖零嘴的，卖当地著名特产剑花的，卖古已有之的端砚的。路过一处塘子，几个游客在兴致勃勃地围着一起，低头叫嚷，原来水面聚集着成千上万的金鱼和锦鲤，何其灿烂，一如倒下几吨红得本色的炮仗花。

自然，鱼儿比落红生猛得多，总是汇聚成一个喇叭，巨大的开口，向槛旁的游客逼近，只因为游客撒下了缤纷的鱼食。我们好奇地走近，从周围的设施省悟出，这一景致是人工造的，四方形的塘子不大，放养的鱼，数目写在"说明牌"上：4万尾。管理员并不负责喂食。湖畔专门的小卖部，出售鱼饵，那是彩色塑料袋盛着的颗粒，大包20元，小包10元。

我只愿意掏钱买半凉不热的劣等咖啡，在石桌前安坐，看微雨中的湖光山色。木却买了鱼食，在池塘一个偏僻的角落，向水面撒下去，小小的雨点和颗粒，联手制造众多的小圈。原本冷清的池水，渐渐地聚拢起鱼群。几条特别精灵的金鱼，唼了几下，吞进鱼食，尾巴一摆，回过头，向对面鱼儿密集的所在疾游，稍后，满池红色，一似山火的燃烧。我们的脚边，一片喧哗。我才发现，在绿色和灰色的包围中，这种极端的红色太不和谐。鱼耳在水面扑扑的响声，把本来就小的雨声覆盖了。

五

到了星湖，不登山是说不过去的。七星岩，指湖水上矗立的七座山，但叶这个老肇庆，也指认不出哪一座是阆风，哪一座是玉屏，还有什么石室、天柱、蟾蜍、仙掌和阿坡。都是石灰岩，喀斯特地貌和桂林相仿，桂林的山以漓江为浴池，七星岩以星湖为妆镜，后者众山的位置接近，排成七星形，集约式的美本来极为尖锐，好在被朦胧削掉霸气，变得蕴藉了。

进中心景点——七星岩的石室岩，买票坐上小船，在钟乳石的丛林中，例行公事地游了一趟，印象比30年前差得多，唯一的感觉就是：林林总总的名目，什么仙人指路、猴子偷桃、关公斩蔡阳、百鸟归巢，都是牵强附会。在洞口找蔡邕的墨迹，却不复见。出了岩洞，雨声紧起来，是颇具规模的中雨。这半天来，雨老是小打小闹，还时下时停，把人的情绪弄得不上不下的，这回好了，湿透衣服也值得。

伞并不顶用，皮鞋湿了，冰凉侵入脚趾。我们站在北海碑亭前，岩上泻下来的水成了帘子。好几辆游览车在身边嘎地停下，问要不要雇去看湖上雨景。我们摆手谢绝了。在岩洞前的题字壁前照相，雨把镜头浇得一塌糊涂。勉强拍了几张，为了对得起家里的照相册。

登山去。阆风岩上的小径铺上了水泥，滑是滑些，旁边架着铁栏杆，危险倒没有。石灰岩堆砌的嵯峨，可不像一般泥土山，它毫不客气地拔地而起，山径只好竭力弯曲。山腰有一所平房，一点也不起眼，进去才知道是"三仙观"。"庙祝公"才20来岁，脚搁在摆满纸钱线香的桌子上，旁若无人地唱着"木鱼调"，歌词的意思是：到了这儿，给神进香，保你来年财源茂盛，家小平安。我进去兜个圈便出来，不敢合十鞠躬，生怕遭到他的冷眼乃至诅咒。

继续上登，回身看看庙宇西化的外墙，倒佩服主人因陋就简的胆色来，如今哪里新建的庙宇，敢省去碧瓦红墙和高翘的檐牙呢，岂不给人骂死！

爬到山顶，五个人都没一个摔过跤，可算小小的奇迹。很不古色古香的亭子，叫"十友亭"却不是古代所建，看那匾就晓得。亭子小，却能挡雨。把伞合起来，探身鸟瞰，烟水缥缈，我久久地渴望看到的水墨之美，终于呈现，全亏这雨！眼光仿佛一管遒劲的大号狼毫，把饱饱的笔意肆意挥洒，所到之处都是淋漓的水汽，都是湮漫开去的唐人绝句意境。一艘伶仃的小艇停在波心，仿佛在等待漫天的雨网，把它收进太虚之境。七星岩，成了七块盆景里的奇石，似无所用心，又似深藏玄机。

30年前，该也是从这里眺望吧？两个小不点儿的人儿，在山脚下的林间长椅上，那就是我们的朋友和他的妻子，他们要把积攒多天的情话说光，没有随我们登山。为了朋友夫妇这般率直的小儿女态，我和木倚着亭柱哈哈笑了一回。

雨就是好，界限泯灭了，人间的和谐，风景的精华，都给雨一点点地洗出来。先前所醉心的出尘的雅，高蹈于物欲的潇洒，我在此刻却全然忽略。它并不重要，重要的是雨本身，洋洋洒洒地撒下来的，是自然的乳汁、生命的能量。我依稀看到，一只湿漉漉的巨手，伸到湖畔竹丛的根部，把羞怯的笋尖拽到地面来。几个青年女子兴高采烈地爬上山顶，雨湿了身上的大衣，也不在乎。我喜欢她们，为了她们的脸都那么明洁，雨水并没有洗出一痕铅华，青春不需要矫饰。

雨也没有矫饰。

六

下了山，回到湖畔。每人付 1 块钱，跨过短短的铁索桥，走出星湖的辖区。尾追而来的，是栅栏内小贩近于哀求的叫卖声："来呀，大减价，一级端砚才 900 块，买回去做年礼，多华贵！"五个人站在挂满了风筝模样宣传标语的大道旁，谈论一桩事：在哪里过夜？

雨大了，抬头看刚才登上的亭子，退到远远的云雾间，只剩翘角的尖端，艰难地撑持在斜雨中。时间不算晚，到一家近水的旅馆，租两个房间，听一夜雨声，是来前商量好的雅事，旅馆也打听好了，是山庄式的单栋别墅，整栋租 750 元，租单房用不了 200 块。至于午饭，自然在找到宿处后，再慢慢享受，地道的星湖风味，用岩上采摘的"七星剑花"熬的汤，是头一道。宋人蒋捷，客舟听雨，在饱经沧桑的壮年，是"江阔云低、断雁叫西风"；今夜我们在湖畔，听什么呢？扶桑花和落羽杉的簌簌、桃的凋零，还是隔壁卡拉 OK 的狂嚎？和 30 年前联袂而游的故人来此，一段山水缘，是要了断呢，还是接续？

　　向"山庄"走，才知道路不近。在雨里，连方向也没把握。好在有旅馆的电话号码，用手机拨通，接待小姐极热情，说马上派车来接。天色暗得早，湖在路的另一边，灯光迷离地闪着。冷飕飕的风，叫人忽然想念家里干爽的沙发。

　　旅馆的车老不来，我们不能不怀疑公关小姐的真诚。站在一个牌楼下躲雨，看看墙壁上的铭牌，也是一处山庄，可是大家都失去了热情。木忽然冒出一句："说什么也是家里的床铺舒服。"妻子马上响应。雨的境界，并不是谁都配享受的。人给泡这么久，也乏了。

　　叶提议：我们回头走吧。拐进一个岔路口，招来一部计程车，四个乘客座位，五个人硬挤进去。才上路，电话响了，是那家"山庄"的接待小姐打来的，说抱歉得很，车子一时间派不出去，不知我们愿不愿再等等。我答说不等了。

　　和司机说好是开到汽车站去，在路上讨价还价，终于拍板，200块，一直开回江门市区。这价钱倒相宜，不用等车和转车，省心多了。到了市中心，叶下了车，和我们一一握别。四个乘客，加上20来岁的司机，在黑漆漆的雨网里驱驰。

　　星湖的雨，甩在远远的后头。它敲它的湖水，我们走我们的路。

　　在车上和木谈起，上次来这里，到底有没有遇雨，他却没多少印象。忽然，木拍一下大腿，说他记得一起爬星湖外的鼎湖山，在厚厚的竹叶上滑了跤，提包里的两瓶广东三蒸米酒，碎了一瓶，为什么摔了？路滑嘛。路为什么滑？下雨嘛。那么，星湖的雨，是从30年前淅沥到如今了。

中国篝火

漂泊原乡

———

回来了！站在雷公岭头，"我见青山多妩媚"，然则，青山见我如何？青山无言。烟云过眼，松涛阵阵。

上一回登临是哪一年？葱茏的山，彪悍的松林，宏大视野是手里的玩具。为了查证，我把一本本破旧的日记本翻出来。那时还在国内，要么在乡村当知青，要么在小学当民办教师，要么在县城当公务员，日记很少间断，每天动辄上千字，如今想来颇觉滑稽。不是吗？本来，生活归生活，历史归历史，皇帝把这两档子分得多清，起居注之类是史官负责的。然而那年代我把一部分生命耗费在记录生命上。只是，不耗费掉，能积攒下来吗？和雷公岭有关的回忆不少，爬山至少四五回。山脚下的旗尾村，更不知去了多少次。

"……大年初二访木，三人同登雷公岭。回到大自然的怀抱，感到的是欢欣，是解脱，是忧郁？都不是，是受宠若惊。春比节令早来，满山的小松树已吐出一条条毛茸茸的叶鞭。登上时欲雨未雨，远近山峦笼在烟霞里，春意耸动着。岭头被浓雾吞没……我们被雾诱惑着，急急忙忙爬着。半路上，雨终于忍不住，叭叭洒下来，只好退回。"（1975 年 2 月 14 日日记）

奇妙的不是山，而是人。当年联袂登临的朋友，这次都在身边：

木、大炮、云云。木、大炮和我三个年龄相仿，比云云大七八岁。

别来无恙，雷公岭？你在暖洋洋的乡梦里孵了多少年？四年前，早约好了，不但要登山，还要各写一篇同题散文:《于今白首同归日》。然而，大炮患了重感冒，无法成行。此后我还回去两次，都因为伙伴没空不能成行。对此一直耿耿于怀，只好自我安慰道:梦的好处全在"未圆"上。从这角度说，不去就是"月未圆满花未尽开"，成了"期许"支取不尽的活期存折。

这回成功了。大炮借来一部面包车，连同司机。大炮有车，也开了好些年，但这次为安全做足了功夫。其实坐车并非初衷。我一向认为，回去该有独家的方式。早年的"金山客"，在唐人街的餐馆、衣裳馆、杂货店熬到发白腰驼以后，是这样"返唐山"的:将许多口庞大的"金山箱"放在船上，西装革履的金山客站在船头，抽古巴雪茄。两岸站满了看热闹的乡亲。船靠岸，每口箱子由2名到4名壮汉抬着，一路吆喝，烧鞭炮。在村前石板路上，游子笑吟吟地抱拳躬身，和父老打招呼。春风动衿，顾盼神飞。人生的辉煌，尽在短短一程水陆路途上，在异邦的漫长屈辱和劳累，一次性获得报偿。可惜，我无法仿效前辈，出生太晚，不但在旧金山找不到打造"金山箱"的专家，也付不起昂贵的运费。

引发思古幽情的"回去"还有:走路，先乘长途客车到水步墟，再取道虎山麓，沿着叮咚的小溪（水草怎么擦也擦不去的乳白天色，让我想起村里的"盲眼三婆"固执的眼白），踩着布满泥疙瘩的田埂，蹦蹦跳跳地回去。村端的碉楼，是永不消失的路标。然而，有这脚力吗？从我们的村子再往山里，走一个多小时到达山脚，这才进入正题:登山。骑单车，倒不失为又抒情又愉快的方式。可是到哪里借或者租四辆？向村人租借摩托车倒容易，老骨头难保不摔在干涸的渠道就是了。

我坐在舒适的面包车里，旋开矿泉水的瓶盖，仰头灌了半瓶，将之虚拟为广东三蒸米酒，自嘲道：这是唯一的豪迈。

二

车上，四条汉子；轮下，熟得不能再熟的村路。从前叫"牛车路"，如今拓宽了，铺上水泥。某洋哲人谓，眼前之景最难看得真切。信然，从车窗望开去，路仍旧是黄泥铺的、这里或那里凸出碎砖石块的土路。雨天被冲刷出道道棱骨，一似饥荒时节庄稼汉的肋部。为什么"现实"视而不见？道理也许在于：身临之际，回忆抢先浮现，把"眼前"搁置，待到需要对比时才把它调出来。在地主一方，是"儿童相见不相识"；在游子一方，是"故园风物最堪思"。把镜头摇回35年前，溶溶月光下，走着两个个头儿相仿的青年（都有一头教现在的我和大炮羡慕死的浓密黑发，我的额际有一个天然的波卷，仿佛海浪的尾巴），他们从学校回家，一路谈着刚刚读完的《罗亭》，或者《怎么办》。

人生是走马灯，每一盏都以"身不福中不知福"来命名。婴儿记得母乳的甘甜吗？小学生谁不巴望快快长大，好在篮球场上一蹦就摸到篮球筐？你为失恋流泪，你为绝交失眠。你抱怨半夜里婴孩的啼哭烦人，你为孩子家庭报告表上的低分数跺脚。到了中年，生命更是速度越来越骇人地弃守，50岁的关隘失去，你才明白40岁的家累，夜半儿女灯前何等美妙；到了70岁，想起10年前被人首次称作"老头儿"时涨红了脸，那愤怒如此可爱。80岁留恋75岁的拐杖。85岁，在病榻思念80岁的轮椅。棺木无所思念，墓碑上的显赫总是冷色调。

然而，我确凿知道，有过频繁地自我界定为"身在福中"的时光，那些年头，贫困盘踞在家门内外，饥肠辘辘还催生堆满了烧猪肉的梦境，醒来唇边冰凉，那是馋涎。可是，在大寨式工分、25 元人民币月薪、以木薯粉圆子代替米饭的艰难之外，还有以友谊、爱情和青春所包裹的幸福。

寒冷的冬夜，在云云的家，轮流抽过大碌竹后，边听主人朗诵海涅的诗《罗蕾莱之歌》，边把凡士林抹在不知是山溪水冻的还是深山茅草割的伤口上，忘情地笑，韧长的苦难和顽强的意志势均力敌。我们与其说幸福的体验者不如说是旁观者，至少，大号煤油灯的光晕，是诗的霞光，厚重的黑夜退到天井以外。我对自己说："小子，记住这一刻，你是幸福的。"

星期六，老师和学生都回家去了，我在学校的排球场上，光着膀子扣球，一位自告奋勇的胖女生在网的另一边垫球，垫一次龇一次牙。我扣球扣得手掌通红，她终于败下阵来，捂着小臂跑到场外去，我得意地笑。我把滴着汗水的衬衫搭在肩膀上，抬眼看看贴我手写的隶书标语的校园，对自己说："这就是幸福。"

夜晚，备完了课，从学校走回家，大炮和我同行。牛车路上，背后的下弦月造出两个瘦削的影子，我谈白天读的《安娜·卡列尼娜》，他诉说给一位正在当知青的女孩子写了三封信，是上中学时认识的。她从来不回信。走过池塘，青蛙咚咚地跳下水，萤火虫先于我们进了深巷。在家门口，我瞥了一眼湛蓝的星月，对自己说："这就是幸福。"

早晨，阳光在甘蓝菜叶的露珠上晃得浇菜人眼花，我在牛车路上，越过趁墟去的鸡公车和盛着番薯、芋头的箩筐，在乡人们惊异的眼神中飞奔，我听到，骨骼的响声有如新竹拔节，我对自己说："我是幸福的。"

今天，路是一样的路，掀开 30 年光阴的层层覆盖，早年的幸福像网络上的"链接"，一经点击便图文并茂地排列开来。谁读懂四个中年人一路的心潮？除非你晓得各人心底的秘密。深夜暴雨里，一把伞所遮盖的，天长地久的吻；银色月光里，一对蹑足的身影；一把被月光磨亮的柴镰，一车制造北京椅的木料，一挑重如离愁的移民行李……

只一个夜晚，便浓缩生命全部的纯真。那是 1971 年的冬天，我为了宣讲文件，到一条俗称"补锅塞子"的村庄去，半夜步行回家，白霜如花，开在路旁的桃金娘丛中。为了抵抗砭骨的寒风，双手紧抱胸前，棉衣里，心口焐着的《罗曼·罗兰传》《贝多芬传》《复活》热乎乎的。刚刚离开她的家，一个从如画漓江之畔回到老家插队的单身女子，温婉，矜持，妩媚。我不曾忘却第一次看到她的场景——她在队办碾米厂干活，戴着严实的口罩，专注地摇着去糠机的把手。我把碾过的谷子倒进机上的大斗，她向我点头，明艳的大眼睛，一眨就是两道闪电，我一惊几乎失手把谷子倒在地上。我和她没有爱的纠葛，因为一直没有机会，尽管一起参加生产大队的宣传队，我教歌，她跳舞。再后来，我为了宣讲中央文件，每晚到她的村子去，和她这位辅导员一起召集社员开会。会开完，到她家去小坐，看她父亲的藏书。她父亲当时在广西。我从蒙着厚尘的藤篮，一本本地翻看，别有一番滋味。她不看书，只和一位同村的姑娘，坐在八仙桌另外两边，一个打毛线，另一个做功课。我看一阵书，手冻得不行，她就把煤油灯移向我，让我向灯罩取暖。

车子开到通向"补锅塞子"的白沙子路时，我掩面欲泣，为了此生和一位异性有过宁静和谐的相处，有过和霜花一般灿烂莹澈的书缘。如今她在何处？该是祖母了，美目的光泽，该是慈祥而不是妩媚。幸福无非感觉，和食物衣着等物质因素未必有关，却和荷尔蒙有关，和思绪有关，和风景、气味、光线有关。

三

半路，面包车驶离大路，停在一家餐馆门口。这地面叫井岗，虽然名气绝不能和江西的同名革命圣地比，但我去国这 20 多年间，无论在外国还是回乡，朋友们多次以"到井岗墟吃饭"相约。于是，前年我在《梦回荒田》的散文里写下一幕："早听说山脚下的井岗岭，已经成了新市集。门外挂彩帘子的餐馆，供应驰名中外的黄鳝饭，我垂涎久矣。拣干净的一家，独倚轩窗，热一壶广东双蒸米酒，徐徐品咂。环抱我的是在异乡梦绕魂牵的家山，荒凉颓败也好，畸形繁华也好，对于身份尴尬，搞不清是'海龟'还是'访问者'的美国护照持有者，多少有些形而上的欣慰。"这是说梦。

以梦来印证现实，套用"宋人市履"的寓言，"梦"成了在家时量度好的"尺码"，摆着酸枝方桌和长条凳的"龙盛餐馆"反而成了不被信任的"脚"。这餐馆不但有墙壁围着的餐厅，还有开放式的帐篷，鸡在脚边叼着食客丢弃的菜梗肉碎顾盼自雄。一管水烟靠在墙角，蜻蜓在午后恹恹的阳光里翱翔。这地方，适于爱蹲在凳子上猜拳、豪饮五加皮、脚下散放一双双厚底木屐的"做木佬"（木匠）。

然而，向往了这么多岁月，岂可错过，让梦自我校正吧！一位 30 多岁的妇人大方地走近我们，说正宗的"山尾"土话。可见她来自邻近村子而不是川妹子或湘姑娘。老乡见老乡，不必拘束。说，哪些好菜，介绍一些。鸡是现杀的，要一只，清蒸还是油淋？来一煲大号黄鳝饭，在彼岸，想想那香气就来了莼鲈之思。什么蔬菜当令？来一碟"菜耳"（菜心），少点油，别太咸。小池塘里现捉的鲩鱼，骨头做汤，肉剖片，拿来涮。

我趁上洗手间到内进巡视，厨房还算干净，洗碗盆搁在水泥地上，旁边有一摊带血的鸡毛，该是我们所点的菜中的一个。这散漫的气氛我无法习惯，员工缺乏食肆工人应有的机警眼神和紧张姿态，散兵游勇般，不把侍候客人当回事。不多的顾客，在另一个阴暗的餐厅，散坐在旮旯，有一搭没一搭地夹菜，叽咕着什么阴谋。

我吃得认真，但不多，苍蝇执着的嗡嗡声，叫我想起前几年在深圳遭遇食物中毒，在佛山的医院打吊针的狼狈情景。这一顿我是为了命题作文吃的。梦里的吃布下重重悬念，家乡菜的味道，要舌上的味蕾作出权威的诠释。

在美国下馆子，有"吃气氛""吃风景"之说，这餐馆却像草寇丢弃的寨子，好在，稍稍低头，越过帐篷的檐帘向外望，一气呵成的黛色连山，岚气在田野和山脊的接合处布阵，天边的云一旦飘动，烟雾便如波波轻快的泼墨滚动，很是赏心悦目。不过，目光须稍做跳跃，越过若干残垣、废弃的拖拉机轮胎，塌下一边的招牌，和因采石料而被糟蹋的坡面。路的另外一边是低矮的山头，野草在荒原中点缀几星迟暮的映山红，本来不失韵味，然而和修路所剩余的沙和水泥挡板为伴，便只剩灰颓了。

山村如不识字的村女，魅力在于以蚌护珠一般的毅力，保存蒙昧的自然，它以溪水为眉眼，以天籁为嗓音，以荷塘边的杨柳为身段。但是，在推土机和钞票的步步进迫下，只剩下不伦不类。被侨汇豢养出来的懒散习气加上城市咄咄逼人的见钱眼开，怪不得席上的"生猛河鲜"带着厚重的污泥味和口涎味。

结账时才晓得，这顿家乡风味并不便宜，二百多块。

四

往山里进发。路面窄起来，迎头开来满载木料的卡车，我们的车子后退到番石榴树边，待它过去，才能往前开。到岔路口，往右是长坑水库，往左是雷公岭。这段路，多半被篱笆夹着，喇叭花活像围观的小孩子。很快到了岭下。走出车子，温暾水般的阳光揉进山风，凌厉起来。

先去找木的堂弟阿群，他和家人从村里迁到野外，建了养猪场和养狗场。远远看一群俗称"土狗"的小犬在围栏内张望。木把一包从餐馆带来的骨头搁在土台上，没直接扔进狗群中，兴许怕狗纠缠生客。走进一栋只和苦楝树为邻的小屋，一个女子迎上来，恭敬地称木为伯伯，还向我们各个点了头。"阿群下田去了。"她是阿群的老婆，背后站着两个小女孩。木和晚辈们聊了一会家常话。如"狗崽养了多少只""前番墟猪苗什么价"。我从门口探头看，一个小学生模样的小女孩好奇地盯着我。一眼到底的独门屋子，俗称"车角牛"。小女孩在抓子儿。一口砖砌的大灶设在门旁，该是用来煮猪食的。灶旁堆着松枝和树根，漆黑的灰垢爬到屋檐。这是我回国后第二次看到烧柴草的灶子，第一次在邻县的旅游景点潜龙谷，只是迎合游客的山林逸趣的摆设。这一口却是实在的，用松明点燃的火，光特别厚实。

离开简陋的庄园，掉进大而无当的寂静，你不能不想念凄凉的木鱼调和坎坎的伐檀声。回头望，篱笆内的狗群张大着口，吠个不亦乐乎，声音全被旷野鲸吞。我们没有走进半里外的"旗尾村"。木说老屋失修，看了难受。这时在村巷，也看不到熟悉的乡亲。

是哪一年的中秋节？门前的葡萄架，只剩些八大山人的枯笔般的藤蔓。雷公岭袒开腹部，半卧在身后，我们泡在月光海里。半朽的木门旁边，一个充当茶几的簸箕里，放的香烟、生切烟丝和祭月的香蕉、龙眼、荔枝都一一抽光、吃光了，年轻人说话累了，沉默地看着，月亮和大山的巨影联手制造深深无底的寥廓；葡萄架上，露水归拢成一排排浑圆的珠子。月亮没变，人物没变。大山和轻狂的书生，有着超过 30 年的契约。和我们同在的，居然有早已舍我们而去的残酷的时间。

<h2 style="text-align:center">五</h2>

登临雷公岭的前一夜，读了尼采的《查拉图斯特拉如是说》。

"懂得我的著作的空气的人，他就懂得，这是一种高山的空气，一种强烈的空气，人们必须正好适合这种空气，否则，在这种空气中伤风感冒的危险是不小的。冰就在附近，孤独是可怕的——可是万物是多么安静地躺在阳光之中！我们呼吸得多么自由！人们感到有多少东西处于我们之下！"

目测雷公岭的海拔不足一千米，不好意思称它为"峻岭"，然而在古兜山脉中鹤立鸡群，从某个侧面看，像富于均衡之美的富士山。南国无雪，好在严寒中松枝梢头也挂着与冰乱真的凝霜，近似雪花的蜘蛛网。不管怎样，它是我们的百科全书。

其实，山不在高，在于你怎样登。前年上庐山，这座名山的海拔，被号称 99 道弯的盘山公路抵销大半，人被带空调的大巴托上云端，消耗脚力的只是顶部不多的梯级。而况，山腰以下，都被埋在云雾里，渺茫就是虚无。论感觉，用脚一步步阅读的雷公岭胜过匡庐，巍峨是感觉的累积，感觉来自体力真实的消耗。这差异，登三万多级石梯的黄山挑夫比缆车上的游客明了得多。

30 多年前的雷公岭，比现在荒芜。那时没有煤气，打柴是农民的第一副业，不但是为了自家和别人的灶膛，也供应给丘陵地带成百上千孔冒浓烟的砖瓦窑。荒芜有荒芜的好，纵横交错的小径充满人声汗气，视野也开阔。如今，沿路茂密的松树和灌木丛，都不懂镰刀为何物，路越往上越模糊。松风呼呼，鸟久久不叫，猝然一声，尖利得叫人全身一悚。

登山诸公年纪不轻，穿的又是皮鞋，一路闪转腾挪，在线条柔和而表面粗砺的石头上蹦跶，居然没有摔过重跤，只偶尔打打滑。然而，说成"爬山"太没哲学味了。这是渐次进入另一度空间的行旅。巅端的眺望如此强烈地诱惑着我。上一次，我跨越俗称"斗米石"的巨岩以后，在草青嫩得叫人不忍践踏的顶部伫立。雾气如庞大无比的白练，从东面深谷下抖动，升腾，呼地撒在四近。极目处，云雾在死命按下一段白生生的水色，水色奋力上拱，终于现身，那是潭江。

离山顶不远处，有一块轮船般的大石，泊在群石上。站在石上西望，长坑水库如碧玉，玲珑地卧在青山下。一格格田畴，黄的是收割以后的稻田，绿的是菜地，黛的是林带。我们四下指划着，辨别着往昔和今天的差异。

"上吧！"如带的潭江挽着 30 多载的星辉日华，尘寰沧桑，远远召唤。我们奋力上登。木肯定地说当年就是在这地方看江水的。那一回，我和木一前一后，忽然，我不见了，木慌起来大声呼叫。云雾飞过，我又显形。然而，极目处的潭江不见了。不知是树木太茂密遮蔽了视线，还是江水改了道。

没有遗憾，也没有小天下的豪气。下山路上，一边留神被茅草掩盖的沟壑，免得陷进去扭了脚；一边思考尼采的感叹：站在山顶，有多少东西处于我们之下？假设人生是登高，那么下面的是循序渐进的往昔：狗吠鸡鸣的山脚，是飘散乳香的童年；听任衰草大智若愚地在秋阳下假寐，让蚱蜢和桃金娘放肆私语的腹地，是不曾雄姿英发过的青春；蜿蜒如乡愁的山路、松风和空落的鸟鸣，是负重的中年。我们四个，无论是来自海外还是来自一百来公里以外的城市，寻找早已消遁的脚印时，心境的苍凉是一样的。人生有了从征服而得的高度以后，回眸大抵是白茫茫一片吧？是因为老花眼，还是因为所有战利品，一旦到手，转眼间就被岁月席卷而去？绝巅以下，最活跃的是云雾。

六

回到车上。敬业的司机趁我们离开，把座位调到近似床的角度，我们饱饱地睡了一觉。我们一路争论，某一次登山的伙伴里头，有没有后来死于酒精中毒的好友阿生。车子在坡下的黄泥路上呼啸。

直到这一刻，我还没找到"回家"的感觉。我，还有同行的友人，都是访客，欢欣有之，惊奇有之，抚故松而盘桓有之，却没有"如数家珍"的归属感。一切都不踏实，毕竟，30年的断层，仓促间无法弥合。别说我，连土生土长的大炮也说："我很少回来，觉得没意思，不再属于这块土地了。"家乡是一幢人去楼空的老宅。

也许，症结在于：没有一种前后连贯的景物，成为暗示，让游子、浪子实实在在地感到家乡的眷顾与期待。"等"是一种只可意会的情感张力，老屋的柴扉后，须有一双殷殷远望的慈母之目，晒衣杆上须飘动着汗渍的披肩布。在碉楼的巨大黑影里，我挥手告别之际盛开的扶桑花，如今又到花期，不管是第几茬。

车颠簸着，又是留下爱之憧憬的白沙子路，凤尾竹婀娜招摇；又是刚才吃午饭的井岗，几只狗徘徊在我们坐过的凳子下；又是某年清明节踏青的荒野，几丛杜鹃在酝酿来年的花事。车子驶上高高的山岗，眼前是开阔的田垌。啊！我惊叫一声！

田垌大半已光秃，所剩无多的稻田，稻穗泛着厚实谦逊的金黄，何其悦目的颜色！只要稻子在，稻田在，田野就没有失去本色，我们就不会失去归来的依靠。多好的稻田，我要像海子赞美麦地一般赞美肥腴的泥坯。这一刻踩上去，稻茬会刺得脚板微微发疼，泥土在坚硬的表皮下，是酥酥的温柔。带谷香的热风仿佛是稻穗的替身，舔着脸，痒痒的，舒服得想躺下去。

车子没有停下来。这时约齐了，跳下车去，一字排开，俯身亲吻泥土，和青年时代共有的浪漫情怀多么合拍，然而太矫情。

我在心里说，原乡的漂泊，终于有了坚实的歇息处——田野。

七

当夜，我在位于大厦第 28 层的居处，读钱锺书的《人生边上的边上》。《说〈回家〉》中说，新柏拉图派大师泼洛克勒斯把探讨真理的历程分为三个阶段：家居、外出、回家。颇和禅的三境界"见山是山，见山不是山，见山还是山"相类。一位德国早期浪漫主义者更将它点破："哲学其实是思家病，一种要归居本宅的冲动。"

对照同一文的这一论断："回是历程，家是对象。历程是回复以求安息；对象是在一个不陌生的，识旧的，原有的地方从容安息。"登一次山，疲劳与欢愉都十分充裕，但我们这一行几乎在同一地方出发，走向人生的朋友，仍旧在旅途中。没有完成的归程。

所以，北岛这般咏叹：

我回来了——归程

总比迷途长

长于一生

成田，成田

2017 年夏天，从国内到香港，住了一宿，次日早上，从闹市乘巴士到赤鱲角机场，坐上日航飞机。终点是家——美国旧金山，但要转机，途中要在日本某机场短暂停留。

波音 747 客机，坐了好多次了，但极少有过这般利于鸟瞰的位置，而且是在大白天。雪白的阳光一路伴随，即使爬升到 10 万米以上，下方的云絮也是零零星星的，几乎毫无遮拦地把地球献给悠闲的视线。一路看过去，太平洋呈鳗鱼脊般的乌青色，波浪也许汹涌，但被高度抵消，只是平展展的一片，云影在波涛深处。再往下，似乎看到海床的山架，峡谷。

起飞不久就看到，夕照下，几个蕞尔小岛形貌各异，如蚕蛹，如漂萍，如虫啃掉三分之一的梧桐叶，但都叫我记起同一诗句："野渡无人舟自横。"然后，是台湾岛。我伸出手，在舷窗上抚摸，心头回响着戴望舒的名诗《我用残损的手掌》。"无形的手掌掠过无限的江山，/ 手指沾了血和灰，手掌沾了阴暗，/ 只有那辽远的一角依然完整，/ 温暖，明朗，坚固而蓬勃生春。/ 在那上面，我用残损的手掌轻抚，/ 像恋人的柔发，婴孩手中乳。"……并不十分贴切，眼底"江山"并非无限，海岸线历历在目。我贪婪地以眼睛吮吸如黛的山，九曲的河，成片的建筑，毛细血管般的路。半小时以后，又是海洋，岛屿不复见，极目处一艘巨舰缓慢行驶，再看，只是一痕青山罢了。

看累了，把舷窗关上，挡住刺目的斜阳。三四小时过去，又飞临陆地，这该是日本的本州岛。凭可怜的地理知识，猜出下方白的水域是东京湾。银翼掠过去，关东平原到了，矩形的耕作区，一片片阡陌方正，河流逶迤其间，车辆蠕行。

我的眼睛迷糊，一层老泪遮蔽视野。前面的机场，就是位于千叶县境内的"成田"。1980 年的 7 月 5 日，距离今天差一个星期就是 37 周年。我和它结缘。那些日子，我身上发生了许许多多的"第一次"。拿着刚刚在广州东方宾馆开具的美国总领事馆发出的移民签证，第一次走出国门。第一次踏上插着米字旗的香港。第一次在招牌的迷魂阵里迷路。第一次一连几小时坐在九龙一家书店的冷气机旁边看从前只听过名字的书籍。第一次用港币买一件夹克。第一次吃到茶楼正宗的港式点心，如烧卖和凤爪。第一次解开思想的缰绳，让"野心"自由驰骋。第一次接触香港的纯然自由的新诗，记下某青年诗人的一句："我有一双准备摔跤的手掌。"第一次在弥敦道上的"先施百货"里面，被太丰富的商品整得手足无措。第一次从湾仔码头登上"天星小轮"，在维多利亚港上凭栏，看香港的摩天大楼。第一次，在无与伦比的侥幸感中夹上昂奋，欣喜，骄傲，32 岁的前最低级公务员，两个儿女的父亲，从这里飞向神奇的新大陆。

7 月 5 日登机。在旧金山为我们买机票的岳父母在信上说，选上这一天，是因为你们到达时，还是 7 月 5 日，美国国庆日，大家都放假在家，都可以去接机。

第一次坐飞机，新奇何消说得？空中小姐婀娜，空中少爷倜傥。一家四口坐在中间，6 岁的儿子光顾傻乎乎地张望，一岁多的女儿怕生，要人抱住。起飞前，一位善体人意的"少爷"向我鞠角度很大的躬，咕噜咕噜地说日语，我摇头；他改说英语，我还是摇头。他无法提供帮助，苦笑着直起腰。5 个多小时的航程，只供应一顿标准的日式午餐——寿司加味噌汤，汤上碧绿的海带没有叫我怀想故乡湖岸的夏柳。女儿哭闹够了，伏在我的肩膀上呼呼大睡，我不敢乱动。

和起飞时一样，飞机降落时耳膜的锐痛叫我无法忍受，我用力捂住，无济于事。后来发现把纸巾捻成细条，塞进耳蜗，可转移痛楚。轮子落地时一顿，播音员说，已抵达成田机场。下一步是转机。

这一次，飞机着陆时，我从舷窗望出去，从前立在候机大楼顶端的"成田"两个字见不到了。又是转机，中间只有一个多小时，不敢拖延，拖着行李箱，急忙走向位于另一边的转机处。先是安检，前面的旅客带的国画，被检查员打开，细细查看卷轴，使我见识日本人的周密作风。至少连走带跑两公里，才到达新的登机口。看到电子屏刚刚发出的通告，航班延误一小时，松了一口气。

我在周围走动，东张西望。先是试图拿 37 年前的印象和眼前对照，结果当然是徒劳。然而，日文"成田"一词老在眼前晃动，我从它得不到启示它不肯罢休似的。终于，脑际划过一道白光——是啊！成田成田，一词成签！

37 年前，我的中国护照上，是祖父替我起的名字；在我的移民签证文件上，是我本名的广东话拼音。我绝对没有想到，37 年以后，我成了"田"——刘荒田。漫长的异国生涯中，我用这个名字写了数百万字的作品。它印在 40 本书籍的封面和书脊。当然，这绝对不意味着此"田"土质如何肥沃，收成如何丰饶。它一如从机上看到的田野中的一块，普普通通的，听从节气的命令，长出毫不惊人的稻子、小麦、玉米之类，夹带着丰富的野草，稗禾。等而下之，连庄稼也阙如，因为名字带"荒"。

姑且不谦虚地说，这"田"不至于颗粒无收。但终归得承认，即使产量可以，"质次"也是可以肯定的。然而，只要我以自己的意志开辟的"田"存在，它就成为我区别于其他人的符号（1980 年于兹，我家乡像我一样移民北美的，达二三十万人之众），成为出自个人视角的人生实录。以汉字为收获物的"田"，它乏善可陈的价值，且待后人评说。

耕耘数十载，以稿纸为"田垄"的春种秋收，以键盘为田园的栉风沐雨，使我不致成为"两面人"。出国之前，改革开放尚未正式启动，我在县政府当文书，起草文件，撰写"经验总结"和"调查报告"，为"先进人物"编写"感人事迹"和"闪光的思想"。这就是我的日课。据说，我已被若干领导看上，被调去当他们中一位的秘书不无可能。然而，那只是我的"一面"。另一面的我下班以后，醉心于罗曼·罗兰的《约翰·克利斯朵夫》和歌德的《浮士德》，办公室旁边的简陋卧室里，笔记本上写满仿效海涅和普希金的自由诗。世俗与理想的冲突，无时不在脑际进行，搅得我坐卧不宁。

如果我一如既往，且得到升迁，那么，仕途的每一级都意味着更深的沉沦。本该简单的人生，变得如此繁复，这是我彻底抗拒的。今天，我对"成田"说：37 年沧桑，使我成为三个小孩子的祖父、外祖父，即使行李箱里携带好几种药物，但好歹护住灵魂的完整、内心的均衡，成为俯仰不愧的中国人。

37 年间，我为了思想不割裂，行文不欺骗，投入多少心力，一如"成田"机场的建造。原来，从 20 世纪 60 年代起，因为征地，政府和当地居民的激烈冲突延续了 20 多年，直到 1980 年之前一年多，一群激进分子携带燃烧瓶，驾车冲入机场控制塔台，砸毁大量设备。我第一次经过时，距离机场重新开放不过两年。改建后，候机大楼顶上"成田"两个汉字消失了，但它终于成全了自己。

成田，请你接受"荒田"的敬礼。还得提及滑稽的插曲：第一次客机在成田起落之际，我塞进耳朵内的纸条，花两个星期才陆续拔出。